Zomerdru

Ook van Jet van Vuuren:

*Zomerdruk*
*Bloedheet*
*Zomerzin*
*Wintergast*
*Het chateau*
*Bed & Breakfast*
*De oppas*
*Papadag*
*Misstap*
*De minnaar*
*Liegbeest*
*Basta*

Jet van Vuuren

# ZOMERDRUK

© Jet van Vuuren
Eerder verschenen bij Karakter Uitgevers B.V.
Copyright © 2020 Xander Uitgevers bv, Haarlem
Opmaak binnenwerk: ZetSpiegel, Best
Omslagontwerp: Villa Grafica
Omslagbeeld: Shutterstock

ISBN 978 94 0161 494 8
NUR 305

*Zomerdruk* is fictie en alle overeenkomsten met bestaande personen en gebeurtenissen berusten louter op toeval.

Niets uit deze uitgave mag worden openbaar gemaakt en/of verveelvoudigd door middel van druk, fotokopie, microfilm of op welke andere wijze dan ook zonder voorafgaande schriftelijke toestemming van de uitgever.

# Zaterdag

## — I —

Met de komst van Simon Klooster en zijn gezin veranderde niet alleen het leven van Helen Bredius, maar meer nog dat van hem. Niet het geluid van de klink van het tuinhek – ze wist dat het vandaag wisseldag was en dat er nieuwe gasten zouden komen – en ook niet het aanmatigende geblaf van hun hond – 'Jip, hou je koest!' – of de hoge kinderstemmetjes die om beurten papa's aandacht vroegen, haalden Helen uit haar middagdutje, maar een stem die ze heel lang geleden voor het laatst had gehoord.

Geen enkel geluid, hoe vreemd ook, kon haar uit de doezelende toestand halen waar ze iedere middag zo intens van genoot. Vooral niet bij deze temperaturen en op dit tijdstip. Zo net na het middaguur.

De zon stond boven aan de hemel. Niets bewoog. Alles was stil. Zelfs ademhalen kostte al bijna te veel inspanning. De zinderende hitte had zich als een driedubbele dikke wollen deken over het eiland geslagen. Geen zuchtje wind dat eronderuit durfde te komen. Geen meeuw, merel, mees of zwaluw die van zich liet horen. Zelfs het vertrouwde geluid van de krekels, die doorgaans vanuit het dorre gras trillend hun opwachting maakten, was verstild.

Misschien dat ze daarom wel zo schrok toen ze zijn stem herkende. Die diepe, rochelende, o zo bekende stem. Een stem waarbij alle herinneringen uit het verleden in één klap naar boven kwamen. Haar verleden. Al jaren veilig opgeborgen en weggedrukt. En sinds ze op dit eiland woonde, was er niets wat haar er nog mee confronteerde. Geen mens die er hier iets van wist.

Heel soms, op sombere momenten – donkere avonden en lange nachten van eenzaamheid –, drongen die vreselijke herinneringen zich als hersenschimmen aan haar op. Als akelige nachtmerries die bij koortsdromen horen, beroerden ze haar geest. Vaak ebden ze na een tijdje vanzelf weer weg. Maar nu, met de komst van deze man, daar achter die haag, kwam alles opeens weer tevoorschijn.

Als een vlijmscherp mes doorkliefde zijn stem haar zielenrust. Hoe was dit mogelijk? Wat deed hij hier? Het kan niet waar zijn, dacht ze.

Roerloos wachtte ze af. Ze hoorde hoe de stem de kinderen tot kalmte maande. Dwingend en kortaf. Zoals hij vroeger bij haar deed. Bevelend. Alsof ze een hond was. Blijkbaar was het gelukt. Hij had zich voortgeplant. Met haar was dat niet gelukt.

'Nu is het genoeg. Ik wil géén gezeur horen. We gaan niet op de "mogen we dit of mogen we dat"-toer. Ik moet eerst de auto leeghalen. Gaan jullie maar vast de kamers bekijken,' bulkte de stem.

Dikke zweetdruppels parelden van onder de haargrens

langs het fijne gezicht van Helen. Terwijl haar wangen gloeiden, nam een plotseling opkomende kou bezit van haar lijf. Ze rilde.

Doodstil, alsof iemand haar zou kunnen horen of zien, luisterde ze naar wat zich daar achter de heg afspeelde. Opnieuw blafte de hond. Dichterbij dit keer. Zijn nerveuze, jankende geblaf ging door merg en been. Op nog geen meter afstand van haar stoel dribbelde hij onrustig heen en weer. Druk snuffelend aan de buxus en duinroos.

Vlak voor haar neus trok hij ineens een van zijn achterpoten op en begon te pissen. De warme, stinkende straal boorde zich als een appelboor in de rulle grond. Vol afkeer staarde ze naar zijn onderlijf. Het was een grijze hond met zwart-witte vlekken. Ze haatte honden.

'Jip, hou op!' riep de stem. Het beest reageerde niet – het was alsof hij stokdoof was – en ging woest door met blaffen.

'Jip!' brulde de stem nog luider. Hij kwam in Helens richting. Haar hart bonsde in haar keel. Ze dook in elkaar. Haar handen omklemden de leuning van de stoel. Wat als hij me hier ziet, ging het angstig door haar heen, en ze zag zijn valse tronie al naar haar kijken.

De natte zwarte neus van de hond snuffelde nu bijna aan haar kant aan de haag. Met gemak zou ze hem een trap kunnen geven. Ze hoefde haar voet maar even uit te strekken of ze raakte hem. Ze deed het niet.

'Naar binnen! Nu!' commandeerde de stem. Ze kon de man nu bijna ruiken. Ze zag de zoom van zijn broek. Het was een lichte zomerbroek. De donkerbruine gaatjesschoenen die hij eronder droeg, waren ongepoetst. De neuzen waren kaal. Niet de vertrouwde jeans met cowboylaarzen die ze van hem gewend was. Deze outfit paste natuurlijk beter bij zijn woonplaats in het Gooi.

Om zijn woorden kracht bij te zetten, klapte hij twee keer

in zijn handen. Ook dat geluid herkende ze. Weer voelde ze de beurse plekken op haar lijf na een van zijn driftbuien.

Ik mag niet bewegen, dacht ze. Straks hoort hij me. Zijn voeten draaiden zich om. Goddank, en even ontspande ze zich. Het duurde maar kort. Hij aarzelde, wederom richtten de voeten zich naar haar kant. Nogmaals klapte hij in zijn handen. Daarna namen baas en hond een spurt. Weg van haar. Toen ze hun voordeur in het slot hoorde vallen, haalde ze opgelucht adem. Ze waren binnen.

De minuten waren om gekropen. Half verdoofd waagde ze zich overeind en wurmde zich uit de stoel. Ik moet naar binnen, de keuken in, dacht ze. Water. Iets drinken nu. Haar mond voelde droog. Haar hoofd licht en draaierig. Bang om flauw te vallen, omdat het haar duizelde, schuifelde ze naar de hordeur. Zonder het te merken stootte ze haar grote teen tegen de tuintafel. Haar voetzolen kleefden zich vast aan de kokendhete stenen, ook dat voelde ze niet. Haar hersens werkten koortsachtig: als ik het knipje van de hordeur indruk, kun je dat horen, dacht ze. Ook de mechanische rail waarover de hordeur gleed zou te veel geluid maken. Maar hoe moest ze anders binnenkomen? Via de voordeur? Onder de klimroos lag een reservesleutel. Maar dan moest ze over het tuinpad: door het grind! Stel je voor dat hij op dat moment naar buiten kwam. Hij had gezegd dat hij de auto moest leeghalen. Zij zou daar staan, en hij zou haar zien!

Ik moet snel zijn. Me niet aanstellen en gewoon door de achterdeur mijn eigen huis binnengaan, sprak ze zichzelf in gedachten moed in. Kom op, zeg! Niemand kijkt zomaar over de haag. Waarom zouden ze? En wat dan nog. Zou hij me herkennen? Na al die jaren? Ze zijn nu binnen. Ik heb alle tijd, stelde ze zichzelf gerust.

'Pap, de kamers zijn heel groot.' Een van de kinderen gilde door het dakraam dat wagenwijd openstond en aan de tuin van Helen grensde. Weer die schrik. Als aan de grond genageld bleef ze staan. Haar voeten, die zich als twee spiegeleieren hadden vastgekleefd aan de bodem, zouden die avond onder de blaren zitten.

'Pappie! Het is heel leuk hierboven. Kom je kijken?'

Aarzelend vroeg Helen zich af waar ze nog op wachtte. Waarom deed ze niet wat ze van plan was? Naar binnen gaan. Water drinken. Haar dorst lessen. 'Nee schat, niet nu. Wie haalt anders jullie spullen? Hoe eerder we naar zee kunnen, hoe beter.'

Weer die stem. Die vreselijk harde, door alles heen bijtende stem. Die klank van die rollende r, die bij dat typische arrogante toontje van hem hoorde. Helen sloeg haar handen voor haar oren. Ze dacht dat ze gek werd. Niet langer wilde ze blootstaan aan deze kwelling. Het was niet waar. 'Het kan niet,' zei ze vinnig, en wild schudde ze haar hoofd. Hij was dood. Ze had hem zelf vermoord.

— 2 —

Het beloofde een mooie week te worden. De meisjes hadden sinds gisteren vakantie en Klaartje zou overmorgen komen. Ze had de weekenddienst op zich genomen in de tandartspraktijk. 'Ga jij maar vast met de meiden vooruit,' had ze gezegd. 'Ze vinden het heerlijk met jou alleen, mij zien ze vaak genoeg. En neem Jip ook mee.'

Het was niet waar, ze zagen hem vaker. Klaartje was veel te druk met haar praktijk. Haar werk was haar alles. En soms vroeg hij zich af of ze voor hem gekozen had omdat ze een kinderwens had.

Ze was vijfendertig toen hij haar ontmoette en voor hij het

wist was hij getrouwd en vader. Hetzelfde jaar werd Melissa geboren en krap een jaar later Jaimi. Het had zijn leven drastisch veranderd, maar hij was dol op zijn meiden. Zijn eerste huwelijk was kinderloos gebleven. Een jeugdzonde, noemde hij het toen hij Klaartje leerde kennen.

Klaartje, die eigenlijk Clara heette maar door iedereen Klaar of Klaartje werd genoemd, nam bij hun huwelijk meteen de achternaam van haar man aan. 'Dat bedenk je toch niet,' had ze lachend gezegd: 'Klaartje Klooster! Man, wat een naam, geweldig!' En als ze naar hem lachte, leek de wereld stil te staan. Met haar donkere lokken, rijzige gestalte en lichte pretogen had ze hem op slag betoverd. Nog nooit had hij zo vaak een bezoek aan de tandarts gebracht, grapte hij indertijd tegenover zijn vrienden. En ook al moest hij zijn vrijgezellenleven met de nodige amoureuze avonturen inruilen voor een braaf huisvaderbestaan, hij had er geen moment spijt van gehad.

Na de geboorte van zijn eerste dochter maakte hij gebruik van het aanbod om thuis te gaan werken. En toen Jaimi kwam, was het al zo vanzelfsprekend dat hij in Bussum zijn reclamebureau runde, dat Klaartje meteen besloot haar tandartspraktijk in Amsterdam uit te breiden.

Deze week werd hij vijftig. Dat moest op een speciale manier gevierd worden, vond Klaar, en ze had een ruime, vrijstaande bungalow op een van de Waddeneilanden gehuurd. De kinderen vonden het hier prachtig. Strand en zee waren al jaren favoriet. Geen rustiger en groter strand dan hier. De lieflijke omgeving en de dorpse gemoedelijkheid, waar je gewoon je voordeur kon laten openstaan, gaven hun een goed gevoel. Hier konden hun meiden lekker los. Geen plek zo veilig als dit eiland.

Ofschoon ze vanochtend in alle vroegte vertrokken waren, was het behoorlijk druk op de weg. Rondom de A10 zat alles potdicht. Het leek wel alsof iedereen vandaag besloten had naar zee te gaan.

De spiksplinternieuwe BMW kon met gemak naar de 180 kilometer per uur, maar waar kon je dat in ons land nog uittesten? Het laatste stuk in het noorden, waar de snelwegen hun naam nog eer aandeden, had Simon er even alles uitgehaald wat erin zat. Kicken was dat. Jongensachtig gaaf. Of, zoals de meisjes het tegenwoordig noemden: 'vet cool'. Ze hadden gegild van opwinding en als Jip niet zo verschrikkelijk was gaan janken, had hij het pedaal misschien wel tot de bodem ingedrukt.

Nu stond het zweet op zijn rug. Zijn overhemd was doorweekt. Nog even de laatste koffers van de dames naar boven dragen en dan naar zee. Hoe sneller hoe beter. Terwijl hij zijn rokershoestje kuchte, beklom hij de open trap naar de zolderkamers. Jaimi gilde iets door het dakraam en Melissa had haar kamer al voorzien van barbies. Ze moesten een dutje doen, zei ze. Een schoonheidsslaapje, zoals ze dat noemde. Zelf wilde ze later ook model worden, en wat was er nou beter voor een model in spe dan je barbiepop als voorbeeld te nemen. Jaimi hield het nog bij knuffels. Veel roze met rode knuffels. En evenzoveel aaibare, stoffen harten werden overal mee naartoe gesleept.

Simon was blij dat zijn dochters nog met barbies en knuffels speelden. Sommige kinderen van hun leeftijd waren al aan het zwijmelen over vriendjes. Die giechelden over zoenen. Hij moest er niet aan denken. Handen af van zijn kleine ondeugende schatten, het liefst hield hij ze voor altijd klein.

Laat vader maar sjouwen, dacht hij, toen hij voor de laatste keer naar de auto liep. Wat een mens niet allemaal meezeult voor een weekje aan zee. Klaartje heeft het maar gemakkelijk. Ik zal haar zo even bellen. Zeggen dat we goed zijn aangekomen.

En terwijl hij de laatste tas met badlakens, strandspullen en sportschoenen uit de achterklep van de auto haalde, kreeg hij ineens het onbehaaglijke gevoel bespied te worden. Hij keek om zich heen. Overal was het doodstil. Geen kip op straat. De warmte hield iedereen aan zee of in de schaduw van de loofbomen.

De parkeerplaats was zo goed als leeg. Hier en daar stond een auto met een Duits kenteken. Behalve bij de oude Land Rover die voor het huis naast hem geparkeerd stond, waren de meeste voorruiten afgedekt met folie. Onbeschut stond de oude bak te branden in de zon. Geen mens te zien, en toch voelde hij ogen op hem gericht. Vreemd, dacht hij. Ik zou toch zweren dat er iemand naar me kijkt. Hij haalde zijn schouders op, en net toen hij de achterklep van de auto dichtdeed en zich omdraaide, zag hij iets achter het raam van het huis naast het hunne bewegen. In een flits meende hij een vrouw te herkennen. Voordat ze wegdook ving hij nog net een glimp op van haar hoofd. Ze was tanig en had lang asblond haar. Een van haar handen sloeg tegen het raam toen ze met een ruk de gordijnen dichttrok. Hm, vriendelijke ontvangst, dacht Simon. Lachend schudde hij zijn hoofd.

'Hebben jullie je bikini's al aan, dames?' riep hij naar boven, toen hij met volle armen de bungalow binnenliep.

— 3 —

Ze waren weg. De hond hadden ze achtergelaten. Het kreng zat aan één stuk door te janken en te blaffen. Hij was dus alleen met twee meisjes, vermoedelijk zijn dochters. Was er een moeder? Was hij gescheiden? Helen had hem niet goed kunnen opnemen. Toen hij haar in de gaten kreeg moest ze wegduiken. Wat ze zo snel had kunnen zien was een mooie, lange man. Donkere krullen, ietwat gebogen postuur, een tikkeltje slungelig, met een beginnend buikje.

Ze had zich vergist. Hoe kon ik zo dom zijn te denken dat het Jan was, dacht ze nu. Alleen maar vanwege die identieke stem. De krankzinnige paniek had haar hoofd bijna doen barsten. Ze kende dat kloppende gevoel maar al te goed, in het ergste geval zou het haar niet meer loslaten. Dat beangstigde haar. Ze wist wat er kon gebeuren als ze zichzelf niet meer kon beheersen. Als ze doorging. Wanneer ze de controle kwijtraakte. Dan was er iets sterker dan zijzelf. Dan was er geen weg meer terug.

Zij kunnen het niet helpen, dacht ze. Het heeft niets met deze man en zijn twee kinderen te maken. Ze zouden een week blijven, dat was zeker. Hoeveel zijn er hun niet voorgegaan? Het hoorde bij deze plek. Ze kwamen op zaterdag en de zaterdag erop gingen ze voor tienen weer weg. Nooit eerder had dat haar iets gedaan. Kinderstemmen, barbecuedampen, hondengeblaf – oké, daar had ze de schurft aan –, maar iedere zomer, herfst en ja, zelfs in de winter, als de schoorsteen rookte, leidde ze haar leven tussen de gasten. Dat ging altijd goed. En als het haar te veel werd, kon ze weg. Dan was er altijd nog die andere plek op het eiland.

Maar dit keer voelde het anders. Het was terug. De druk in haar hoofd ging niet weg. Zelfs nu ze vertrokken waren, bleef die ene gedachte over. Dat wat zich aan haar opdrong, was er heel lang niet geweest. Bijna net zo lang als dat ze hier nu woonde.

Vanaf het moment dat Jan in haar leven was gekomen, had ze het eiland leren kennen. Jan ontmoette ze in een kroeg in de stad. Hij zat aan de bar, een wat stille jongen. Baardje, dromerige blik, brede schouders, versleten jeans, stroblond haar tot op zijn schouders, en hij dronk bier. Haar zag hij niet.

Niemand trouwens. Niet dat ze niet gezien werd, integendeel. Velen keken en keken nog eens.

Het probleem van een mooie vrouw is dat ze vaak alleen maar naar je kijken. Niemand durft je aan te spreken. Men denkt al snel: onbereikbaar, wist Helen.

Als mannen haar goedkeurend opnamen voelde zij ze denken: die wil neuken, of die wil niks. Zij viel in categorie twee. Stralend als een ijskoningin. Daarom sprak ze Jan zelf maar aan.

Hoe ze het gesprek begon wist ze niet meer, maar wat ze zich nog wel kon herinneren, was zijn verraste blik. Het klikte meteen. Ze praatten en dronken tot diep in de nacht. Het ging als vanzelf. En daarna ging hij met haar mee naar huis. Net zo vanzelfsprekend verliep hun vrijpartij, alsof ze elkaar al jaren kenden. Het enige wat hij de volgende ochtend zei was: 'Dat was lekker, ik zie je' en daarna trok hij met een klap de deur achter zich dicht.

Toen had ze gewaarschuwd kunnen zijn. Dit was geen man die zich wilde binden. Niet iemand die zorgzaam of betrokken was. Geen man die trouw bleef tot in de dood. En toch kreeg ze met hem een verhouding. Want ze wilde hem. Hij was ruw en onberekenbaar, en tegelijkertijd kinderlijk gevoelig. Bij uitstek het type man tot wie zij zich aangetrokken voelde.

Hij vernederde haar en bedroog haar. Hij was leugenachtig vals, maar piepend als een schuw vogeltje zodra het leven tegenzat. Hoe vaak had hij niet bij haar uitgehuild als een vrouw hem had laten zitten? Ze waren toen al jaren getrouwd. Maar daar wilde ze nu niet aan herinnerd worden. Ze wilde helemaal niet aan Jan denken. Want als ze aan Jan dacht, dan dacht ze ook aan dat andere. En als ze aan dat andere dacht, dan moest er iemand dood.

In het huis naast haar was het stil geworden. Het hondenkreng had het opgegeven. Ze zou nu kunnen teruggaan naar de tuin.

Het middagdutje kunnen voortzetten, proberen tot rust te komen en niet meer aan dat akelige verleden te denken. Maar stel je voor, ze lag net onder de parasol, in haar tuinstoel, eindelijk weggedommeld, en opeens stond hij daar weer? De man met de stem. Achter haar haag, met die hond en die kinderen. Wat dan? Overkwam haar dan niet hetzelfde verlammende gevoel? Hadden ze haar vandaag niet genoeg gekweld? Ze durfde het niet aan.

De enige plek op het eiland waar ze nog naartoe kon, daar was ze al een tijdje niet meer geweest. Ze twijfelde. Haar hoofd begon opnieuw te bonzen. Alles waar ze de laatste tijd minder bang voor was geweest en niet meer aan toe hoefde te geven, drong zich sterker en dwingender aan haar op. Hamerde door haar geest.

Voor ze het wist graaide ze wat spullen bij elkaar: een vest – misschien bleef ze wel tot vanavond laat –, wat koude pasta van gisteren, twee flessen wijn, en een van haar nieuwe plantenboeken. Zorgvuldig werd alles in de daarvoor bestemde tas gelegd. Een voor een sloot ze alle ramen en deuren af, ze trok de blinderingen naar beneden en zette een extra grote schotel met kattenvoer neer voor Bes. Vermoedelijk lag ze boven op het grote bed te slapen. Met deze temperaturen waagde het diertje zich niet buiten. Na alles nog twee keer te hebben gecheckt, kon ze eindelijk gaan.

Voordat ze naar buiten ging, wierp ze nerveus een blik door de kier van het gordijn. De kust was veilig. Om zo min mogelijk tijd te verknoeien drukte ze de sleutel aan de buitenkant van de deur in het slot en draaide hem om. Eenmaal buiten hoefde ze hem alleen nog maar dicht te trekken.

Ik moet zo vlug mogelijk mijn auto zien te halen, dacht ze gehaast. De handelingen volgden elkaar bliksemsnel op en binnen een minuut zat ze in haar oude Land Rover. Ze startte de motor. Haar handen trilden. Ook al voelde de auto zo heet als een oven, de raampjes kwamen later wel. In volle vaart stoof ze het terrein af. Net op tijd, want juist op het moment dat ze het stuur omgooide naar rechts, zag ze in haar spiegel een zwarte BMW de parkeerplaats op draaien. Ze waren terug.

## − 4 −

Simon had de meisjes afgezet bij paal 15. Het strandje waar ze altijd kwamen als ze hier waren. Hij kende de uitbaters van het strandpaviljoen, een ouder echtpaar, en ze hadden beloofd een oogje in het zeil te houden. 'Gaat u maar boodschappen doen,' had Martha, de vrouw van het stel, gezegd, en ze had eraan toegevoegd: 'Voorlopig zijn wij hier nog niet weg.' Lachend had ze hem uitgezwaaid. De meisjes lagen toen al ingesmeerd en wel op hun 'knallieroze' badlakens. Omgeven door emmers en scheppen in dezelfde kleur. Alles wat met die kleur te maken had werd tegenwoordig 'knallie' genoemd. Jurkjes, bikini's, haarbanden, sjaaltjes, ja zelfs het ondergoed was roze. Hij glimlachte. Vanavond zouden ze bij Martha in de strandtent eten. Hij had het vanochtend beloofd. De voordeur was amper dichtgetrokken, of er werd al om pannenkoeken gezeurd. Nu moest vader eerst naar Appie Happie.

Toen hij niet veel later de BMW het parkeerterrein op draaide, ving Simon nog net een glimp op van de oude Land Rover, die rechtsaf de Boslaan insloeg. Het verbaasde hem wie de bestuurder was, hij meende niemand minder dan de vrouw met het asblonde haar te herkennen. Hij vroeg zich af of ze hier alleen zat, en tegelijkertijd kwam de gedachte naar boven waarom hij zich dat eigenlijk afvroeg.

Klaartje en hij hadden een goed huwelijk. Ze was een lieve moeder voor zijn kinderen en ook in bed had hij veelal niets te klagen. Het kwam er alleen niet vaak meer van. Vroeg op, laat thuis. Hij wist het. Toch, als hij na een dag thuiswerken haar bij binnenkomst het liefste meteen meetrok naar de slaapkamer, stribbelde ze de laatste tijd net iets te vaak naar zijn zin tegen.

Er was altijd wat. Eerst avondeten, dan de kinderen naar bed en voorlezen, hond uitlaten, keuken opruimen, journaal kijken, een late talkshow of nog even een boek uitlezen; het was meer regel dan uitzondering. Seks schoot erbij in. Terwijl hij er juist zoveel behoefte aan had.

Steeds vaker zocht hij zijn heil bij pornosites. Hierbij kon hij zijn fantasieën alle ruimte geven. De anonimiteit van het web. De laatste tijd werd hij zelfs nieuwsgierig naar meer, zou hij wel wat verder willen gaan. Contacten leggen ging zo gemakkelijk via het net. Voor je het wist had je er een hele schaar geile vriendinnen bij. Dat vooruitzicht bracht hem meteen in de stemming. Hij keek op de autoklok. Tien over twee. De meisjes lagen daar prima, als hij de boodschappen had uitgeladen kon hij best even zijn laptop aanzetten.

Niet veel later lag hij uitgeblust op een van de tweezitsbanken die het huis rijk was. De leuning drukte hard en pijnlijk tegen zijn nek. Zijn blote, bezwete kont zat vastgeplakt aan het rode leer. Langzaam gleed het sperma van zijn buik. Zijn slappe geslacht lag warm en vochtig in zijn hand.

Buiten klonk de schreeuw van een meeuw. Jip sprong op en begon heftig te blaffen. Simon draaide zijn hoofd in de richting van het raam. Tussen de halfgesloten lamellen zag hij een grote witte vogel met een kromme snavel over het terras hippen. Het beest krijste alsof het gevild werd. Kwijlend wierp Jip zich op het raam. Verbaasd keek de vogel naar de hond, zette zich af en vloog weg.

Zowel baas als hond had zijn slijmerige sporen uitgezet. Nu was het huis echt van hen. Simon pakte een van de kussens die op de bank lagen en schoof het onder zijn hoofd. Hij sloot zijn ogen. Nog even nagenieten, zei hij in zichzelf, en met zijn rechtervoet schoof hij de dichtgeslagen laptop naar de andere kant van de bank.

'Jip, ga af!' commandeerde hij luid tegen de hond, die nog steeds nerveus tegen het raam bleef blaffen. De hond gromde, maar deed vervolgens wat zijn baas hem vroeg en zocht zijn mand op. De warmte van het huis nam bezit van Simons geest en voldaan gaf hij zich over aan een droomloze slaap.

Plotseling klonk de ringtoon van zijn mobiel. Het geluid kwam onder de bank vandaan. Vliegensvlug dook Simon onder het rode gevaarte, zijn handen graaiden over de stenen vloer. Jip dook nieuwsgierig mee. Stofwolken en spinnenwebben vlogen om zijn oren. Toen Simon de telefoon eindelijk te pakken had, hield die op. De voicemail had het overgenomen. Geërgerd duwde Simon zijn snuffelende hond van zich af en luisterde naar de ingesproken tekst.

'Pap... Melissa is door een kwal gebeten.' De opgewonden hoge stem van Jaimi klonk paniekerig door de telefoon. 'Je moet meteen komen! Pap...?'

Op de achtergrond hoorde hij een zacht gesnik.

Meteen belde hij terug: 'Is Martha daar?' vroeg hij toen een van haar medewerkers opnam. Het leek uren te duren voordat ze aan de telefoon kwam. Simon zette het toestel handsfree en zocht zijn kleren bij elkaar.

'Meneer Klooster, het valt wel mee, maar ze is erg geschrokken.' De stem van Martha galmde opeens helder door de woonkamer, geruststellend maar dwingend.

'Ik denk dat u beter zo snel mogelijk kunt komen. Het is

nogal druk hier en de kinderen hebben het warm. Ze zitten in de schaduw op het terras.'

'Ja, natuurlijk, ik kom direct,' riep Simon naar het toestel. Een hoestbui diende zich aan, en voordat hij nog iets kon zeggen was de verbinding verbroken.

Vlug trok hij zijn boxershort en korte broek aan, griste naar zijn portemonnee en zonnebril en snauwde naar Jip dat hij zich gedeisd moest houden. Nog harder brulde Simon in de richting van het dier, dat duidelijk geen zin had om te stoppen. Zenuwachtig dribbelde hij van de woonkamer naar de keuken.

'Zelf weten,' riep Simon. Rochelend verliet hij de bungalow. In de auto stak hij meteen een sigaartje op. Zijn vingers roken naar zijn geslacht. Godverdomme, ik heb geen tijd gehad om die bank schoon te vegen, dacht hij. Nou ja, eerst maar eens kijken hoe erg de schade bij de dames is. Toen hij de BMW startte hoorde hij Jip nog steeds blaffen. 'Zenuwlijer,' gromde hij.

— 5 —

De landweg die naar de hut leidde was dor en kaal. Net als de naastgelegen weilanden. Hier en daar stond nog een dorsmachine, achtergebleven als stille getuige van het gedane werk. Boeren hadden gehooid. De zwoele wind verspreidde de geur van pas gemaaid gras. Dikke balen hooi lagen als kunstzinnige objecten her en der verspreid over het veld. Als rode en blauwe linten markeerden klaprozen vermengd met korenbloemen de weg. Daarboven zoemde een bijenvolk tezamen met vele vlinders. Boven de sloot scheerden libellen. Als minihelikopters doorkruisten ze vervaarlijk het wuivende riet.

Nog een paar maanden, en dikke rietsigaren zouden trots mee wuiven.

Helen was dol op dit eiland. Sinds vier jaar woonde ze hier nu permanent. Toen ze de leeftijd van zesenvijftig bereikt had – Jan was één jaar dood – wilde ze weg uit de grote stad. Iedereen raadde het haar af. 'Blijf toch werken,' zeiden collega's, 'denk aan je pensioen.' 'Je vereenzaamt daar,' riepen een paar vriendinnen. 'Wat moet je in je eentje tussen al die vakantiegangers?'

Meer dan dertig jaar had ze gewerkt als bibliothecaris. De laatste jaren, sinds de computer zijn intrede had gedaan, viel het werk haar steeds zwaarder. Had ze zich vroeger nog beziggehouden met collectiebeheer – en kon ze datgene doen waarvoor ze was opgeleid –, tegenwoordig hoefde ze alleen nog maar teruggebrachte boeken recht te leggen.

'Displayen' noemde men dat. Vuile, gelezen boeken op keurige stapeltjes leggen. 'Desinteresse' noemde zij het liever. Cultuurgoed dat niet op inhoud werd beoordeeld, maar op de kleuren van een stofomslag. Stapeltjes van vier, hooguit vijf boeken lagen op speciaal daarvoor bestemde tafels. Onderop de donkerste kleur van het kleurenscala, langzaam oplopend naar licht. Kennis van het alfabet was niet nodig, kennis van kleuren des te meer. Rood, groen, blauw, geel of paars: 'Je moet niet kleurenblind zijn,' had ze er ooit per ongeluk uitgeflapt. Die opmerking werd haar niet in dank afgenomen. 'Je staat niet open voor verandering,' werd haar verweten.

Ja, na de automatisering veranderde het aanzien van haar vak. Internet verschafte informatie, de bibliothecaris werd een opruimhulp.

Dus toen ze vervroegd kon uittreden – wat moesten ze tenslotte met zo'n ouwe doos en digibeet? – nam ze dat met beide handen aan. Er werd een groot afscheidsfeest georganiseerd, met slaapverwekkende toespraken en vele onbeduidende geschenken. Als ze toen niet de kennis had gehad dat ze van haar af wilden, had het haar bijna kunnen ontroeren. Nu liet ze geen traan.

Een jaar lang was ze nog steeds op hetzelfde tijdstip wakker geworden. Pas toen ze verhuisde naar het eiland ging dat over. Het leven als bibliothecaris werd een vage vlek in haar geheugen.

Hier had ze haar planten en haar werkzaamheden op het park en leefde ze van een bescheiden uitkering. Het geld dat was overgebleven van de verkoop van haar huis had ze op de bank gezet. Genoeg voor de rest van haar leven.

Ze naderde de hut. Ook al lag hij verscholen tussen riet en bomen, een deel van de oranje dakpannen was nog net zichtbaar. Ze glinsterden in de zon. Het laatste stukje weg was moeilijk begaanbaar en hobbelig. Diepe kuilen, die 's winters vaak vol water stonden, wist ze behendig met haar stuurmanskracht te omzeilen. Niet iedere vrouw zou hier zonder te slippen kunnen rijden, maar voor iemand als zij, opgegroeid in de geur van smeerolie en uitlaatgassen, was dat geen enkel probleem.

Toen ze uitstapte, voelde ze voor het eerst de branderige pijn onder haar voeten. Op sommige plekken had de huid onder haar voetzolen losgelaten, het vel hing erbij. Als een balletdanser op spitzen liep ze op haar tenen om de auto. Ze pakte haar tas en trachtte al wiebelend de deur te bereiken. Eenmaal binnen viel er een enorme spanning van haar af. Het was hier koel. De gordijnen waren gesloten. Ook de ligging van de hut zorgde ervoor dat er zo goed als geen zon binnenkwam. De duisternis omsloot haar als een veilige metgezel.

Nog voordat ze haar tas uitpakte, kleedde ze zich uit. Naakt strekte ze zich uit op de brits die tegen de wand van het keukenblok stond. Ze ademde diep in, alsof ze bang was voor wat er komen ging. Haar ogen hield ze gericht op het balkenplafond. Langzaam liet ze haar handen over haar klamme lichaam glijden. Toen haar vingertoppen de vochtige, bezwete plek rondom haar schaamstreek hadden bereikt, hield ze in. Eerst betastten haar vingers de weke huid van haar schaamlippen. Daarna drukten ze harder en harder in het zachte vlees. Haar nagels sneden wreed door de dunne huid. De ingang van haar vagina begon te schrijnen. Als vanzelf vormde haar hand zich tot een vuist. Het volgende moment stootte hij door de nauwe opening naar binnen. Haar lichaam kromp ineen toen haar onderbuik zich samentrok. Een stille kreet van pijn ontsnapte uit haar mond. Toen was het voorbij.

Een mug deed zich te goed aan haar arm. Ze besloot op te staan. Voorzichtig stak ze haar pijnlijke voeten in de versleten slippers die onder de brits stonden. Ze strompelde naar het raam en opende de gordijnen. Een smalle streep zonlicht viel over de planken vloer. Stof en zand werden zichtbaar. Er schoot iets langs haar voet. Waarschijnlijk een veldmuisje, dacht ze gelaten.

Ze had dorst, haar keel voelde droog. Toen ze de kraan in de keuken opendraaide, maakte hij een hels kabaal. Hortend en stotend hoestte hij een bruine straal door de leiding. Ze waste haar gezicht, kleedde zich aan en begon haar tas uit te pakken.

De koelkast werkte nog, hierin verdwenen de wijn en de pasta. Ook al was het een primitieve hut, ze had er stroom en water. Meer had ze niet nodig. In de keukenkast vond ze, buiten een paar blikken chili con carne, een aangevreten rol biscuit. Hoelang ben ik hier niet geweest? Het moet zeker een halfjaar geleden zijn, schatte ze.

Ze schuifelde naar het lage boekenkastje tegenover de brits. Haar vingers gleden langs de ruggen van de boeken. Allemaal over planten.

Automatisch greep haar hand naar het boek waarin de op-

lossing lag. Toen ze het openklapte, vond ze op de bewuste bladzijde wat ze zocht. Het papiertje was vergeeld, maar de tekst was nog steeds goed leesbaar. Ik zou het zo weer kunnen doen, dacht ze. Maar ik moet voorzichtig te werk gaan. Mijn leven op dit eiland en alles wat daarbij hoort, wil ik niet meer verliezen.
  Ze had het eerder gedaan. Tot tweemaal toe was het gelukt. Waarom zou het niet weer lukken? Die hond. Die rustverstoorder. Hij zou er als eerste aan gaan.

## – 6 –

De sorbets waarachter de meisjes zaten bedekten praktisch hun hele gezicht. Daardoor zagen ze niet dat hun vader het bomvolle terras op kwam. Simon greep snel naar zijn iPhone om een foto van de twee te maken. Het was aandoenlijk. Hun dunne haar, waarvan de onderkant in natte pieken vastgekleefd zat aan hun schouders, stond alle kanten uit.
  Ze hadden Klaartjes steile haar. Hij had krullen. Van dat haar waar altijd bewonderend naar werd gekeken – behalve door hemzelf, omdat hij wist hoe die krullen bij nevel konden veranderen in een kroeskop. Weer zag hij de vrouw met het asblonde kroeshaar voor zijn geestesoog verschijnen.
  Melissa had een handdoek rond haar middel geslagen. Misschien had Martha haar die gegeven? Het was een donkerblauwe, geen knallieroze. Jaimi had een vuurrood hoofd. Haar wangen gloeiden en de bandjes van haar bikini hingen halverwege haar tengere armpjes. Klaartje zou hem dankbaar zijn. Voor eeuwig vastgelegd. Leuk voor later.
  De mensen om hem heen babbelden op gedempte toon.

Sommigen lazen een boek of tuurden over zee. Anderen deden een dutje.

De enige die veel kabaal maakten, waren de zilvermeeuwen. Als brutale straaljagers doken ze laag over de tafeltjes. Simon was hier nog maar een paar uur, maar het voelde als een week. Misschien wel langer. Hij genoot.

'Zo jongedames,' bromde hij. 'Ben ik hiervoor zo snel gekomen?'

Melissa liet van schrik haar lepel vallen. Gelijk toonde ze hem haar been.

'Hij heeft me hier gebeten, pap.' Haar vinger wees op drie rode verticale strepen, net iets boven haar smalle enkeltje. Ze trok een pijnlijk gezicht. Op het puntje van haar neus zat slagroom. Simon moest zijn best doen niet te lachen.

'Mevrouw Martha heeft er azijn op gedaan. Dat stonk heel erg. Met een theedoek. Ik moest hem zelf vasthouden. Heel lang. Dat deed ook pijn. Nu zit er zalf op,' vervolgde ze met een snik in haar stem.

Twee oude dames die aan de tafel naast de kinderen zaten – voorzien van zonnehoeden en dito brillen – vingen het gesprek op. Met hun roodgestifte lippen lachten ze Simon bemoedigend toe.

'En het jeukt,' zei Melissa, terwijl ze begon te krabben op de plek des onheils. Jaimi was te druk met haar sorbetglas. Het proces van smeltend ijs probeerde ze uit alle macht met haar tong te stoppen. Ze had nu geen tijd voor haar zusjes been.

'Arme schat,' zei Simon. Hij boog zich over zijn oudste dochter en gaf haar een kus op haar been.

'Pas op!' gilde ze. En in een poging haar been te redden, stootte ze het wild tegen de tafel. 'Au!' jammerde ze, half in tranen. 'Je maakt het alleen maar erger!' Boos keek ze haar vader aan.

'Hoe smaakt het ijs?' vroeg Simon om de aandacht op iets anders te vestigen. Hij had bij deze temperaturen geen zin in een scène. Vlug pakte Melissa haar lepel en stak hem in de smeltende massa. Toen ze een hap nam, leek ze haar been opeens vergeten.

'Krijg ik ook een hapje?' vroeg hij kuchend, en hij boog zich over de tafel.

'Nee,' was het korte antwoord van zijn toch al zo geplaagde dochter.

'Zeg, ik geloof dat jullie wel even uitgezwommen zijn, is het niet? Waar zijn de badlakens gebleven?'

Jaimi wees naar de grond onder de tafel. Ze kon niet praten. Haar mond was wit omcirkeld door ijs. Zo leek ze nog het meeste op een clown. Ook nu moest Simon zich weer bedwingen om niet in lachen uit te barsten.

'En de strandspullen?' ging hij op serieuze toon verder.

Beide kinderen keken hun vader onwetend aan. Melissa haalde haar schouders op. 'Kweenie,' zei ze.

'Godallemachtig, je laat toch niet je spullen achter?' bromde Simon. Opnieuw voelde hij de ogen van de oude dames in zijn rug prikken.

'Had jij daar niet aan kunnen denken?' vroeg hij aan zijn jongste dochter, die niet reageerde. Stoïcijns nam ze nog een hap van haar ijs.

'Wat willen jullie nu? Dat ik die emmers en scheppen ga zoeken? Het is me wat! Ik lijk wel gek.' Simon draaide zich om, schoof zijn zonnebril tussen zijn krullen en liep de strandtent binnen, waar Martha met een vol dienblad net naar buiten wilde lopen.

'Ha, jongen,' zei ze. Het was grappig, ze noemde hem altijd jongen, maar tutoyeerde hem nooit. 'Kan ik iets te drinken voor u meebrengen?'

'Nou graag! Doe maar een biertje. Zo'n witte van het eiland.

Ik ben zo terug. Ze hebben hun emmers laten liggen.' Hij wees naar het strand en liep het terras af. Overal staken voeten en slippers onder de tafels vandaan. Hij stak een sigaartje op en inhaleerde diep. Hij zuchtte. Die verdomde meiden ook, dacht hij vertederd.

Vijf minuten later zat hij met emmers en scheppen onder de parasol. De meisjes, die nu verdiept waren in hun stripboeken, hadden geen oog meer voor hun vader. De zon brandde op zijn voeten. Hij nam een flinke teug van het witte bier, dat snel opwarmde. Net toen hij een blik op zijn iPhone wilde werpen, zei Jaimi: 'Pap, ik ben verbrand.' Ze toonde hem haar rode schoudertje.

'Hmm,' mompelde Simon zonder op te kijken. Hij zag dat Klaartje een sms'je had gestuurd.

'Pa-ap,' zeurde Jaimi en ze trok aan zijn arm.

'Hmm?' gromde Simon.

'Pa-ap, kijk dan!'

'Ja, wat is er?'

'Ik ben verbrand!'

'Dan blijf je vanaf nu onder de parasol,' zei hij resoluut.

'Maar ik wil zwemmen, ik heb het warm.'

'Straks gaan we zwemmen. Dan ga ik ook mee. Oké? Eerst mama antwoorden. En ik drink even mijn biertje op. Je hebt toch een boek?'

'Maar pa-ap.'

'Hou op met je gezeur! Nu even niet! Je ziet toch dat ik bezig ben.' Zijn donkere stem galmde over het terras. Dit keer merkte hij niet dat er naar hen gekeken werd. Hij tikte een sms'je terug naar zijn Klaar:

'ALLES GOED HIER, WARM, MIS JE, TOT MAANDAG. KUS'

## — 7 —

Langzaam verdween de zon achter de bomen. Helen had de ramen geopend. De natuur leek te ontwaken na een verstikkende dag. Zwaluwen vlogen onder niet-aflatend gekwetter, hoog in de lucht. Ze cirkelden om de meeuwen, die, veel minder behendig dan zij, traag onder hen door vlogen. Zo maakten de kleine zwarte acrobaten hun logge witte soortgenoten helemaal gek. Meeuwen pesten, noemde Helen dat.

Ze had een fles witte wijn ontkurkt en at de koude pasta. Haar smalle voeten weekten in een bak met ijskoud water. Als in een droomtoestand was de dag verlopen. Ze had dit vaker meegemaakt. De keren dat ze in haar leven was vernederd, uitgescholden of nog erger. Dan had ze zich teruggetrokken uit het verbale en fysieke geweld. Gedaan alsof het niet bestond, alsof ze niet chantabel was. Liegen op school en later tegen collega's. Vriendschappen die te dichtbij kwamen verbreken. Moeilijke vragen altijd weten te pareren.

Nooit had ze hem haar geheim moeten vertellen. Eén zwak moment van onoplettendheid had meer dan twintig jaar van haar leven bepaald.

Ze trouwden snel. Zoals dat ging in die tijd. Ze was achtentwintig en beeldschoon. Hij één jaar jonger. Een prachtig stel. Hij, de grote, gespierde jongen met de lange blonde haren en grote gebaren en de stem als een kanon. Een man om wie je niet heen kon. Zij een frêle schoonheid. Zonder hem was ze niets. Een schim.

Hippies waren ze. Vrij en onaangepast. Drank en drugs en vrije seks, daar draaide alles om, althans voor hem. Zij werkte en verdiende geld. Zij had een degelijke opleiding genoten.

Hij niet. Diep in zijn hart vond hij haar maar een burgertrut. Maar toen hij van de ene op de andere dag zijn atelier uit werd gezet, trok hij al snel bij dat burgertrutje in. Haar etages aan de Amstel, gekocht met het geld van haar erfenis, werden al snel zijn etages. En voor ze het wist, was haar geliefde achterkamer op het noorden veranderd in een atelier. Nachtenlang werd daar doorgezakt. Iedereen mocht blijven slapen. Eten, drinken en feesten, het kon niet op.

Waarom was ik toch zo verdomde naïef, vroeg ze zich af bij die herinnering. En terwijl ze zichzelf een nieuw glas wijn inschonk, kwamen alle herinneringen aan de bacchanalen bovendrijven.

Jan was schilder. Voordat hij haar leerde kennen, woonde hij in Parijs. Amper twintig was hij toen hij vertrok uit zijn kleinburgerlijke familie, zoals hij zijn milieu noemde. Bijna iedereen die zichzelf in die tijd als kunstenaar serieus nam, ging naar Parijs. Veel drank, weinig slaap, slechte behuizing, veel neuken en evenzoveel ruzies. Heel weinig productie. Armoe troef.

Vier jaar later keerde hij, berooid en ziek, terug naar Amsterdam. Het kwam hem toen heel goed uit dat hij haar ontmoette. En zij wilde zo graag. Eenzaamheid en schuldgevoel vormden de aanleiding van haar verhouding met hem.

Slechtere drijfveren kun je niet hebben, wist ze nu. Was ik toen maar in therapie gegaan, dacht ze. En ze hoorde de therapeut van jaren later nog zeggen dat het een lange weg zou worden. Ze was die lange weg niet ingeslagen, de kortere leverde haar het juiste resultaat. Een verbeten lachje ontstond rondom haar mond toen ze nog een flinke slok van de wijn nam.

Ineens schrok ze op. Er rommelde iets achter de deur. Het geluid leek op voetstappen. Was daar iemand? Wie dan? Bijna niemand wist van deze plek. Tenzij... Ze hield haar adem in. Het zullen wel vogels of konijnen zijn, probeerde ze zichzelf gerust te stellen.

Maar het geluid kwam nu dichterbij. Dit waren duidelijk voetstappen. Snel stapte ze uit de teil. Haar voet raakte het handvat. Haar tenen bleven hangen en met een daverende klap kletterde de teil tegen de vloer. Als daar iemand was, moest hij dit gehoord hebben. Vlug verborg ze zich onder het raam. Zonder zich te verroeren luisterde ze naar het geluid van de voetstappen, die haar leken te volgen. Onder het raam werd het stil. Daarna klonk het ritselende geluid van brekende takken.

De hut lag hoog en de ramen ook. Je moest behoorlijk lang zijn om zomaar naar binnen te kunnen kijken. Wie was daar in godsnaam? Ze kon opstaan en haar hoofd naar buiten steken. Waarom niet? Het was haar hut. Niemand had hier iets te zoeken.

Maar een stem binnen in haar zei het niet te doen. Doodstil wachtte ze af. De deur had ze voor het eerst sinds jaren toevallig afgesloten. Ook de Land Rover was op slot. Onbewust had ze alles en iedereen na het voorval van vanmiddag buitengesloten. En ook nu wilde ze niemand zien of spreken.

Opnieuw gekraak van takken. De begroeiing onder het raam was veel te venijnig om zomaar langs naar binnen te klimmen. Rozen en bramenstruiken groeiden door elkaar. Zonder ladder lukte dat nooit. Je zou je handen en benen behoorlijk beschadigen. Dat had de indringer blijkbaar ook bedacht. Langzaam verwijderde het geluid zich van het raam. Het werd weer stil. Helen keek in de richting van de deur. Geen geluid. Het voelde alsof ze al uren op haar hurken zat. Haar voeten gloeiden en haar benen gingen slapen. Toch wilde ze niet gaan staan.

Geschuifel achter de deur. Stil. Een zachte, aarzelende klop op de deur. Weer stil. Nog een klop, nu harder. Langzaam bewoog de klink omlaag. Hij kraakte in zijn schroeven. Toen er geen beweging in de deur kwam, gaf de bezoeker het op. Geleidelijk verwijderden de voetstappen zich en stierf het geluid weg.

Ademloos bleef Helen in haar gehurkte houding zitten. Apathisch staarde ze van de deur naar het wegsijpelende water uit de teil. Uiteindelijk, toen ze er helemaal zeker van was dat er niemand meer was, stond ze op. Voorzichtig strekte ze haar tintelende benen.

Dit is de tweede keer op één middag dat ik me heb verstopt voor iemand, dacht ze. En woede maakte plaats voor angst. Haar hele lijf begon te trillen. Ze greep naar een pen en smeet hem door de kamer: 'Genoeg geweest!' gilde ze hysterisch. Ze wierp een blik onder de brits. Het lag er nog, het jachtgeweer. Ze had het lang niet gebruikt. Binnenkort zou ze het wel eens nodig kunnen hebben.

– 8 –

Toen Simon die avond de BMW de parkeerplaats op draaide, was hij aan het eind van zijn Latijn. Ook de meisjes waren op, knikkebollend zaten ze achter hem in de auto. Rozig, zanderig, verbrand en ongewassen legde hij zijn schatten niet veel later in hun vakantiebedjes. 'Slaap lekker, poppies,' zei hij, en hij kuste hen zacht in hun touwachtige haar. 'Morgen weer een dag!'

Beneden klonk het geblaf van Jip. Hij was door het dolle heen. Kwispelstaartend liep hij achter Simon aan toen deze de schuifdeur openzette. Met een sprong glipte de hond langs zijn baas de tuin in.

'Ga jij maar. Ik wil eerst even bijkomen,' riep Simon de cockerspaniël achterna, toen die onder luid geblaf in de schemer verdween. Simon schonk zichzelf een whisky in, pakte een sigaartje en net toen hij dat wilde aansteken ging de telefoon.

'Hoi Klaar,' zei Simon toen hij zag wie er belde.

'Hoi schat,' antwoordde een vermoeid klinkende stem. 'Hoe is het met de meiden?' was haar eerste vraag.

'Goed hoor. Ze slapen. En jij?'

'O, lieverd, het was zo druk. Als het niet mijn eigen toko was, dan zou ik balen. Waarom zijn er zoveel mensen tegelijk met kiespijn?'

'Ik weet het niet, schat, had je maar een ander vak moeten *kiezen*.' Simon grinnikte al hoestend om zijn eigen grapje.

'Leuk hoor,' zei Klaartje. 'Zeg, rook je niet te veel? Is het bij jou ook zo warm? Ik zit hier zo goed als bloot op de bank.'

'O ja?' Simon voelde zich geil worden. 'Wat heb je dan nog wel aan? En wil je dat niet liever ook uittrekken?' Hij begon nu overdreven te hijgen. 'Telefoonseks kan heel spannend zijn, vind je niet?'

Aan de andere kant werd meisjesachtig gegiecheld. 'Kan wel zijn, maar ik ben moe, en morgen moet er weer geld verdiend worden. Mijn man zit lui aan zee met de familie. Iemand moet voor de kosten opdraaien,' sprak ze quasistreng.

'Het is goed, schat, ook mannen worden moe. Je hoeft je niet te verontschuldigen, ga maar lekker slapen. We spreken elkaar morgen wel weer.'

'Welterusten,' zei Klaar zacht. Toen verbrak ze de verbinding.

Met een voldane grom plofte Simon op de bank. Hij gooide zijn voeten over de leuning, schopte zijn slippers uit en pakte de afstandsbediening van de tv. Door de geopende schuifdeur woei een mild avondbriesje naar binnen, in de verte hoorde hij Jip blaffen.

Laat hem maar, dacht hij. Geen mens die er last van heeft.

De parkeerplaats was bij thuiskomst mogelijk nog leger dan toen hij vertrok. Zappend en drinkend wilde hij de rest van de avond doorbrengen. De voorbijflitsende beelden ontspanden hem. Het nietszeggende gewauwel van een late talkshow gaf hem rust. Hij dacht aan de komende week. Vrijdag werd hij vijftig. Vijftig, dat klonk zo heel anders dan veertig. Nog tien jaar en hij was bejaard. Een ouwe zak. Dat idee maakte hem nerveus. Het leven was snel gegaan. Heb ik eigenlijk wel echt gedaan wat ik wou, vroeg hij zich af terwijl hij een flinke slok whisky nam.

Toen hij Klaartje ontmoette was hij al meer dan tien jaar gescheiden. José, zijn eerste vrouw, was een wilde meid. Als hij aan haar terugdacht, dan kwam het schaamrood hem haast op de kaken. Onverzadigbaar, had ze zichzelf genoemd bij hun eerste ontmoeting. Toen had hem dat enorm geprikkeld. Hij moest glimlachen nu hij eraan terugdacht.

Net eenentwintig en zoekende, had hij na een mislukte studie Nederlands besloten op het aanbod van een reclamebureau in te gaan om daar te komen werken. Hij was nooit echt een studiebol geweest.

Op zijn vijfentwintigste trouwde hij in vol ornaat met José. Ze was zwanger, en eerlijk gezegd had hij van het begin af aan getwijfeld of hij wel de vader was. Na drie maanden kreeg ze een miskraam. Ze was in alle staten. Janken en krijsen. Hij trok zich terug. Stortte zich op zijn werk, ging weer op pad met zijn vrienden, en na amper twee moeizame huwelijksjaren, met overspel en veel geruzie, kwam er een einde aan een bitter sprookje. Voor hem nooit meer een vaste verbintenis. Liever bleef hij vrij.

Toen na jaren Klaartje in zijn leven verscheen, was dat voor hem een complete verrassing. Dat ze meteen zwanger raakte en wilde trouwen was voor haar vanzelfsprekend. Zij was vijfendertig en wilde kinderen. Tegenspreken had geen zin.

Het laatste journaal kwam voorbij. Hij bleef nog even hangen. Nederland moest tegen Spanje in de finale, de regering was nog steeds niet gevormd en het weer bleef tropisch. Ach, waarom zou ik hier gaan zitten miezeren. Ik moet niet moeilijk doen, ik heb een prima leven. Laat ik naar bed gaan, dacht hij.

De tv ging uit, hij zette zijn glas neer en bijna had hij de schuifdeur afgesloten, toen hij Jip opeens miste. God, die schurk! Helemaal vergeten. Waar zou-ie zitten?

Snel liep hij de pikdonkere tuin in. Een draad spinrag viel over zijn gezicht, vlug veegde hij hem weg. Hij was aangeschoten. Hij trapte op iets glibberigs. Zijn voet gleed uit. Vloekend probeerde hij zich te focussen op een weggelopen hond. Niets te zien.

'Jip!' riep hij in het luchtledige.

Alles draaide. Boven hem hing een sterrenhemel. Om de paar seconden flitste er een zwaailicht langs. Als een vreemd schijnsel van een ruimteschip dat ergens aan de andere kant van het eiland was geland, bescheen het licht van de vuurtoren het eiland.

Of het nu zijn dronkenschap was of de zwoele avondlucht, hij kreeg zin om zich helemaal over te geven aan dit betoverende moment en met gespreide armen languit in het gras te gaan liggen. Even niet aan de kinderen, de hond en zijn naderende ouderdom denken. Niet aan zijn verloren liefdes en ook niet aan zijn perfecte echtgenote.

In plaats daarvan stapte hij door. Hij bereikte de donkere haag die hun huis van dat ernaast scheidde. Nergens brandde licht. Het viel hem op dat, ook al waren de bungalows aan de buitenkant identiek, die van hen duidelijk ruimer van opzet was. Klaar had het weer goed geregeld.

Er streek iets langs zijn been. Het voelde als een staart.

'Jip?' vroeg hij, tastend naar de plek bij zijn scheenbeen. Niets.

'Jip!' brulde hij nu luid. Goddomme, hij werd zenuwachtig van dit kat-en-muisspel. Geërgerd sloeg hij in het wilde weg om zich heen. Nergens was Jip te zien. Opgelost in het donker van de nacht. Eindelijk had hij zijn kans schoon gezien. 'Verdomde rothond, dove kwartel,' gromde Simon tegen de donkere omheining. 'Kan ik dáár weer achteraan.'

Het zou moeilijk worden de cockerspaniël te vinden, hij viel hier nauwelijks op. Simon weifelde, had hij een zaklamp van huis meegenomen? Nog voordat hij zich kon omdraaien om daarnaar op zoek te gaan, hoorde hij het geluid van een rammelende, naderende auto. Twee felle koplampen schenen nu recht in zijn tuin. Lang genoeg om voor zijn voeten een gat in de haag te ontdekken.

Het moment van zicht was kort, de lampen draaiden van de tuin af en beschenen nu het naastgelegen huis. Voordat ze doofden kon hij nog net de achterkant van de Land Rover zien. Daarna was het weer pikdonker. Vanuit de duisternis hoorde Simon een klap van een portier. Toen het knarsen van grind. Daarna even niets. Stilte, en weer die ene seconde van het voorbijflitsende licht van de vuurtoren. Plotseling een huiveringwekkende blaf, gevolgd door een hartverscheurend gejank.

'Jip?!' schreeuwde Simon uit volle borst.

— 9 —

Ze had hem ook meteen kunnen doodrijden. Hij liep recht op haar af, beter kon niet. Verblind door de koplampen bleef hij stokstijf staan, midden in haar vizier. Zoals hazen doen. Voor je het weet raak je er een, of meer. Bloed aan je bumper en gedonder met de boswachter. Reed je niet te hard, Helen? Ze hoorde het hem vragen.

Hij had haar vaker bestraffend toegesproken. Hij mocht haar niet. Had haar nooit gemogen. Sinds ze zich hier had gevestigd, had hij haar dwarsgezeten. Ze wist wel waarom. Ook hiervoor hield ze Jan verantwoordelijk. Dat hij haar dat verweet. Kinderachtig vond ze het.

Zeker iemand als hij – een man die de meeste tijd van zijn leven in de vrije natuur doorbracht – zou toch wat milder naar haar kunnen zijn, dacht ze vaak. Hij wist dat ze planten verzamelde voor haar onderzoek naar uitstervende soorten. Hij kende haar collectie herbariums. En evengoed altijd moeilijk doen als ze tijdens de broedperiode op zoek wilde naar een bijzondere zaailing. Het gebied was gesloten. Ook voor haar. Macht. Altijd ging het om macht, wist Helen. Mannen en macht.

Ze doofde de lichten van haar auto, stapte uit en pakte de spullen uit de achterbak. De stilte van de avond deed haar naar haar bed verlangen. Het was al na middernacht, een tijdstip waarop ze meestal allang lag te slapen. Haar dagindeling was behoorlijk verstoord geraakt. Ze was een ochtendmens.

Toen ze de achterdeur van de auto dichtsloeg, zag ze een donkere schim voor de auto zitten. Die stomme hond zat nog steeds versuft naar de bumper te staren. Woest liep ze op hem af en schopte in zijn richting. Meteen begon het schijtbeest te janken alsof zijn leven ervan afhing.

Achter haar rug klonk een bekende stem. Even trokken al haar spieren zich samen. Haar lijf verstijfde. Maar nu ze wist dat de stem haar niets kon doen – dat hij niet bij de man hoorde die haar zo lang had gekweld – kon ze zich snel ontspannen.

'Jip?!' galmde het.

Haar ogen, die gewend waren aan het donker, volgden de

richting van het geluid. Blijkbaar stond de man achter de haag. Op dezelfde plek als waar ze hem vanmiddag gezien had. Rustig liep ze op de omheining af. Zijn nerveuze aanwezigheid was door de haag heen te voelen. Hij ademde zwaar. Het was moeilijk te zien, maar ze meende bij de wortels van de struiken een gat te ontdekken. Vermoedelijk had die rothond daar zitten graven. Hierdoor was hij natuurlijk het terrein op geglipt.

'Jip?' vroeg de stem bezorgd.

Voordat ze antwoordde, wachtte ze even. Ze dacht na, dit was haar kans. Schaapachtig vroeg ze: 'Bent u uw hond kwijt?'

'Eh... ja,' haperde de stem. Hij wist natuurlijk niet met wie hij van doen had, maar wilde er blijkbaar alles aan doen om zijn hond terug te krijgen. 'Hebt u hem gezien?' sprak hij veel te luid in haar richting.

Ze sidderde opnieuw en deinsde achteruit. Die rollende r-klank, diezelfde stem. Ze kon zich nog omdraaien en wegrennen.

'Hij loopt op de parkeerplaats. Voor het huis.' Haar stem sloeg bijna over van angst.

'Oké, dan zal ik hem daar gaan zoeken.'

Weer reageerde ze vanuit een impuls. Ze moest hem voor zijn. 'Het is daar nogal donker. We hebben maar één lantaarnpaal hier.'

'Oké, bedankt. Dan pak ik even een zaklamp.' Hij maakte geen aanstalten zich om te draaien. Blijkbaar aarzelde hij. Nu doorgaan, dacht ze.

'Veel gasten klagen erover, maar ik ga daar helaas niet over,' vervolgde ze. 'Wilt u liever dat ik hem voor u ophaal?'

Het werd stil aan de andere kant van de haag. Zou hij er nog staan, vroeg ze zich af. Meteen kreeg ze antwoord.

'Nou, graag... Als het niet te veel moeite is? Mijn hond is nogal Oost-Indisch doof, ziet u.'

De woorden van de man vlogen als een stuurloos geworden vliegtuig door de ijle avondlucht. Ze belandden tussen het donkere gebladerte van de heg.

'Ik zal de voordeur vast voor u opendoen!' voegde hij er vlug aan toe.

Ze antwoordde niet. Ze hoorde hem zuchten en steunen. Hij treuzelde, alsof hij niet goed wist wat hij moest doen. Toen begon hij te hoesten, en weldra liep hij terug naar zijn bungalow. Stakker, dacht ze.

Haar tas zette ze bij de achterdeur van het huis. Ze liep terug naar de parkeerplaats en tuurde over het verlaten terrein. Nergens een hond te zien. Uit de hoek bij de vuilstortplaats klonk geritsel. Er bewoog iets wat op een spaniël leek. Hij was druk aan het snuffelen en hoorde haar niet aankomen. In één greep pakte ze hem ruw bij zijn halsband en overmeesterde hem. Jankend dook het dier in elkaar toen ze hem met opzet wreed aan zijn oren trok. 'Hou je koest, rothond!' siste ze. De hond piepte zacht, angstig keken zijn glimmende kraalogen naar de donkere gestalte boven hem.

'Jij en je baas hebben mijn rust verstoord,' snauwde ze in zijn oor. 'Dat hadden jullie beter niet kunnen doen.'

— 10 —

Gauw trok Simon het overhemd aan dat over de bank hing. Ook al was het nog steeds drukkend warm, hij moest er niet aan denken dat de vrouw hem hier halfnaakt zou aantreffen. Hij dacht aan zijn buikje en de zwembandjes daarboven. Voordat hij zijn hemd dichtknoopte, rook hij even onder zijn oksels.

Hij vroeg zich af of de vrouw achter de haag dezelfde was

als die hij vandaag tot twee keer toe had zien voorbijschieten. Ze moest het zijn. Ze hoorde bij de Land Rover. Het vooruitzicht haar hier op dit nachtelijke uur te treffen, maakte hem lichtelijk nerveus. Hij had behoorlijk gezopen en was al aardig aangeschoten. Niet bepaald een goed moment om een wildvreemde en aantrekkelijke – hoe kwam hij nou weer op het belachelijke idee dat ze aantrekkelijk was? – vrouw over de vloer te krijgen.

Voordat hij naar de voordeur liep en op zoek ging naar de lichtschakelaar in de hal, moffelde hij vliegensvlug de halflege whiskyfles weg. Automatisch wierp hij een blik in de spiegel van de hal en woelde door zijn krullen.

Achter de voordeur hoorde hij het zenuwachtige geblaf van Jip. Daarachter zag hij een donkere, kleine schim naderen. Aan de contouren van het haar herkende hij haar onmiddellijk. Vlug opende hij de deur.

Alsof de duivel hem op de hielen zat, stoof Jip langs zijn baas naar binnen. 'Hé! Rustig een beetje!' riep Simon hem na.

De buitenlamp was aangefloept. Het indringende witte licht bescheen de onbeweeglijke vrouwfiguur, die Simon nu vriendelijk aanstaarde.

'Hier is uw hond terug,' sprak ze kalm.

Lodderig keek Simon haar aan. Hij voelde zich ongemakkelijk onder haar directe blik. Ze was kleiner en tengerder dan hij had gedacht. Haar asblonde haar – of was het grijs? – hing los langs haar gezicht. Het gaf haar een feeërieke uitstraling. Ze had een scherpe neus, maar door haar grote lichte ogen en hoge jukbeenderen leek hij fijner. Ze glimlachte.

'Hallo, ja, fijn! Bedankt! Simon Klooster,' sprak hij luid. Onhandig stak hij zijn hand uit. Hij beefde.

Helen wachtte even. Ze voelde de gespannen sfeer die rond de man hing. Een alcoholdamp kwam uit zijn mond, en aan zijn wankele houding te zien was hij niet ver van het dronkenschap verwijderd.

'Helen Bredius,' zei ze. Terwijl ze zijn hand drukte wierp ze een blik naar binnen. Een klamme, vlezige hand had hij. Slap handje, dacht ze.

'Wilt u binnenkomen?' vroeg Simon, toen hij haar blik volgde. Hoewel hij zich op een vreemde manier tot haar aangetrokken voelde, hoopte hij dat ze zou weigeren. Hij wilde naar bed. Hij was doodop en had te veel whisky gedronken. Stel je voor, was zijn volgende gedachte, dat de kinderen wakker worden en mij hierbeneden met een andere vrouw vinden. De eerste de beste dag dat ik alleen op het eiland zit, ben ik bezopen en in het gezelschap van een vrouw. Wat zou Klaartje zeggen als de kinderen het haar vertelden?

Weer liet Helen hem in het ongewisse. Ze voelde dat deze man helemaal niet wilde dat ze binnenkwam. Het was een arrogante schijtlijster, een egotripper, zoals de meeste kerels die ze had gekend. Hij had zijn hond terug, daar ging het om. Boven lagen die etters van kinderen te slapen, wat moest hij met haar, een wildvreemde vrouw met wie hij niets te maken had? Waar was zijn echtgenote? Ze kon geen vrouw ontdekken. Was hij daarom zo op zijn hoede voor haar?

'Nee bedankt. Het is al laat en ik sta altijd vroeg op,' antwoordde ze. Maar meteen voegde ze er tot haar eigen stomme verbazing aan toe: 'Misschien later? Morgenochtend, een kop koffie?'

De man tegenover haar knipperde met zijn ogen, alsof hij ieder moment in katzwijm kon vallen. Zijn mond bleef een stukje openstaan, waardoor zijn tong iets naar buiten kwam, het gaf hem een kinderlijke uitstraling.

'Het hoeft niet hoor. Ik hoorde kinderen, dus u zult wel druk zijn. Zie maar. De koffie staat vanaf tien uur klaar. U bent welkom. Het huis daar aan de andere kant van de haag,' lachte ze. En ze wees in de richting van zijn achtertuin. Waarom doe ik dit, vroeg ze zich op hetzelfde moment af.

'Bedankt, ja leuk, ik zal even zien. Inderdaad, de kinderen, ja, ik weet niet...'

Hier had hij beslist geen zin in. Rot op, zeg. Koffiedrinken met een of ander vrouwmens dat hier ook zat. Hoe verzin je het. Ze mocht dan hier in het donker de weg weten en zijn hond terugbrengen, dat maakte nog niet dat ze meteen bij elkaar over de vloer hoefden te komen. Donder op. Hij kende zijn buren in Bussum nauwelijks, zou-ie hier...

'Nogmaals dank en tot ziens,' sprak hij beleefd, maar net iets te kordaat. Hij hoopte dat de boodschap duidelijk was.

Helen gaf een kort knikje. Toen ze wegliep en hij de deur dichtdeed, floepte de buitenlamp weer uit. Simon blikte in een donker gat. Vlug draaide hij de deur op slot. Half bedwelmd van de warmte, de drank en het eigenaardige gesprek, sjokte hij de woonkamer in. Hij sloot de achterdeur af, gaf Jip een aai over zijn kop, en vertrok naar de slaapkamer.

Voordat hij zijn eigen bed opzocht, wierp hij nog even een blik in de kamers van de meisjes. Beiden lagen in diepe slaap. 'Mooi,' zei hij tegen zichzelf, 'dit akkefietje is ook weer opgelost.'

Eenmaal in bed kon hij zich niet losmaken van het beeld van de vrouw. Nog steeds dwarrelde ze over zijn netvlies. Ze riep iets in hem op, iets vreemds. Hij kon het niet verklaren, maar hij vond haar op een heel speciale manier aantrekkelijk.

# Zondag

## — I —

Tinus Brandsma was een speurder, zeg maar gerust: puzzelaar. Naast zijn werk als boswachter was hij – puur uit liefhebberij – een detectivebureautje gestart. In drie jaar tijd had hij twee serieuze opdrachten tot een goed einde weten te brengen. Niet dat het nou opdrachten waren die hij bijster interessant vond – een verdenking van overspel waarbij veel geld op het spel stond en een kind dat onterecht bij vader verbleef en door moeder werd opgeëist – maar ze hadden hem het gevoel gegeven meer te kunnen dan uitsluitend het ruimen van bossen en velden. Voor beide opdrachten moest hij regelmatig naar het vasteland, dat was hem wel wat zwaar gevallen. Maar sinds begin februari had hij een nieuwe klus. En dit keer hoefde hij het eiland er niet voor af. Dit keer was het delict hier onder zijn neus gebeurd. Zijn eigen speurdersneus.

Het ging om de vermeende moord op een oud-eilander: de kunstenaar Jan Bredius. Niet zomaar iets dus. Een dame uit de grote stad had hem ingehuurd. Een dame met geld! Ze was hier eenmaal geweest. Een mysterieus type was het. Haar naam wilde ze niet noemen, dat was niet belangrijk, zei ze. Daar kwam hij vanzelf wel achter. Als hij goed was tenminste, had ze eraan toegevoegd. Waarmee ze hem meteen de indruk had gegeven hem te willen testen. Of hij de som geld die ze aan hem ging spenderen wel echt waard was. Ja, deze dame had vanaf het begin zo haar eisen gesteld.

Ook wilde ze per se, voordat hij de opdracht zou accepteren, door hem rondgereden worden over het eiland. Er waren een paar plekken die ze nog eenmaal wilde bezoeken. Blijkbaar was ze daar eerder geweest, want ze kende de weg op haar duimpje. En toen hij haar vroeg waarom ze dacht dat Jan Bredius was vermoord, weigerde ze opnieuw te antwoorden. Aan hem de taak dat uit te zoeken. Zwijgend zat ze naast hem. En ook al was het weer er beslist niet naar – er viel die dag een druilerige regen – haar zonnebril zette ze geen moment af.

Toen ze eenmaal weg was, en hij er nog eens over nadacht, wist hij bijna zeker dat haar ravenzwarte haar vals was. Ze droeg een pruik. Alles van die theatrale verschijning bleef hem nog lang bij. Net als haar omvang. In alle opzichten een stevige tante.

Vanaf dat moment was hij met de paar aanwijzingen die ze hem had gegeven aan de slag gegaan. Voor Tinus werd dit de vuurdoop. Via deze klus kreeg hij eindelijk de kans om zichzelf als professioneel detective op de kaart te zetten. Hij mocht niet falen.

Zijn hele leven lang woonde hij op het eiland. Hij was een 'waddenvaste man', zoals hij zichzelf soms met enige zelfspot beschreef. Een echte noorderling. Men vroeg hem wel eens of hij familie was van de befaamde Titus Brandsma. Hij moest die vraag altijd ontkennend beantwoorden.

De vraag werd zo geregeld gesteld, dat hij op een goed moment de naam van de man had gegoogeld. Het bleek een negentiende-eeuwse mysticus te zijn. Iemand die heilig was verklaard.

Nou, zo ver zou hij het zelf wel nooit schoppen, maar een bijdrage leveren aan een betere wereld, dat wilde hij wel. Het buitenleven en zijn detectivewerk vormden een ideale combinatie. Buiten kon je uitwaaien en je gedachten de vrije loop laten, binnen kon je ze uitwerken. Beter kon niet, vond hij.

Bovendien, voor een man alleen – zijn ouders waren al jaren dood en zijn oudere zus woonde met haar gezin 'aan de overkant', zoals men het vasteland noemde – gaf het wat omhanden. Andere mannen van zijn leeftijd runden een gezin naast hun baan. Hij had de vrouw van zijn dromen nog niet ontmoet.

Hij was nu vijfendertig en ook al was hij geen onaantrekkelijke vrijgezel, vrouwen toonden weinig belangstelling voor hem. Als hij eerlijk was zou het gemakkelijk met zijn lengte te maken kunnen hebben, hoewel hij dat idee liever meteen van tafel schoof. Met zijn amper een meter zeventig torenden de dames al snel boven hem uit. En voor iemand zoals hij, met een stoer beroep, was dat niet altijd even makkelijk. Hij troostte zichzelf maar met de gedachte dat de ware Jacoba vanzelf wel een keer voorbijkwam. Hij had de tijd. Vrouwen plenty in de zomer. Die ene had er gewoon nog niet bij gezeten.

Het was zondagochtend. Tinus woonde in het enige grote dorp dat het eiland rijk was. Recht tegenover de protestantse kerk. De andere, kleinere dorpen lagen – buiten het ene gehucht in het oosten – allemaal aan zee. In zijn dorp had je alles wat je als mens nodig kon hebben. Winkels, kroegen, een bibliotheek en postkantoor, het politiebureau, tweemaal per week de markt, en uiteraard: de kerk.

Vanuit zijn bed hoorde hij om het uur het carillon spelen en prompt daarna de vertrouwde slagen. Als de hartslag van een eeuwenoude man, zo klonk de tijd.

Tinus kende dit geluid al vanaf zijn jeugd. Zijn ouderlijk huis was even oud als de muren rondom de kerk. Op de binnenplaats stond een oude beuk die 's zomers voor verkoeling zorgde. Ook vandaag. Ondanks het vroege tijdstip – het was pas acht uur – was het al bloedheet. Nog een uur te gaan voordat de kerkdienst begon en de klokken gingen beieren. Hij strekte zich uit om op te staan. Hij was een vroom man. In dat opzicht zou de andere Brandsma familie van hem kunnen zijn.

Terwijl hij zijn ontbijt at sloeg hij de plaatselijke krant van de dag daarvoor open. Niet veel nieuws, zag hij. Veel gebruikelijk geneuzel over kwallen, wadlopen, vermiste voorwerpen en de jaarlijks terugkomende problemen met waaghalzende zwemmers en dronken gasten. Het weerbericht beloofde een hittegolf. Het werd de achtste dag op rij dat de temperaturen boven de dertig graden uit kwamen.

Na de kerkdienst moest hij zijn ronde maken door de duinen. Veel badgasten haalden het in hun stomme kop om juist nu, met die vreselijke droogte, te gaan picknicken. Sommige idioten hadden zelfs hun minibarbecue meegenomen. Het idee! Vorig jaar was er bijna een hectare dennenbos in vlammen opgegaan. Als hij daar nog aan dacht... Het kon jaren duren voordat de beplanting weer zou aanslaan. De bosrand zag er nog steeds zwartgeblakerd uit. En maar klagen dat er zo weinig beschutting is. Stelletje dombo's.

Hij had het sowieso niet op al die vreemdelingen. De meesten waren brutale, onbeschofte herrieschoppers. Wat hem betrof werd er een limiet ingesteld: niet meer dan een x-aantal toeristen in de zomer toelaten. Maar overal om hem heen werd driftig gebouwd, waardoor de 'zomerdruk', zoals hij het noemde, alleen maar toenam. Vakantiewoningen en hotels rezen als paddenstoelen uit de grond. Sinds de jaren tachtig waren er al minstens twee grote vakantieparken bij gekomen. Als compromis probeerde hij die ellendelingen van de overkant een beetje respect voor zijn eiland bij te brengen. Voor groot en klein werden rondleidingen, speurtochten en wandelingen georganiseerd. Ja, Tinus geloofde steevast dat God hem had uitverkoren om deze nobele taak tot het einde der dagen vol te houden.

— 2 —

'Pap, wanneer gaan we nou?' Melissa stond naast het bed van haar vader. Al vanaf zes uur was ze klaar met het pakken van haar strandspullen. Ook haar zusje had haar roze badtas met bijpassende Birkenstock-slippers gepakt. Haar dunne haar hing piekerig rond haar gezicht. In haar hand droeg ze een van haar knuffels. Die moest vandaag ook mee naar het strand.

Simon trok het laken tot over zijn schouders. Zijn donkere krullenbos met hier en daar een grijze lok lag half verstopt tussen hoofdkussen en laken. Hij wilde niet horen wat zijn dochter te vertellen had, hij sliep.

'Pa-ap.' Melissa had haar barbiepop, die voorzien was van een badpak met rode en roze bloemen, op het nachtkastje naast het bed gelegd. Ze zat nu boven op haar vader. Met kleine rukjes trok ze aan het laken. In de man eronder zat geen enkele beweging. Jaimi kroop er ook bij. Simon schudde met zijn benen. Hij gromde iets onder het laken. De meisjes proestten het uit. Aangemoedigd wipten ze nu op en neer en sloegen met hun handen in het wilde weg. In een poging de kinderhanden te ontwijken, trok Simon het kussen over zijn hoofd.

'Ga weg!' gromde hij met de stem van een oude grizzlybeer.

'We gaan niet! We gaan niet!' zongen de kinderen uit volle borst. Nog harder timmerden ze op zijn hoofd.

Door het gegil van de kinderen begon Jip beneden te blaffen. Voorzichtig dribbelde hij de open trap op. Eenmaal in de slaapkamer sprong hij meteen op bed. Zijn natte hondenneus dook naar het gezicht van Simon en zijn tong voorzag hem van een wasbeurt.

'O, jongens, wat moet ik toch met jullie?' vroeg Simon gesmoord. De meisjes stonden nu beiden boven op hun vader te dansen en te zingen. Jip blafte opgewonden mee. 'Opstaan! Opstaan! Opstaan!' klonk het door de slaapkamer.

In een poging een van zijn belagers te grijpen, gooide Simon zijn armen naar achter. Melissa zag haar kans schoon en trok het kussen van haar vaders hoofd. Een grijze schaduw van baard lag over zijn gezicht.

Simon likte langs zijn uitgedroogde mond. Zijn hoofd klopte hels. Te veel gezopen, dacht hij en traag wreef hij de slaap uit zijn ogen. Daarna keek hij op het klokje naast hem.

'Allejezus! Schatjes, weten jullie hoe laat het is?'

'Opstaan! Opstaan!' gilden ze opnieuw.

Jip was inmiddels zenuwachtig gapend naast zijn baas gekropen. Zijn kop had hij op zijn voorpoten gelegd. Hij hield zich gedeisd, wetend dat hij niet op bed mocht. Nieuwsgierig volgden zijn kraalogen het schouwspel.

'Het is nog geen zeven uur!'

'Opstaan! Opstaan! Opstaan,' zongen de kinderen met verhitte gezichten door.

'Oké, oké, genoeg nu! Ik kom al.' Simon maande zijn dochters tot onmiddellijk bedaren.

'Ik kom, op één voorwaarde,' sprak hij streng. 'Dat jullie nú naar beneden gaan! Pak je spullen en zet alles vast bij de voordeur.'

Dat hielp. Binnen een minuut renden Melissa en Jaimi de trap af. Aarzelend gevolgd door Jip.

Op zijn rug nam Simon de kamer op. Hij had een hoog plafond dat schuin toeliep. Net als de muren was het plafond in een onbestemde kleur geel gesausd. Voor het kleine raam hingen oranje gordijnen. Een forse tafel met bijpassende stoel stond eronder. Aan de wand hingen foto's van strand- en zeegezichten. Ingelijst in blauw plastic. Naast de deur was nog net genoeg plaats voor een enorme kledingkast met schuifdeuren. Op een van de deuren zat een spiegel. Wat moet je met zo'n grote kast, dacht Simon. Alsof hier iemand de rest van zijn leven zou gaan doorbrengen.

Hij keek naar zijn onuitgepakte koffer. Straks als Klaar er was, zouden ze hier kunnen vrijen. Hm, dacht hij, terwijl zijn hand over zijn ochtenderectie gleed.

Beneden hoorde hij de tv aangaan. Het ding stond oorverdovend hard. Hij zuchtte. Dan maar eerst koffie en douchen. 'O ja, de kinderen moeten ook nog gewassen,' mompelde hij tegen zichzelf. Hij stapte uit bed en bekeek zijn verfomfaaide lijf in de spiegel. Maar dat kon ook na zee. Het was warm. Ze zouden toch weer vies worden. Bovendien was Klaartje er niet om te klagen over klittende haren, zanderige tenen en vuile nagels.

Hij besloot het makkelijk te houden. Hij was geradbraakt. Misschien viel er nog wel een dutje te doen aan zee. Gedachteloos trok hij zijn vuile boxershort en T-shirt aan en sjokte de trap af. 'Kan het wat zachter?' riep hij.

De meisjes leken hem vergeten. Ze zaten voor de tv naar een van hun meegebrachte dvd's te kijken. Ben ik daarom zo vroeg opgestaan, dacht hij, vermoeid gapend. Had ik maar strenger moeten zijn. Toen Jip zijn baas voorbij zag schuifelen, begon hij onmiddellijk te blaffen.

'Jij komt zo,' zei Simon. En opeens herinnerde hij zich de avond daarvoor. Die vrouw van de Land Rover had Jip teruggebracht. Wat had ze ook al weer gezegd? Drinken we samen koffie?

Hij moest behoorlijk beneveld geweest zijn. Waarom had ze dat voorgesteld? Was hij op de versiertoer gegaan? Hij hoopte van niet. Hij kon zich vaag nog iets van een gebruinde, tanige vrouw met lang, licht haar voor de geest halen. Jip was als een gek naar binnen gehold. Blijkbaar was hij zelf niet in staat geweest om de hond te halen.

Het irriteerde hem dat hij zich zo lamlendig had opgesteld. 'Vandaag even wat rustiger aan doen met de drank, jongen,' zei hij tegen zichzelf, en hij greep naar de koffiekan.

Toch kon hij de vrouw niet uit zijn hoofd zetten. Ze had op een heel speciale manier naar hem gekeken. Alsof ze hem ergens van beschuldigde. De enige die hem zo kon aankijken was Klaar. Meestal was er dan wat hem betrof niets aan de hand. Hij zuchtte. Vrouwen hadden zo hun periodes. Dan viel er geen land met hen te bezeilen. Hij keek naar zijn dochters. 'Wat ga ik daar nog allemaal mee beleven,' verzuchtte hij.

Nu de meisjes tv-kijken, kan ik mooi Klaar even een sms'je sturen, dacht hij. Hij wist dat ze vandaag moest waarnemen op de praktijk. Voor een paar uur op en neer naar Amsterdam. Hij zou iets liefs schrijven.

Jip stond tegen de schuifdeur te blaffen. De deur stond op een kier. Zijn neus snoof de buitenlucht op.

'Mag-ie, pap?' vroeg Jaimi. Ze had de deur al bijna opengeschoven.

Simon aarzelde, hij dacht weer aan gisteravond. Maar ach, wat kon hen gebeuren? De zon scheen, de lucht was blauw, de tuin groot en de buurvrouw bekeek het maar, dacht hij.

'Ja hoor, schat, laat Jip maar lekker naar buiten,' antwoordde hij.

## − 3 −

Helen was laat. Iedere ochtend tussen zes en zeven uur wandelde ze haar vaste route. Vanuit het bungalowpark, langs de bosrand en door de duinen was je zo bij zee. Op dit tijdstip kwam ze niemand tegen. Hooguit een vroege jogger, maar verder geen kip. Iedereen sliep nog. De meeste badgasten gingen rond elven naar zee. Dan was zij allang weer thuis.

Dat haar vriendinnen haar gewaarschuwd hadden voor de eenzaamheid, dacht ze nu. Ze moesten eens weten hoezeer ze die eenzaamheid waardeerde.

Toen ze vier jaar geleden de bungalow op het ruime vakantiepark kocht, was ze er al jaren te gast geweest. De laatste keren meestal zonder Jan. Trees en John, de eigenaren van het park, hadden zo met haar te doen toen Jan overleed, dat ze haar vroegen voorgoed te blijven. Tegen een schappelijke prijs kon ze de niet al te grote bungalow betrekken.

Dat kwam haar toen geweldig goed uit. In ruil voor wat tuinklusjes en een oplettend oog, had ze met de eigenaren afgesproken vooral niet de aandacht te vestigen op haar permanente verblijfplaats. Wonen in een vakantiepark is verboden. Maar op een eiland als dit, waar iedereen iedereen kende, wist men na een maand al of je wel of niet legaal verbleef. Na veel gesteggel met de gemeente had ze dan uiteindelijk toch toestemming gekregen om hier te blijven. De vreugde was groot. Groter dan ze kon laten blijken. Niemand had ook maar het minste vermoeden wat er echt met haar echtgenoot was gebeurd.

Ze bukte om een schelpje op te rapen. Haar vingertoppen raakten het natte zand toen ze het lospeuterde uit het slib. Het lauwwarme zeewater gleed langs haar hand over haar onderarm toen ze de schelp bekeek. Hoeveel schelpen waren er niet door haar vingers gegaan? De meeste waren teruggeworpen in zee of achtergebleven op het strand. Klaar om meegevoerd te worden bij de volgende vloed. Net zoals de stukken wrakhout. Uitgespuugd, opgetild en weer opgeslokt door de zee.

Als het echt mooi was dan ging het mee naar huis. Ze had het van Jan geleerd. Jutten en opletten. Goed kijken. Kijken als een kunstenaar. Alledaagse dingen anders beoordelen, niet om wat ze zijn of lijken, maar ze in hun kunstzinnige schoonheid bewonderen.

Voor Jan was alles kunst. Aangespoelde plastic flessen, scheepstouw of achtergebleven rommel die een normaal mens in een vuilnisbak zou werpen, de hele santenkraam werd door hem meegesleept naar de hut en tot kunst verheven.

De hut. Ze hadden de bouwval ooit voor een habbekrats gekocht; toen nog een ongebruikte opslagschuur van een van de boeren uit de omgeving. Zo goed en zo kwaad als het ging, knapten ze hem op. Bewoonbaar was hij, meer niet, geen luxe.

Als hippie en kunstenaar hoef je geen dure troep om je heen, had Jan gezegd. Maar wat er stond, en wat er aan de hut verbouwd was, was door haar bekostigd.

Jan gaf niet om geld, hij gaf het liever uit, zoals hij lachend zei. Haar geld was zijn geld. 'Wacht maar tot ik beroemd ben,' riep hij als ze weer eens op zwart zaad zaten, 'straks, als ik er niet meer ben, word jij een rijke weduwe!'

In dat opzicht had hij tenminste gelijk gekregen. Haar ogen lichtten op, een lachje verscheen rond haar mond.

Deelde ze de eerste jaren nog geregeld met hem samen de hut, toen de andere vrouwen in zijn leven kwamen was dat snel voorbij. Ze had zich er maar bij neer te leggen. Hij was een artiest, een vrije jongen, en hij wees haar op de vogels van het eiland. 'Die kun je ook niet kooien,' zei hij dan tegen haar. 'Als je mij wilt, moet je de anderen erbij nemen.'

Ze deed het. Ze hield van hem. Het duurde nooit lang, wist ze. De meeste vrouwen wilden zekerheid, een gezin, een normaal leven; zeker geen getrouwde man zonder geld.

Toen geloofde ze nog dat hij haar nooit iets zou kunnen aandoen. De grote ommekeer kwam toen zij wilde stoppen. Toen ze genoeg kreeg van zijn klaploperij, geldverspilling en vriendinnen. Vanaf dat moment begon hij te dreigen met aangifte. Iedereen zou weten hoe ze echt was, had hij gezegd. Iedereen zou te horen krijgen wat voor een smerige, koele vrouw ze was. Iemand die haar eigen broer om zeep had gebracht. En zijn bulderende lach ging haar door merg en been. Vanaf dat moment kon hij met haar doen wat hij wilde.

De bungalow en de hut waren nu allebei van haar. Ze voelde zich rijk. En de laatste jaren haast gelukkig. Gisteren was daar ineens verandering in gekomen. Hoe ging ze dit oplossen? Die hond zou geen probleem vormen, dacht ze, maar dan? Daarna?

Haar longen stroomden vol met frisse zeelucht. In de verte zag ze de vlaggen van het strandpaviljoen wapperen, daar moest ze omhoog door de duinen. Haar vaste rondje zat er bijna op. De golven sloegen over het strand. Haar tenen zakten weg in het slib. Het zoute water prikte haar gepijnigde voetzolen.

Straks, met de eb, zouden de aangespoelde kwalletjes, krabben en slakken achterblijven. De troep zilvermeeuwen, die nu nog lekker op de zandvlakte zaten te dutten, zouden dan aan hun lunch kunnen beginnen. Net als de vele scholeksters die af en aan vlogen boven de branding.

Deze wandeling deed haar goed. Ze hoefde niet lang na te denken, ze wist wat ze ging doen. Ik leg het gewoon aan met die lui, dacht ze. De beste remedie om voorgoed met die vreselijke, terugkerende kwaal af te rekenen, zou wel eens contact kunnen zijn. Monter drukte ze haar tenen in het rulle zand. Gisteravond had ze hem in een opwelling op de koffie gevraagd. Wat een briljant idee was dat geweest! Daarna zou de rest vanzelf gaan.

– 4 –

Simon legde de laatste hand aan een mailtje voor zijn werk. De afwasmachine stond aan, de kinderen hadden de tv uitgeschakeld en Jip was, na veel gedoe en geschreeuw van de meisjes, eindelijk weer terug in huis. Uitgeput lag hij in zijn mand.

'Goed dames, wat gaan we doen?' Simon klapte in zijn handen. Over zijn leesbril keek hij zijn dochters aan. 'Het is nu halftien, de hele ochtend ligt nog voor ons. Jullie hebben jullie favoriete serie gezien, de badspullen zijn gepakt en jullie zijn niet gedoucht...' Hij wachtte even voor hij verderging en keek de meisjes streng aan.

'Ja, wat zou mama daarvan vinden?'

'Mam hoeft dat niet te weten.' Melissa nam het woord en keek haar vader ernstig aan, Jaimi moest opeens nodig plassen.

'Goed, dan gaan jullie vanavond in bad, maar dan wil ik nog steeds weten wat we gaan doen. Ik wil namelijk geen gedram straks als we op het strand zijn omdat jullie toch liever iets anders hadden gewild.'

Melissa haalde haar schouders op. Ze trok aan het staartje dat op haar achterhoofd zat vastgeplakt. Ze keek alsof ze heel diep moest nadenken.

'Wat kun je hier dan nog meer doen, pap?' vroeg ze op zeurderige toon. Verveeld hing ze haar kinderlijf tegen dat van haar vader. Met haar linkerhand kriebelde ze in zijn nek.

'Wel, laten we eens kijken.' Simon had de plaatselijke site van de VVV aangeklikt. 'We zouden kunnen gaan "struinen door de duinen met de boswachter", een huifkartocht maken, op een boot naar zeehonden gaan kijken, of fietsen huren en gaan fietsen. Zeg het maar!' sprak hij luid tegen zijn oudste dochter en hij streelde haar over haar tengere rug.

Jaimi had zich nu ook weer bij hen gevoegd. Ze wierp zich over de bank heen om zich tussen haar vader en zusje te laten glijden.

'Ik wil een ijsje,' zei ze.

'Nu nog niet,' zei Simon. Iets in hem vertelde hem dat het wel weer eens een lange, vermoeiende dag zou kunnen worden.

'Weet je wat,' zei hij, alsof hij een geweldige inval kreeg. 'Ik leg de strandspullen vast in de auto, dan kunnen jullie nadenken over wat we gaan doen. Oké?'

'Mag Jip ook mee?' vroeg Jaimi.

'Dat zullen we nog wel zien.'

Maar toen hij naar zijn hond keek, die alles nauwgezet in de gaten hield, zei dezelfde innerlijke stem dat Jip ook meeging.

Zuchtend pakte hij de tassen die bij de voordeur stonden en sjokte op zijn elfendertigst naar de auto. Tijd voor een sigaartje, dacht hij, en hij stak er een op. Het viel hem op dat hun bungalow haast geschakeld was aan die van de buurvrouw. De overige huizen lagen achter grote bomen en struiken verscholen.

Als je het over de duvel hebt, dacht hij, toen hij Helen zag aankomen. Ze liep recht op hem af. Ze lachte naar hem. Ze was veel kleiner dan hij dacht.

Was ze gisteren ook al zo bruin, vroeg hij zich af. Bewonderend keek hij naar haar gladde huid. Ze had spierwitte tanden en ook haar dikke, lichte haarbos kreeg opeens iets van een zachte dot engelenhaar. Sprookjesachtig wapperde het achter haar aan. Haar hele houding straalde kracht en levenslust uit. Hm, dacht Simon, bijzondere vrouw.

'Goeiemorgen,' zei ze toen ze hem genaderd was.

'Goeiemorgen,' antwoordde hij, en opnieuw nam hij haar van top tot teen op.

Hij schatte haar even oud als hij zelf was. Misschien iets jonger. Ze had mooie lichte ogen – waren het blauwe of groene, hij kon het niet goed zien, hij keek tegen de zon in – en een vriendelijk gezicht. Haar mond stond van nature naar een glimlach.

Sommige mensen hebben dat, dacht Simon. Daar gaan de mondhoeken van omhoog. Klaar had dat niet. Bij haar stonden ze naar beneden. Als je haar niet zou kennen, zou je algauw kunnen denken dat ze ontevreden was.

'Hoe is het met de hond?' Helen probeerde de vraag zo geïnteresseerd mogelijk te stellen. Ze had zijn blikken gevoeld, hij keurde haar. Zo ging dat bij kerels. Ook al ben ik zestig, ik word nog steeds als het eerste het beste vee op de markt gekeurd, dacht ze terwijl ze bleef glimlachen.

'O, goed hoor, het is een ouwe doerak. Doof als het hem uitkomt, zullen we maar zeggen.' Simon lachte zijn rollende lach. Vervolgens kuchte hij luid.

'Nog bedankt,' zei hij toen Helen niets zei.

'Komt u hier vaak?' vroeg hij om maar iets te zeggen. Alweer voelde hij zich niet op zijn gemak, net als gisteravond. Blijkbaar had drank er niet veel mee te maken. Hij was nu tenslotte nuchter. En als de zon niet zo midden in zijn gezicht scheen, had hij haar normaal te woord kunnen staan.

'Ik woon hier.'

'Hier?' vroeg Simon verbaasd en hij wees naar het huis waar ze voor stonden.

Helen knikte. Zonder iets te zeggen bleef ze hem ongegeneerd aankijken.

Hij keek terug. Wachtend op haar antwoord. Haar handen had ze diep in de zakken van haar korte broek gestoken. Nonchalant stond ze voor hem. Om haar nek hing een verrekijker. Hierdoor kwam automatisch de blik op haar kleine, stevige borsten te liggen. De stoere wandelschoenen die ze droeg, gaven haar postuur eerder iets mannelijks dan vrouwelijks. Hij voelde zich verlegen worden onder haar blik.

Helen wist dat mannen snel uit balans raakten als een vrouw hen zo direct bleef aankijken. De meeste vrouwen spraken honderduit. Ook gebruikten ze vaak bepaalde maniertjes. Vooral in het bijzijn van een man, en vooral als ze indruk wilden maken op die man. Dan konden ze hun haar op een speciale manier achter hun oor schuiven, schaapachtig wegkijken of meisjesachtig giechelen. Zij had geleerd daar niet aan mee te doen. Nooit. Ook niet toen ze nog jong was.

'Kan dat zomaar?' ging hij verder.

'Eigenlijk niet, maar ik doe wat werkzaamheden voor de eigenaren. Ik houd de tuintjes bij en zo. Ik ben met de VUT.'

'Oké, klinkt goed. Het lijkt me heel relaxed hier. Behalve als er dan van die druktemakers uit het Gooi langskomen, nietwaar?' Simon had de juiste toon weer te pakken. Hij grinnikte om zijn eigen grappige opmerking. Zijn stem klonk helder, hij had zijn zonnebril gepakt en voor zijn ogen geschoven. Nu kon hij haar nog beter opnemen. Iets in haar trok hem aan, voelde hij. Het was bizar want het was geen vrouw op wie hij doorgaans zou vallen.

'Zo, komen jullie uit het Gooi. Waar?' Helen leek echt benieuwd.

'Bussum. Hoezo? Kent u het Gooi?'
'Mijn man had een huis in Blaricum.'
'Oké.' Haar man, dacht Simon. Wat raar, zij niet dan?
'Mooie omgeving.'
'Jazeker, we wonen er met veel plezier.'
Net toen hij wilde zeggen dat hij daar niet alleen met de kinderen woonde maar ook met zijn vrouw, stormden de kinderen en Jip naar buiten. De hond liep meteen op Helen af en begon woest tegen haar te blaffen.

Zo klotehond, durf je nu wel, dacht ze, vriendelijk naar het dier kijkend.

'Jip! Af!' brulde Simon.

'Pap, gaan we zo?' Melissa liep langs Helen zonder haar aan te kijken. In tegenstelling tot haar zus nam Jaimi Helen, al neuspeuterend, van top tot teen op.

'Zeggen jullie eens even gedag,' sprak Simon zijn dochters vermanend toe.

'Hallo,' zei Melissa braaf in Helens richting. Maar ze keek haar nog steeds niet aan.

Wat een stelletje kutkinderen, dacht Helen, nu al te beroerd om iemand te groeten. Wacht maar, ik weet hoe ik met jullie soort moet omgaan.

'Hallo, zeg dat wel!' deed Helen verrast. 'Wat hebben we hier voor leuke jongedames? Zijn jullie lekker alleen met papa op vakantie?' Ze boog zich vooalkover. Haar lichte ogen namen de meisjes indringend op.

'Mama komt morgen,' zei Melissa kort.

'We krijgen straks ijs,' zei Jaimi.

'Wat gezellig, en weten jullie al waar je hier het beste ijs kunt kopen?' vroeg Helen op een poeslief toontje. Ze voelde dat ze beethad.

De meisjes schudden van nee, keken eerst naar hun vader en daarna weer naar Helen. Opeens had ze alle aandacht.

'Misschien willen jullie straks mee voor een ritje in de Land Rover? Dan gaan we naar de beste ijstent van het eiland!' Ze wees op haar auto. 'Het dak kan open,' vervolgde ze.

De meisjes keken naar de vierkante, legergroene bak die voor het huis geparkeerd stond.

'Niet verder vertellen hoor, maar ik mag op het strand rijden als ik dat wil,' fluisterde ze geheimzinnig. Ze gaf een vette knipoog aan Simon, die meteen van haar wegkeek.

'Wauw,' zei Jaimi. 'Mogen we, pap?'

Simon aarzelde. Hij streek met zijn hand door zijn krullen.

'U kunt ook mee, als u wilt,' zei Helen. 'Houdt u van auto's?'

Wat een stomme vraag, dacht Simon. Echt iets voor vrouwen. Heeft ze mijn BMW niet gezien?

'Toe pap, mag het?' Ook Melissa wilde mee.

'Oké, waarom niet.' Hij kuchte. 'Wanneer doen we dat dan? Vanmiddag?'

Helen genoot. Ze had ze nu al om haar vinger.

'Rond lunchtijd?' vroeg ze. 'Om twaalf uur bij mij?'

'Ja, cool!' riepen de meisjes in koor en ze sprongen op en neer.

Simon stak nog een sigaartje op. Misschien wordt het toch niet zo'n heel erg vermoeiende dag, dacht hij toen de hele familie opgewekt het huis in liep.

Helen keek ze na. Voordat ze haar huis binnenging stak ze nog even vriendelijk haar hand op. Zoals een gastvrije eilandbewoner dat behoort te doen.

— 5 —

De kerkdienst zat erop. Tinus had zijn ronde gedaan, koffie genuttigd met een collega, en nu wachtte het twaalfuurtje.

Half ontkleed had hij zich aan zijn bureau gezet. Ofschoon het bedompt was in de kleine woning, hield hij liever alles gesloten. Hij had een hekel aan de warmte, en buiten was het momenteel warmer dan binnen.

Twee dik belegde boterhammen, met boerenkaas en schapenham, lagen op een plankje naast zijn toetsenbord. Slurpend van een glas ijskoude karnemelk staarde hij naar de tekst op het beeldscherm.

Als gelovig man was hij ervan overtuigd dat het geen toeval geweest kon zijn dat de vrouw hem voor de klus had uitgezocht. Hij kende de familie Bredius al jaren. De man nog eerder dan de vrouw. Ze noemden hem Picasso op het eiland. Een naam waar hij zichtbaar van genoot. Een kunstenaar zoals hij, een bohemien, zoals hij zichzelf noemde, wilde niets liever dan bijzonder zijn. Geen mens op het eiland wist wat het woord 'bohemien' betekende, maar dat hinderde niet. Men vond het allang prachtig dat zo'n zonderling figuur hun eiland had verkozen voor een regelmatig verblijf.

Aan iedereen die het maar horen wilde, vertelde hij dat hij in Parijs had gewoond, in het Vondelpark had geslapen of de Dam bezet had. Bijna niemand van de eilanders ging ooit naar de grote stad. Dus of die verhalen over Amsterdam nou wel of niet klopten, ook dat kon niemand wat schelen.

Tinus herinnerde zich nog de eerste keer dat hij kennismaakte met Jan. Het was een bloedhete zomer, net als nu. Zonder enige gêne had hij Tinus bekeken. Niet als mens, maar als studieobject. De manier waarop Jan zijn ogen over hem had laten dwalen, bezorgde hem nu nog kippenvel. Hij had hem gevraagd model voor hem te staan. Blozend had Tinus geweigerd, wat hij later flink moest bezuren. Een man als Jan weigerde je niets. Dat die ellendige, arrogante kwast nu dood was, kon hem beslist niet raken. Integendeel. Het liefst had hij hem persoonlijk vermoord. Maar voor een godvruchtige man als Tinus was dat vrijwel onmogelijk. 'Gij zult niet doden', luidde het Woord des Heeren, en daar hield hij zich aan.

De meeste feiten had hij in kaart gebracht: datum van overlijden, rapport van de arts, verdeling van huis en goederen en bovenal: het alibi van Helen. Ze was op het tijdstip van overlijden in hetzelfde huis als Jan.
   Natuurlijk is zoiets bij een echtpaar niet meer dan normaal. Behalve bij hen. Het huis in Blaricum dat Jan bewoonde, had hij vlak voor zijn dood gekocht. Was hij altijd een zoekende, niet-gefortuneerde kunstenaar geweest, toen hij tegen de vijftig liep brak hij plotseling door.
   'Ik heb gewoon een goeie truc toegepast,' zei hij honend, als men hem vroeg zijn succes te verklaren. 'Zo gaat dat nou eenmaal met laatbloeiers!' werd een andere quote van hem. En hoe je het ook wendde of keerde, Jan was van de ene op de andere dag een gevierd kunstenaar. Zijn doeken werden voor veel geld verkocht. Zowel in binnen- als in buitenland.
   In diezelfde tijd kocht hij de villa in het Gooi. Achtervolgd door paparazzi zocht hij zijn heil in Blaricum. Een groot huis met een even groot hek eromheen.
   Maar Jan zou Jan niet zijn geweest, als hij zijn verhaal van de arme sloeber die toch nog rijk was geworden niet naar buiten had gebracht. Als een ware goeroe trad hij op in talkshows en binnen no time kende iedereen Jan Bredius. De man die het echt gemaakt had.
   Op dat moment kwam zijn vrouw Helen in beeld. Ook al was zij meer dan dertig jaar zijn vaste partner, opeens kreeg hij genoeg van haar. Bij een beroemd man hoort een bijzondere vrouw. Jong, mooi en gewild moest ze zijn. Maar bovenal: vruchtbaar. Want een beroemde man wil zich voortplanten.
   Zonder blikken of blozen vertelde hij aan de pers dat hij en

zijn vrouw in scheiding lagen. Ze waren uit elkaar gegroeid. Als goede vrienden gingen ze uit elkaar. Helen had haar etage in Amsterdam, hij zijn villa in Blaricum. Zo ging het verhaal.

En toen opeens was hij dood. En niemand die aan de doodsoorzaak twijfelde. Jan had een mooi en wild leven gehad. Met zijn leefgewoontes en overgewicht, was het helemaal niet raar dat hij aan een hartstilstand overleed.

Van een vrouw in scheiding veranderde Helen in een rouwende weduwe. En achter de kist van Jan volgde een stoet van andere rouwende vrouwen. Vijf, misschien wel zes? Niemand wist hoeveel het er echt waren.

Daartussen had die ene gezeten, zijn allerlaatste vlam. De vrouw die de moeder van zijn kinderen zou worden. Men was haar snel vergeten. Tinus tuurde naar de foto. Hij zoomde in op de rouwstoet. Een van de vrouwen was behoorlijk gezet. Zij moet het zijn, dacht hij. Ook al droeg ze een voile, hij meende haar aan haar figuur te herkennen.

Zij was natuurlijk degene die Helen wilde nagelen. Zij wist van de hut. Jan moest haar over Helen hebben verteld. Zo was ze bij hem terechtgekomen. Want wat deze vrouw hem had toegespeeld, was ronduit schokkend.

– 6 –

'Kom binnen,' zei Helen uitnodigend. Klokslag twaalf uur stonden Melissa en Jaimi voor haar deur. Beide meisjes droegen zomerjurkjes. De oudste had een gestreepte halterjurk aan en de jongste droeg een knalgele jurk met spaghettibandjes en roze bloemen. Hun haar zat in staarten. Nieuwsgierig keken ze vanuit de hal naar binnen.

'Hebben jullie iets meegebracht tegen de zon? Het kan behoorlijk heet worden hoor. Zeker met een open dak.'
Helen deed alsof ze bezorgd was. Maar wat kon het haar bommen of ze zouden verbranden. Had je daar geen ouders voor? Was zij ooit door haar vader ingesmeerd tegen zonnebrand? Toen zij op de wereld kwam, had haar moeder er net afscheid van genomen. Niet bepaald een leuke ruil voor haar vader. Daar zat hij dan met een pasgeboren zuigeling, een zoontje van zes, en een eigen bedrijf dat gerund moest worden.
Helen had zich wel eens afgevraagd hoe het geweest zou zijn met een moeder. Maar als ze later verhalen hoorde van vriendinnen, over de verhouding met hun moeder, dan wist ze genoeg. Moeders kunnen je leven behoorlijk verzieken. Dan maar tantes. Tantes genoeg. Ze kwamen en ze gingen. De meeste tantes vonden het niet de moeite waard om langer dan een halfjaar te blijven. Achteraf kon ze zich dat wel voorstellen. Haar vader was nou niet bepaald een warme man. Om nog maar te zwijgen over haar broer Gerrit.
'Ach, neem het hem niet kwalijk, het is een kwajongen,' zei vader als de zoveelste persoon kwam klagen over het buitenissige gedrag van zijn zoon. Wat begon met het laten stikken van vlinders en bijen in jampotten, ging al snel over in het leeghalen van vogelnestjes, het verzuipen van jonge katten of buurmeisjes onder dwang hun onderbroek laten zakken. Beslist geen lieverdje, die broer van haar. Daar zouden deze meisjes nog van opkijken in hun brave jurkjes.
Zonder te antwoorden liepen de zusjes meteen de woonkamer in. Bes lag in de grote oude leunstoel te slapen. Ze had zich lang gemaakt om zo min mogelijk last van de warmte te hebben.
'Mogen we haar aaien?' vroeg Jaimi, terwijl ze haar hand al op de buik van Bes had gelegd.

'Ja hoor, ze geeft zelf wel aan als ze het niet meer wil,' zei Helen, wetende dat de oude poes geen kinderen gewend was en haar vlijmscherpe nagels onverwacht kon uitslaan. Zelfs zij moest het regelmatig ontgelden.

'Wat heeft u veel boeken,' zei Melissa toen ze langs de boekenkast liep.

'Ja hè, hebben jullie ook veel boeken?' Helen stond midden in de woonkamer en bekeek de twee aandachtig. Zo, krengen, dacht ze, jullie zijn binnen. De kamer, waar tot nog toe nog nooit een kind een voet over de drempel had gezet, vulde zich met die typische geur die kinderen eigen is.

'Valt wel mee,' zei Melissa op pedante toon.

'We hebben de nieuwste Geronimo Stilton van papa gekregen,' zei Jaimi. 'Cool hè?'

'Ken je die, Helen?' vroeg Melissa.

Helen schudde van nee. Ze moest denken aan haar bibliotheekwerk. Hoeveel van die kinderboeken waren er niet door haar handen gegaan. Telkens weer een nieuwe hype. De Kameleon, Olijke Tweelingen, Harry Potters, Griezelbussen. Kwaliteit, ho maar. Ouderwetse kinderboeken werden niet meer gelezen. Klassiekers uit haar jeugd? Ze werden nauwelijks nog aangeraakt. Als de kinderen al lazen. Al weer vond ze dat het met een goede opvoeding te maken had. Ouders die zelf niet lazen, konden hun kinderen nooit de liefde voor het boek bijbrengen. In dat opzicht was ze haar vader tenminste dankbaar. Toen hij zag dat zijn dochter van lezen hield, stuurde hij haar onmiddellijk naar de leeszaal. Eindelijk van haar verlost. Ze zou er de rest van haar leven slijten.

'Goed, jullie hebben dus geen zonnebrandcrème meegenomen, geen picknickmand en geen vader of hond. Jullie gaan dus zo, alleen met mij.' Helen wees op de kleren van de meisjes.

'Papa komt nog,' antwoordde Jaimi snel. Haar hand had ze teruggetrokken van Bes. Net op tijd, zag Helen. Het diertje lichtte een ooglid op en gaapte. Dat betekende meestal het begin van haar verstoring en dus een uithaal.

Nieuwsgierig liep het kind naar haar zusje, dat een boek uit de kast had gepakt. Het was een fotoboek over planten.

'Hou je van planten?' vroeg Helen.

'Ik vind ze wel leuk. Soms help ik mama met boeketten maken,' zei Melissa zacht.

'Boeketten?'

'Voor in huis. Mama koopt altijd heel veel bloemen.'

'O. Ik begrijp het. Maar deze boeken gaan over planten en bloemen die je in het wild vindt.'

'Kunnen we die zien?' vroeg Jaimi.

'Natuurlijk!' zei Helen, haast enthousiast. Ze voelde dat het haar steeds beter afging om toneel te spelen. Weer een mooie gelegenheid om deze verwende nesten beter te leren kennen, dacht ze. Het kon slechter. Planten waren tenslotte háár kindjes.

De harde schel haalde haar ruw uit haar gepeins. Een donkere krullenbol keek langs de openstaande deur: 'Mag ik binnenkomen?'

'Pap, we gaan planten kijken.' Jaimi rende naar haar vader.

'Oké, ik dacht dat we ijs gingen eten?' De zware stem van Simon kwam langzaam dichterbij.

Helen klapte het boek dat Melissa haar teruggaf dicht, zette het terug op de plank en keek in de richting van de gang. Die rothond heeft hij tenminste thuisgelaten, dacht ze.

Simon trad de kamer binnen, die meteen werd gevuld met sigarenrook. Een lichte huivering ging door Helen. Lang geleden dat ze deze geur had geroken.

De geur van tabak liep als een rode draad door haar leven. Vader pruimde, Gerrit rookte zware shag, en Jan was als verwoed kettingroker helemaal nergens vies van. De laatste jaren rookte hij pijp. Dat paste beter bij zijn 'image', zoals hij dat noemde.

'Nou, we zijn er klaar voor, nietwaar dames?' Simon kuchte luid.

Hij rookt sigaren over zijn longen, dacht Helen. Ze glimlachte.

'Fijn. Laten we dan maar gaan,' zei ze. 'Het is al behoorlijk heet. Een beetje verkoeling aan zee kan geen kwaad. Wat willen jullie eerst zien: planten of ijsjes?'

'IJSJES!' gilden de meisjes.

Simon trok aan zijn sigaar. Vlug liet hij zijn blik door de kamer gaan. Ondanks het duister van de blinderingen, viel het hem op dat de woonkamer ruimer was dan bij hem. Maar dat kon ook door de inrichting komen. Er stond bijna geen meubel in. Alles werd gedomineerd door een grote boekenkast. In de enige stoel die er stond, lag een kat te slapen. Vreemde sfeer, dacht hij.

'Prima, dan gaan we!' riep hij bijna even hard als de meisjes gilden.

'Zullen we elkaar tutoyeren?' vroeg Helen.

'Graag!' zei Simon.

— 7 —

'Niet gescheiden, ik ben weduwe,' sprak Helen kalm tegen Simon.

'O, sorry. Ik dacht... een vrouw alleen op zo'n eiland, die heeft vast een bepaalde geschiedenis...' Godsamme, waarom zeg ik dit, dacht hij. Hoe kan ik zo'n idiote opmerking maken? Wat gaat het mij aan of ze gescheiden is of niet. Waarom zou ik me überhaupt voor haar interesseren?

Ontsteld over zijn eigen domme opmerking, keek hij snel de andere kant op. De kant van het strand, daar waar de meisjes aan het spelen waren. Helen en hij zaten tegenover elkaar op het terras bij Martha. Twee uur lang hadden ze in de rammelende Land Rover over het eiland gereden.

Langs het wad met de vele vogels, over de dijk, vanwaar je heel ver kon kijken, door de muien en de polder. Ze waren om de vuurtoren gereden en over het strand gecrost. Dwars door de branding – wat moesten de meisjes toen gillen – en via de duinen terug. Ze liet ze plekken zien waar nooit iemand kwam. Zelfs de boswachter niet, vertelde ze, en toen had haar stem iets donkers gekregen en was ze in lachen uitgebarsten. Of het waar was? Hij nam het maar aan.

Af en toe had hij – zogenaamd per ongeluk – zijn oog op de vrouw naast hem laten vallen. Dan liet hij vanuit zijn ooghoek, heel stiekem, zijn blik over haar gespierde lichaam gaan.

De kinderen hadden de hele rit achterin gezeten. Ze hadden dikke pret. De auto maakte een geweldig kabaal en schudde als een op hol geslagen kermisattractie. Halverwege de rit – hij zou niet meer precies weten waar – kwam het beloofde ijs.

Ergens tussen de duinen en het strand was een kleine uitspanning. Hier verkocht men zelfgemaakt softijs. Simon vond de smaak van het ijs nou niet bepaald bijzonder, maar de entourage en ligging waren oké. Vooral voor de meisjes. Diep verscholen, tussen stapels van opgeslagen boomstammen, lag de houtkeet in het bos. Het was een welkome afwisseling na die bloedhete rit over het strand.

Toen het ijs genuttigd was en de plakkerige lijven minder verhit aanvoelden, stelde Helen voor om de rest van de middag bij paal 15 door te brengen.

Daar werd meteen mee ingestemd. 'Wat een toeval,' had hij gezegd, 'laten wij daar nou ook altijd komen, nietwaar meiden?' En de meisjes hadden braaf geknikt. Moe en warm wilden ze nog maar één ding: de zee in.

Het ligt aan haar, ze roept het bij me op, dacht Simon. Er is iets aan haar wat me naar binnen lijkt te willen zuigen. Misschien is het haar blik, die doordringende blik van haar lichte ogen? Of was het haar houding? Haar manier van lopen: stoer en toch vrouwelijk. Hij wist het niet en eigenlijk wilde hij het ook niet weten. Toch voelde hij zich op een rare manier tot haar aangetrokken.

'Natuurlijk heb ik een geschiedenis, net als jij, mag ik aannemen?'

Van achter haar zonnebril nam Helen hem op. Hij zat er als een zoutzak bij. Mond halfopen, zonnebril op het puntje van zijn neus en de kringen van transpiratievocht onder zijn oksels gaven hem de aanblik van een man die net te horen had gekregen dat zijn dagen waren geteld. Tja, dacht ze. En misschien is dat wel zo. Had hij maar niet naast haar moeten komen wonen. Het noodlot had hem en zijn kinderen naar haar toe gebracht. Had hij een ander stemgeluid gehad, dan was het waarschijnlijk nooit zover gekomen. Jammer voor hem. Hij had pech, domme pech.

'Uiteraard, maar laten we het niet over dat soort dingen hebben. Het spijt me dat ik erover begon. Het is veel te warm om ons bezig te houden met dat wat er achter ons ligt, nietwaar? Laten we ons focussen op wat er nog komen gaat,' sprak hij dweperig. En weer vroeg hij zich af waarom hij dit allemaal zei.

Helen zei niets. Ze dronk haar bier. De meisjes zwaaiden vanaf het strand. Ze zwaaide terug. Vertrouwd, alsof ze elkaar al jaren kenden.

'Ik ben wel gescheiden. Al heel lang. Klaartje is mijn tweede vrouw. Ze is een schat. Ik ben dol op haar. Ze komt morgen,' flapte hij eruit.

'Waarom?' vroeg Helen, terwijl ze naar het strand tuurde.

'Hoe bedoel je?'

'Waarom komt ze pas morgen?'

'O, ze moest dit weekend werken. Ze is tandarts.'

Helen zweeg. Weer stak ze haar hand op naar de kinderen.

'We geven deze week een feest hier. Ik word vijftig,' zei Simon en hij probeerde zo jongensachtig mogelijk te kijken. 'Abraham, je weet wel.' Hij tastte naar zijn sigaartjes. Het doosje was leeg.

Plotseling draaide Helen haar hoofd om. Verstoord keek ze hem aan. Haar mond stond strak en verbeten. Simon schrok. Wil ze niet dat ik rook, vroeg hij zich af. Nerveus trommelde hij met zijn vingers op het lege doosje.

'Je bent bij deze uitgenodigd hoor, we willen geen last veroorzaken.' Hij kuchte. 'Maar het kan wat rumoeriger zijn dan normaal. Nogmaals...'

'Wanneer is het?' vroeg Helen bits.

'Vrijdag.'

De dag voor wisseldag, dacht ze. Haar hersens werkten snel.

'Als je hulp nodig hebt,' zei ze opeens heel vriendelijk. Haar mondhoeken waren terug in een glimlach.

'Bedankt, ik zal het doorgeven aan Klaar morgen, maar ik verwacht, Klaartje kennende...' – hij maakte een snelle beweging met zijn handen om zijn woorden kracht bij te zetten – 'controlfreak, je weet wel... dat het niet nodig zal zijn.'

Helen trok haar wenkbrauwen op. Ze knikte. Sukkel, dacht ze. Ellendige sukkel.

'Nog een biertje?' vroeg ze.

Simon keek op zijn Rolex. 'Ach ja, waarom ook niet, het is

zondag en het is vakantie.' Hij keek naar zijn dochters, die nu met een paar andere kinderen in de branding een kasteel aan het bouwen waren.

'Wat denk je, zouden ze hier sigaartjes verkopen?' vroeg hij en zonder haar antwoord af te wachten, schoof hij zijn stoel achteruit. 'Let jij even op mijn schatten?' voegde hij er lachend aan toe.

Met grote stappen banjerde hij over het terras en liep de strandtent binnen. Dit was de tweede keer dat hij de meisjes zomaar aan haar toevertrouwde. Dat deed haar goed. Het ging snel. Sneller dan ze had verwacht.

## – 8 –

Meteen nadat Helen de deur van de hut had geopend, wist ze dat er iemand geweest was. Ook al had alles potdicht gezeten, haar instinct zei haar dat er iets niet pluis was. Iemand was nog niet zo lang geleden vertrokken. De geur van angstzweet had zich als de waas van een goedkope aftershave door de ruimte verspreid.

Voordat ze de ramen opende, liep ze opnieuw naar buiten. Hoe was de indringer naar binnen gekomen, vroeg ze zich af. Ze inspecteerde de zijkant van de hut en meteen viel haar oog op de takkenbossen onder het verste raam. Het hout, dat bestemd was voor de kachel, was verschoven. Alsof iemand er een trap of stoel tegenaan had geplaatst. Het raam erboven stond op een kier, zoals altijd; het hoorde bij de kleinste ruimte van de hut, de wc en badkamer. Het moet een klein iemand geweest zijn, dacht ze. Anders kwam je hier nooit doorheen. Wat heeft die persoon hier gezocht? Wie was er in haar geïnteresseerd, en waarom? Ze was moe, het laatste waar ze nu zin in had was zich bezighouden met inbrekers.

Nadat ze de kinderen en Simon had afgezet, was ze uitgeput haar huis binnengestrompeld. Ze had haar doorweekte kleren van zich af gegooid en net zo lang onder de douche gestaan totdat haar huid leek op te lossen. De geur van zonverbrande kinderen en sigaren moest worden weggespoeld.

Haar auto, waar nooit iemand anders in zat dan zij, was gaan ruiken naar familie. Naar mensen die bij elkaar hoorden. Die vanzelfsprekend van elkaar hielden. Iets wat zij nooit gekend had.

Toen hij en zijn dochters op de terugweg spontaan waren gaan zingen, had ze als versteend in haar stoel gezeten. Haar spieren hadden zich samengetrokken, en in een reflex had ze het gaspedaal verder ingedrukt. Met een rotvaart waren ze door de duinen teruggescheurd.

Niemand had gemerkt hoe ze in de spiegel naar het familiegeluk op de achterbank gluurde. Simon zat aangeschoten van al het bier onderuitgezakt tussen zijn dochters. Met hun tengere kinderlijfjes – vol zand, krassen en muggenbulten – zongen ze uit volle borst liedjes die Helen niet kende.

Niemand lette op haar. Alsof ze er niet bij hoorde. Alsof ze slechts een bestuurder was van hun auto.

Eenmaal binnen in de veilige beschutting van haar huis kon ze alles loslaten. Haar glimlach, haar vriendelijke voorkomen, haar betrokkenheid. Al die krampachtige dingen waar ze zich al die tijd toe had weten te dwingen, kon ze eindelijk laten vieren.

Ze was kapot. Haar benen voelden als elastieken waar de rek uit was, wiebelig en onvast. Zeker een uur zat ze naakt en bewegingsloos in haar oude leunstoel. De kamer was misselijkmakend benauwd, maar de deur wilde ze niet openen. Achter de schuifdeur klonken de inmiddels bekende geluiden van kinderstemmen, hond en muziek. Op het moment dat de geur van houtskool haar woning bereikte – ze gingen barbecueën, ze hadden zelfs gevraagd of ze mee-at – hield ze het niet meer. Ze moest weg.

En nu bleek er iemand in haar dingen te hebben gesnuffeld. Ze nam de kleine ruimte zorgvuldig in zich op. Intens liet ze haar blik over alles heen dwalen. In de boekenkast stond alles nog op z'n plek. De nephouten Chinese boekensteunen, de doosjes met spaarlampen, de schaal met kaarsstompen, ja, zelfs het omgevallen stapeltje notitieboekjes lag nog even rommelig en onder het stof op dezelfde plek. Ook de keuken zag er nog net zo uit als hoe hij was achtergelaten. Zelfs het jachtgeweer lag nog onaangeraakt en keurig verpakt onder de brits.

Ze begreep er niets van. Als hier iemand geweest was, waarom was er dan niets weg? Ze was moe en kon nauwelijks denken. De warmte speelde haar parten.

Toen dacht ze opeens aan de verschoven takken onder het kleine raam. De schrik sloeg haar om het hart. Angstig liep ze naar de wc. Vlak voor de deur hield ze in. Haar hart bonsde in haar keel. Voorzichtig duwde ze tegen de deur.

In de kleine ruimte, die tevens dienstdeed als badkamer, stond een piepklein vierkant ladekastje. Zo op het eerste gezicht niets bijzonders. Een kastje voor toiletspullen. Vier rieten laatjes van nog geen twintig bij twintig centimeter hingen in hun houten geraamte. Niemand kon vermoeden dat er een dubbele bodem in zat.

Schoorvoetend liep Helen op het kastje af. Oude nagellakflesjes en potjes met opgedroogde zonnecrème rammelden tegen elkaar toen ze met een ruk de onderste la uit het kastje trok. Wat ze vermoedde, was gebeurd. De bodem was zichtbaar. Het smalle houten kistje dat daar precies in had gepast, was weg.

Vol ongeloof staarde ze naar de lege plek. Haar benen hielden haar niet langer overeind. Trillend zakte ze in elkaar. Met haar vlakke handen sloeg ze op de stenen vloer. 'Nee, nee,' gilde ze. 'Het is niet waar!' Haar geheim was ontdekt.

## − 9 −

Soms vroeg Tinus zich af of het in plaats van God de duivel was die hem influisterde wat hij moest doen. Vanmiddag had hij op het heetst van de dag zomaar bij haar ingebroken. En dat nog wel op de dag des Heeren! Verrichtte hij voor zijn werk als boswachter uitsluitend nobele handelingen, voor zijn detectivewerk moest hij toch regelmatig morele grenzen overschrijden.

Op weg naar de hut waren er veel tegenliggers geweest. Colonnes van fietsers, tandems en tegenwoordig ook solexrijders. Brallend en gillend verstoorden ze de rust waar hij zo op gesteld was. Eenmaal van de hoofdfietspaden af − daar waar het strandpad begon en zijn geliefde kwelders lagen − was hij weer alleen.

Het laatste stuk legde hij te voet af. Hij was hier lang niet geweest. Ook nu moest hij terugdenken aan die akelige eerste keer met Jan. Snel drukte hij de gedachte weg. Hij was hier met een doel. Opletten dus. Vanuit de lage begroeiing tuurde hij door zijn verrekijker naar de plek rondom de hut. Alles was verlaten. Pas toen hij er helemaal zeker van was dat er echt niemand was, kroop hij tevoorschijn en sloop naar de hut.

Hij had geluk. Aan de achterkant van de hut stond een raampje open. Het was niet makkelijk, zeker niet bij deze temperaturen, maar hij wist zich zo dun mogelijk te maken, en waarachtig, na een paar moeilijke capriolen lukte het hem om naar binnen te glippen.

De rest ging vanzelf. Hij wist precies waar hij moest zijn. De aanwijzingen die hij van de vrouw had gekregen, klopten. De onderste la had gerammeld, en even was hij bang geweest dat iemand hem zou horen. Maar toen hij slechts zijn eigen hartslag hoorde, en het geluid van de druppende kraan boven het bad, handelde hij snel. Binnen het kwartier was hij al weer op de terugweg.

Nu zat hij in zijn onderbroek op het plaatsje achter het huis. Klam en zwaar hing de warmte tussen de huizen. Boven in de dakgoot koerden een paar houtduiven, verder was het doodstil. Zelfs in de schaduw veroorzaakte iedere kleine beweging zweet. Het liefst was hij even op bed gaan liggen, in zijn koele, donkere slaapkamer. Een middagdutje zou hem goeddoen. Maar de nieuwsgierigheid overwon.

Op zijn schoot lag het kleine kistje van Helen. Voordat hij het opende, nam hij een flinke slok ijskoud bier. Daarna gleden zijn vingers over het gestolen kleinood. En zoals de vrouw in haar aanwijzingen had voorspeld, las hij meteen op de eerste enveloppe de naam: 'Helen van Wijk'. Alle brieven die uit het kistje kwamen, waren geadresseerd onder deze naam.

Dezelfde achternaam als van de ooit verongelukte Gerrit van Wijk. Een opkomende autocoureur in de jaren zestig die zichzelf had doodgereden. Het was uitgebreid in het nieuws geweest. De zaak had veel ophef veroorzaakt. Men vroeg zich af of het daadwerkelijk om een ongeluk ging, of dat het zelfmoord was. Hoe kon iemand die beroepshalve iedere scherpe bocht haarfijn wist in te schatten, zomaar met zijn auto uit de bocht vliegen? Maar bij gebrek aan bewijs en met de kennis van Gerrits alcoholgebruik, werd het politieonderzoek gestaakt. Zijn dood ging als een 'tragisch ongeval' de geschiedenis in.

Uit de correspondentie bleek dat Helen en hij op hetzelfde dorp hadden gewoond. En ook al had hij nog niet kunnen ontdekken of ze familie van elkaar waren, voor Tinus vormde dit genoeg aanleiding om tevreden achterover te leunen. Gulzig sloeg hij de rest van zijn bier achterover.

— 10 —

'Heb je het wel eens met een weduwe gedaan?' vroeg Helen, terwijl ze haar hemdje uit haar short trok. Ze stond naast de roodleren bank. De tepels van haar kleine stevige borsten drukten hard tegen de witte katoenen stof. Haar gebruinde huid glom in het halfdonker van de kamer. Een kaars verlichtte zacht haar gezicht. Ze lachte.

Haar tanden leken nog witter dan Simon zich kon herinneren. Ze sloot haar ogen. Even likte ze met haar tong langs haar mond. Plotseling, alsof ze zich realiseerde waar ze was, opende ze haar ogen. Indringend keek ze hem aan.

Hij schopte zijn slippers uit en reikte met zijn tenen in haar richting. Ze reageerde er niet op. Langzaam trok ze aan de rits van haar korte broek. Zou ze er iets onder dragen, vroeg hij zich af. Hij kon het niet goed zien, daarvoor was het te donker.

Haar samengebonden haar schudde ze los. Het viel zacht langs haar gezicht. Het gaf haar iets engelachtigs. Simon voelde zijn erectie tegen de stof van zijn broek kloppen. Snel knoopte hij hem open.

Weer lachte ze naar hem. 'Ben je geil?' vroeg ze zacht. Daarna trok ze bliksemsnel het hemdje over haar hoofd. Haar meisjesachtige borsten piepten naar buiten. Ze waren even bruin als de rest van haar lijf. Haar middel was slank en gespierd, haar buik zacht en glooiend.

Nu liet ze haar rechterhand in de gulp van haar short glijden. Met haar andere hand wreef ze over haar kleine tepels. Simon probeerde zich uit zijn broek te wurmen.

Terwijl hij keek hoe ze zichzelf vingerde, greep hij in de richting van zijn kruis. Het was vreemd, maar zijn hand voelde verlamd, net als zijn benen en buik; alsof er iets zwaars op drukte. Goddomme, ik heb te veel gedronken, dacht hij. Zonder zich te verroeren bleef hij liggen, bang om de magie tussen hem en Helen te verbreken.

Toen ze klaarkwam piepte ze als een kuikentje dat net uit het ei kwam. Haar lichaam schokte heel kort. Ze leunde voorover op de bank. Hij voelde hoe haar tepels zijn voeten raakten. Haar haren kriebelden zacht tegen zijn benen, wat prettig was.

'Kom je even bij me liggen?' fluisterde hij en hij tikte op de bank. Meteen nam de vreemde druk op zijn buik en benen toe. Ze voelde warm. Aangenaam warm, niet zo bezweet als hij. Hij wilde haar strelen. Maar het verlammende gevoel ontnam hem de kracht, hij wilde niet afgaan.

Opnieuw kriebelde ze hem met haar haren. Hoger en hoger kriebelde ze hem.

'Nee, niet doen,' riep hij. 'Ik moet lachen.'

Ze luisterde niet, nu had ze zijn gezicht bereikt. Weer kriebelde het.

Ze is gek! Wat is ze heerlijk gek, dacht hij. En hij rook haar warme adem. 'O, ja, geef je maar aan mij over,' zei hij, toen hij haar hoorde snuiven.

Zijn mond zocht de hare. Hij voelde haar tong toen hij de zijne bood.

Ruw werd opeens hun omhelzing verstoord. De scherpe hoge blaf van Jip klonk vlak naast zijn oren. Simon opende zijn ogen en keek recht in de kraalogen van zijn viervoeter. Voor de derde keer had die zijn tong over het gezicht van zijn baas getrokken. Zwaar ademend lag het dier op Simons buik, de voorpoten innig om de hals van zijn baas geslagen.

'Allejezus!' vloekte Simon, en hij duwde de hond woest van zich af.

Jip jankte geschrokken en sprong op de grond. Vlak voor de bank bleef hij zitten. Afwachtend keek hij zijn baas aan. Hij wilde uit.

Nadat Simon het hondenspeeksel van zijn gezicht had geveegd, kwam hij langzaam overeind. Zijn maag draaide. Zijn hoofd bonkte. Het witte licht van de tv flitste door de schemerige woonkamer. Het geluid stond uit. Op de grond lag een berg van teenslippers. Ik moet in slaap gevallen zijn, dacht hij. Zijn lege whiskyglas lag op het kleed voor de open haard. De schuifdeur naar de tuin stond op een kier. Een geur van verbrande kolen woei naar binnen.

Ze hadden gebarbecued. De meisjes hadden in hun nachtponnetjes, fris gedoucht en met natte haren, geholpen met de sla en frietjes. Eerst hadden ze liedjes gezongen, daarna had hij Coltrane aangezet. Alles was klaar voor een geweldige barbecue. De meisjes hadden een vette honger, zoals ze tegen Simon zeiden. Ze hadden in een stuip gelegen toen hun vader het vlees aan de spiesjes reeg. Alle kippenboutjes die er waren moesten op het rooster. En nog een spiesje, pap, en ook nog twee visjes in folie. Ja pap, we hebben écht heel erge trek...

Hij was veel te moe geweest om na te denken, anders had hij beter geweten.

Na twee happen van hun kippenboutjes waren ze klaar. Bleek van slaap wilden ze naar bed. De frieten en de sla bleven onaangeroerd, en ook de spiesjes had Simon uiteindelijk zelf verorberd.

Hij keek op zijn horloge. Te vroeg om naar bed te gaan. Zijn verfomfaaide broek zat strak. Zijn buikje hing eroverheen. Hij voelde zich misselijk. Jip blafte. 'Oké, ik kom,' zei hij tegen de viervoeter, die meteen begon te kwispelen toen hij de blik van zijn baas op hem gericht voelde.
Terwijl hij in de hal de hondenriem pakte wierp hij een verstoorde blik op zijn spiegelbeeld. Daarna snoerde hij Jip goed vast. Dit keer geen nachtelijke avonturen. Nogmaals wierp hij een blik in de spiegel. Zou ze thuis zijn? Hij kon het niet laten aan haar te denken. Jip sprong wild tegen zijn baas op. Zijn riem raakte in de knoop. Een van zijn poten bleef hangen, nerveus trok hij zichzelf klem.
'Ja, ja,' zei Simon. 'Jij en ik gaan een flink stuk lopen. De baas heeft frisse lucht nodig.'
Toen ze het grindpad af waren gelopen en Simon het tuinhekje zo stil mogelijk achter zich dichttrok, stak hij een sigaartje op. In het huis naast hem was het donker. Opgelucht haalde hij adem. Morgen kwam Klaar!

# Maandag

## — I —

Hij had de eerste boot willen nemen. Vanmiddag om drie uur begon zijn eerste dienst, hij moest zorgen dat hij weer op tijd terug was. Maar het was hem niet gelukt om vroeg op te staan. Een groot deel van de nacht was hij opgebleven. De warmte had hem het slapen belet. Tegen vijven vielen zijn ogen vanzelf dicht. Hij had toen alle brieven gespeld.

Het waren er niet eens zoveel, een stuk of twintig, maar de inhoud zei genoeg. Allemaal waren ze afkomstig van een vrouw die zich Femke noemde. Ze waren geschreven aan haar moeder, Helen van Wijk, en besloegen een periode van ruim vier jaar.

Tinus schatte dat ze op haar tiende was begonnen met schrijven. De eerste brieven waren kinderlijk van toon. Een jong meisje dat van haar adoptieouders de naam van haar biologische moeder had gekregen. Nieuwsgierig naar haar afkomst zocht ze contact met haar.

De moeder werkte in een bibliotheek in de grote stad. Het was een eitje geweest om haar adres te achterhalen. Uit de toon van de brieven bleek dat Helen aanvankelijk geen contact wilde. Zeker twee jaar lang had Femke haar geschreven, zonder respons.

Tot op een goede dag – het moest rond kerst zijn geweest en waarschijnlijk ook rond de verjaardag van Femke – Helen blijkbaar een kort berichtje had teruggestuurd. Een levensteken had gegeven. Voor haar dochter was dat genoeg. Ze moet daarna ontelbaar veel brieven naar Helen gestuurd hebben, dacht Tinus. Veel van de brieven begonnen met verwijzingen naar vorige waar niet op geantwoord was. Waarom Helen deze kleine selectie bewaard had, begreep hij niet. Of ze haar dochter ooit gezien had, wist hij ook niet. De dochter deed wel pogingen tot contact, maar nergens kon hij iets terugvinden van een ontmoeting. Hij vroeg zich af of het een speld in een hooiberg zou worden, zijn zoektocht. Ook vroeg hij zich af of het relevant was voor zijn speurwerk omtrent de dood van Jan. Nooit had hij Jan iets horen vertellen over een vermeende dochter.

Op een dorp met iets meer dan achthonderd inwoners moest het toch niet moeilijk zijn de adoptieouders te vinden, dacht Tinus. Hij ging ervan uit dat ze nog leefden. Hij ging er ook van uit dat ze niet verhuisd waren. Misschien was het wat overmoedig van hem, maar hij moest toch ergens beginnen.

Wilde hij bewijzen dat Jan vermoord was, dan moest hij kunnen aantonen dat Helen al eerder in staat was geweest tot geweld. Of hem dat zou lukken, wist hij niet. Het delict rondom haar broer had meer dan veertig jaar geleden plaatsgevonden, wellicht dacht ze dat het verjaard was. Moord verjaart nooit, wist hij. En die gedachte gaf hem kracht om door te gaan. Vol goede moed reed hij zijn oude Suzuki de pont af.

De warmte van het vasteland drong zich als een volle, hete vrouwenboezem aan hem op. Ondanks het feit dat hij alle raampjes van zijn auto tegen elkaar had opengezet was het verstikkend heet. Voor hem reden genoeg om zijn eiland nooit te verlaten.

Het verkeer zat ook al niet mee. Veel auto's die huiswaarts keerden, leken zich als kralen aan elkaar te hebben geregen. Nu hij in deze file stond irriteerde het hem dat hij niet eerder was vertrokken. Tegen tienen zou hij de Afsluitdijk over zijn. Dan was het zeker nog een halfuur rijden voordat hij op de plaats van bestemming aankwam.

Zijn inschatting was goed. Precies zoals verwacht reed hij rond de klok van halfelf het dorp in. Het dorp, dat zijn naam aan de kerk te danken had, was uitgestorven. Langs de oude dijkweg, die vanaf de grote weg de enige verbinding vormde met het dorp, stonden vrijwel uitsluitend vrijstaande huizen.

De bouw van de huizen verried hun verleden, de meeste waren herrezen uit oude, verlaten boerderijen. Bij ieder huis stond een auto op de oprit. Praktisch alle tuinen waren gelijk. Keurig gemaaid grasveld, een border met bloeiende struiken, en langs het pad naar de voordeur een zee van afrikaantjes.

Bestond de rest van de omgeving uit watersportgebied – plassen, vaarten of meren waaraan lieflijke dorpjes lagen –, dit dorp lag midden tussen de weilanden. De enige asfaltweg die het dorp doorkliefde, kwam uit bij een kerk omringd door graven.

Vlak voor de kerk keerde hij zijn auto en reed een van de zijstraatjes in. Buiten een schichtig overstekende kat was ook hier geen levend wezen te bekennen.

Ik kan moeilijk zomaar ergens aanbellen, dacht hij, toen hij zich begon af te vragen hoe hij aan zijn informatie moest komen. De hete zon brandde op het dak van zijn auto en maakte hem dorstig. Ook begon de doorwaakte nacht hem parten te spelen. Had het wel zin gehad om helemaal hiernaartoe te rijden?

Net op dat moment zag hij aan het eind van het straatje iets bewegen. Bij een groepje bomen, dat je bijna een parkje zou kunnen noemen, was wat vertier. Een paar mensen sjouwden met tassen van en naar hun fiets. Naast het fietsenrek stond een bankje. Daarboven wapperde een vlag. Toen hij dichterbij kwam, zag hij dat de vlag bij een kleine supermarkt hoorde. Vlak voor de ingang parkeerde hij zijn auto. Meteen na binnenkomst werd hij door een aangename koelte omringd. De kleine ruimte, waar het schoon en opgeruimd oogde, had een airco. Hij slaakte een zucht van verlichting. Alsof zijn hersens, net als de etenswaren, bij deze temperaturen het beste gedijden.

Een blik op zijn horloge zei dat als hij zich om drie uur op kantoor moest melden, hij nu spijkers met koppen moest slaan. Geen tijd te verliezen.

Hij pakte een mandje en keek om zich heen. Koffie kwam altijd van pas, net als suiker. Terwijl hij de spullen in de mand wierp, zocht zijn blik naar iemand die hij kon aanspreken.

Een oude man achter een rollator schuifelde langs een wand met eieren. Voorzichtig pakte hij een doosje van de plank. Hij plaatste het naast een halfje wit en een pak melk in zijn mandje. Niet bepaald iemand aan wie Tinus iets had. Vlug liep hij door naar de kassa.

Een meisje met rood haar en een gezicht vol sproeten scande al kauwgom kauwend de boodschappen van een vrouw met een kinderwagen. Ze spraken een taaltje dat Tinus niet kon volgen. Ze grinnikten. Toen de baby in de wagen begon te huilen, boog het roodharige meisje zich voorover en brabbelde iets tegen de wagen. Het werd stil. Samenzweerderig knikten de vrouwen naar elkaar.

Toen Tinus naderbij kwam, keken ze hem argwanend aan. Zelfs toen hij ze vriendelijk groette, zeiden ze niets terug.

De vrouw met de baby legde haar boodschappen onder in de kinderwagen. Toen de baby weer begon te krijsen, nam ze snel afscheid van het meisje.

Zonder op te kijken scande het meisje de boodschappen van Tinus. Pas toen hij haar vroeg of ze een zekere familie Van Wijk kende, keek ze op. Ze haalde haar schouders op, onverschillig schudde ze haar hoofd.

Vervolgens verplaatste ze de kauwgom van haar linker- naar haar rechterwang. 'Dat is dan zeven euro drieënveertig.' Ze blies een bel. 'Tasje?' vroeg ze. De kauwgombel knapte en plofte tegen haar mond.

Met de moed in zijn schoenen verliet Tinus de winkel. Juist toen hij zijn kokendhete auto wilde starten, kwam de oude man met de rollator naar buiten. Driftig gebaarde hij naar Tinus. Wat wil deze gek, dacht Tinus. Vragend stak hij zijn hoofd door het raampje.

'Ik heurde dat u naar de familie Van Wijk vroeg?' brabbelde de man.

Tinus fronste zijn wenkbrauwen.

'Die ken ik...' zei de man.

— 2 —

'Pap, Jaimi heeft mijn borstel gepikt!' Melissa's hoge kinderstemmetje galmde over de etage waar de slaapkamers zich bevonden. 'Niet waar!' riep zijn jongste dochter uit de badkamer.

'Pap!' gilde Melissa nog harder.

Simon zat beneden achter zijn laptop. Hij las het laatste nieuws en weerbericht, het beloofde alweer een hete dag te worden. Aan het eind van de week mogelijk onweer, stond er. Daar gaat mijn verjaardagsfeestje, dacht hij. Zul je zien dat het overal blank staat.

'Pap!' Opnieuw de stem van zijn oudste dochter, zeurderig en huilerig stond ze te stampen boven aan de trap.

'Ja! Wat is er toch?' brulde hij naar boven.

Simon had geen zin in geruzie. Voordat Klaartje kwam wilde hij zijn mail doornemen en een poging doen de boel op te ruimen. De meiden hadden er in amper twee dagen tijd een grote bende van gemaakt. Tekenboeken, badtassen, computerspelletjes, slippers, haarbanden, clipjes en schelpen, de grond en tafel lagen bezaaid met hun spullen. Nog even, dacht Simon, en ze laten tampons slingeren. Hoelang nog?

Melissa's tepeltjes bereidden zich al voorzichtig voor op borsten. En ook rond haar smalle, kinderlijke heupen ontstond sinds kort een lichte glooiing naar vrouwelijke vormen. Het zou niet lang meer duren, of de paar donshaartjes onder haar armen waren veranderd in okselhaar.

Voor een vader de normaalste zaak om naar te kijken, voor een man heel lastig. Twee dochters, had hij trots tegen zijn vrienden gezegd toen ze nog peuters waren, twee mooie meiden heb ik. Kon hij dit over drie jaar, zonder verdacht te zijn, ook nog zeggen? Hij betrapte zichzelf de laatste tijd steeds vaker op dit soort gedachten.

Het onderwerp was taboe. Je ging niet aan mannen van je eigen leeftijd vragen hoe zij tegen hun ontluikende puberdochters aan keken. Hoe zij worstelden met opkomende erecties bij het zien van die langbenige meiden in strakke broeken, leggings, blote buiken en superkorte rokjes.

Om nog maar te zwijgen over de verhalen over het ontharen van een bikinilijn. Laat staan het aanleggen van een 'landingsbaan'. Wie landt er op mijn dochters landingsbaan? Niemand landt daar zomaar zonder papa's goedkeuring! En toch, hij zou ze moeten loslaten. Hij zou eraan moeten wennen dat ze hem een ouwe lul gingen vinden. Nu al werd er veel te vaak naar zijn zin om hem gegiecheld. Papa is een aseksuele man, een lieve sukkel met een buikje. Een man die ruikt naar whisky en sigaren. Niks mis mee. Als hij maar genoeg geld verdient, zodat je hem altijd kunt ompraten wanneer er geshopt wordt.

'Pap, je luistert niet!' Melissa stond nu half in tranen achter hem. 'Ze heeft mijn borstel, en het is mijn lievelingsborstel.'

Simon keek zijn dochter aan. Ze droeg alleen haar slipje. Rondom haar tepels had zich een denkbeeldig bovenstukje afgetekend, de rest was roodverbrand. Haar tengere armen zaten vol blauwe plekken, net als haar bovenbenen. Op haar knie zat een korst. Het donkerblonde haar was gaan klitten.

'Kom eens hier,' zei hij en hij trok zijn dochter naar zich toe. 'Ik denk dat jij jouw borstel misschien wel ergens hier hebt laten slingeren.'

'Ga je helpen zoeken?' vroeg ze allerliefst, waarmee ze bedoelde: ga jij, pap? Hij kende de taal van zijn dochters.

Hij gaf haar een kus op haar wang. 'Tuurlijk schat, we gaan samen naar jouw borstel zoeken. Weet je wat, we ruimen dan meteen even de kamer op. Over een dik uur moeten we naar de boot, mama ophalen. Voor die tijd wil ik dat deze zwijnenstal is opgeruimd!' Hij legde wat vaderlijke overtuigingskracht in zijn stem. 'Oké?'

Ze knikte. 'Jaimi moet ook helpen.'

'Jaimi helpt ook,' zei Simon. Melissa rukte zich los en rende de trap op.

'Jaim, je moet helpen opruimen van papa.' Met beide knuisten bonsde ze tegen de deur waarachter haar zusje zich nog steeds verborgen hield.

Beneden zette Simon wat jazz aan. Hij stak een sigaartje op en pakte nog een kop koffie.

Jip snurkte zacht in zijn mand. 'Ouwe rakker, slaap jij maar. Straks mag je mee de bazin begroeten. Zijn we weer helemaal compleet,' mompelde hij tegen het dove dier.

Op weg naar de voordeur schopte Simon tegen een paar kinderschoenen. Hij wierp een blik op zijn ongeschoren gezicht. Net op het moment dat hij het rolgordijn voor de voordeur omhoogtrok, keek hij recht in het glimlachende gezicht van Helen.

– 3 –

Ze was de hut uit gevlucht en naar de kop van het eiland gereden, daar waar het strand op z'n breedst was. Waar het nooit stopte met waaien. Waar niemand kwam, alleen de meeuwen. Ze had haar auto tegen de duin geparkeerd en het lange lege strand doorkruist. Recht op de zee af.

Met gebalde vuisten liep ze in de richting van de branding. Alsof ze een boksring betrad. Klaar voor het gevecht. Vloekend tegen haar denkbeeldige tegenstander. Maar niemand die haar krankzinnige gekrijs kon horen. Het brak tegen de golven en vervloeide met het lawaai van de meeuwen daarboven.

Tot lang nadat de zon was ondergegaan, bleef ze daar. Ze voelde haar hongerige maag niet. Ook het vocht van het natte zand, dat langzaam langs haar billen omhoogtrok en haar schaars geklede lichaam omvatte, voelde ze niet. Pas toen de angstbeelden heel langzaam haar geest verlieten, durfde ze na te denken over wat haar was overkomen.

Voordat ze naar huis terug kon rijden, moest ze alles op een rijtje hebben gezet. Ze geloofde niet in spoken, maar wel in handelen. Er waren te veel dingen tegelijk gebeurd. Vanaf het moment dat ze ontdekt had dat haar brieven weg waren, kon ze nog maar aan één ding denken: wraak! Wraak op de herinnering. Wraak op Jan, haar vader en Gerrit. Wraak op iedereen die haar iets had aangedaan. Haar misbruikt en bedrogen had, geknakt had. Haar geest wilde rust. Haar lichaam ook. De kwaal moest stoppen. De kwaal die haar leven zo had getekend.

Ze wist nog precies hoe het begon. Het 'echte erge', zoals ze het noemde. Amper acht was ze, toen hij haar die avond opzocht. Het was de eerste keer dat hij verder ging. Daarvoor had hij zijn zusje alleen maar uitgejouwd, gepest en getreiterd met 'jongensachtige dingen', zoals haar vader het zalvend noemde.

Al die dingen waren onschuldig vergeleken met het 'echte erge'. Nooit zou ze die ene avond vergeten. De keer dat vader naar een klant was.

In de schemer van de slaapkamer stond hij plotseling voor haar bed. Grijnzend keek hij op haar neer. Eerst dacht ze nog dat hij een kikker bij zich had of een dooie muis of erger: een rat. Hij stond daar maar, frommelend in zijn broekzakken. Maar er kwam niets uit tevoorschijn. Ze wist niet of dat gunstig was. Hij was in een vreemde bui. Ze durfde nauwelijks naar hem te kijken.

Plotseling ritste hij zijn broek open. Ze kon zijn onderboek zien. Er stak iets uit. Het was zijn piemel.

Voor iemand als zij – opgegroeid zonder moeder en zusjes – had een piemel geen geheimen. Plassen achter de schuur, zoals vader doorgaans deed, mocht haar broer natuurlijk ook. Soms deden ze wedstrijdje. Wie het verste kon komen. Ze lachten dan luid en brulden als apen. Dan baalde ze dat zij geen piemel had. Was ze maar een jongen.

Nu boezemde de piemel haar angst in. Het ding leek veel groter dan anders achter de schuur. 'Ga weg!' riep ze. 'Ik wil niet dat je hier plast. Ga weg, of ik zeg het tegen vader.'

Die woorden had ze beter nooit kunnen uitspreken. Ze zouden haar lot voorgoed bezegelen. Ze moedigden hem aan. Nog had ze spijt als ze daaraan terugdacht. En met de spijt kwam het schuldgevoel. En met het schuldgevoel kwam de kwaal.

In één ruk trok hij het laken en de deken van haar bed. En het daaropvolgende moment drukte hij haar tegen het matras, voor ze het wist lag hij boven op haar. Wild griste hij onder haar nachtpon. Zijn vingers graaiden naar haar onderbroek, rukten aan de katoenen stof en trokken hem met geweld omlaag. De stof sneed pijnlijk door haar vlees. Maar die pijn was nog niks vergeleken bij wat er daarna kwam.

Iets drong zich bij haar naar binnen. Het stootte door haar onderbuik, zo fel en zo vreemd, dat ze het uitgilde van de pijn. Nog nooit had ze zo hard gegild.

Niet toen ze een gat in haar hoofd viel van het paard. Niet toen ze onderuitging op het ijs, en ook niet toen de dokter haar een prik had gegeven in haar arm.

Al die tijd kermde en kreunde haar broer, klagend, alsof hij ook pijn had. Ze dacht dat het nooit zou stoppen. De pijn, de ademnood, de tranen en vooral de schaamte over wat vader straks zou zeggen, waren ondraaglijk. Toen ze dacht dat ze doodging, slaakte haar broer nog één gesmoorde kreet. Daarna was het voorbij. Hij stond op.

Weer keek hij strak op haar neer. Ernstig nu. Zijn gezicht boog zich tot vlak boven het hare. Ze rook zijn vuile adem toen hij tussen zijn tanden door in haar oor siste dat als ze dit ooit aan vader zou vertellen, hij haar nek zou breken.

Roerloos bleef ze liggen. Tussen haar benen was het nat. Toen ze later vader hoorde thuiskomen, waagde ze het om het laken van zich af te slaan. Alles zat onder het bloed. Haar nachtpon, het bed en haar benen. De volgende dag stopte ze al het beddengoed in een teil en boende net zo lang op het wasbord tot haar handen verweekten van pijn. Vader kwam het nooit te weten.

Het 'echte erge' duurde vijf jaar. Soms, als ze geluk had, zaten er weken of maanden tussen. Toen hij in dienst ging, was het bijna een heel jaar niet gebeurd. De laatste keer was hij op verlof. Zij was dertien, hij amper negentien. Negen maanden later werd haar dochter geboren.

Ooit had ze dit verhaal aan Jan verteld. Alles was toen nog goed tussen hen. Ze vertrouwde hem. Zomaar durfde ze haar geheim te vertellen. En bij haar geheim hoorde het verhaal van de brieven en het verhaal van haar kwaal. In haar onschuld vertelde ze hem alles.

Haar kwaal was dat ze zichzelf moest straffen. Misschien kwam ze er wel met zijn hulp vanaf. Ze was blij dat hij van haar hield. Als hij haar steunde, dan zouden de straffen wel stoppen. Hoe kon ze zo dom zijn.

— 4 —

Met een zwaai opende Simon de deur. 'Hi, we staan op het punt van vertrekken,' loog hij. 'Mijn vrouw komt zo aan, weet je nog?'

Hij haalde een hand door zijn krullen en wees ergens achter zich, in de richting van de haven. Nerveus trok hij aan zijn sigaartje. Net als de voorgaande keren voelde hij zich ongemakkelijk onder haar blik. Wat kwam ze doen? Hadden ze iets afgesproken? Hij kon het zich niet herinneren.

Subtiel schoof Helen het afgezakte hemdbandje over haar knokige schouders. Haar wilde bos met haar zat in een knot tegen haar hoofd geperst. Hier en daar hing een losse krul, nonchalant langs haar gezicht. Ze deed haar best om de blik van Simon vast te houden. Ernstig doch vriendelijk keek ze hem aan.

'Ik kwam toevallig langslopen en wou even zeggen dat er vandaag een bijzondere vogeltocht is door het duingebied. Meestal verzorgt de boswachter dit, maar ik kan jullie ook rondleiden. Als jullie het leuk vinden, dan hoor ik het wel!'

Ze sprak luchtig, alsof ze er geen belang bij had dat hij ja zou zeggen.

Simon leek niet te luisteren, afwezig staarde hij langs haar heen. De rook van zijn sigaar vermengde zich met de tocht van de deur. Helen draaide zich om. Net toen ze wilde weglopen, leek hij wakker geschud.

'Nou, misschien willen we dat wel, maar dan wordt het aan het eind van de middag. Als dat niet te laat voor je is?' Hij dacht aan een vrijpartij met Klaartje. Als de kinderen met Helen meegingen, was hij eindelijk even alleen met zijn echtgenote. Hij zou haar optillen, uitkleden, likken en alles met haar doen wat hij al zo lang had moeten missen. Hij zou haar neuken zoals ze nog nooit geneukt was.

'Geen enkel probleem. Heb ik je nummer?' vroeg Helen.

Ja, natuurlijk, haar nummer, dacht Simon. Nee, ze wil mijn nummer. Hij kuchte.

'Dan kan ik eerst even bellen,' ging Helen neutraal verder. Ze voelde zijn verwarring.

'Natuurlijk. Heb je een pen?' vroeg Simon en hij tastte in zijn lege zakken. Zijn mobiel lag binnen, anders had hij haar nummer er meteen in gezet. Onhandig, dacht hij.

'Nee,' antwoordde Helen. Nieuwsgierig keek ze de gang in.

Simon voelde zich steeds minder op zijn gemak. Hij wilde weg. Binnen was het een troep, de kinderen moesten nog gewassen, Klaar zou er zo zijn... Allejezus, die vrouw maakt me gek, dacht hij.

'Kom even binnen dan.' Kuchend liep hij voor haar uit naar de woonkamer. 'Let niet op de troep, ik moet nog opruimen,' verontschuldigde hij zich meteen.

Opnieuw wandelde Helen zijn leven binnen. Glimlachend volgde ze hem naar de woonkamer, waar Jip gealarmeerd begon te blaffen. Wild sprong hij tegen haar op. Toen ze hem van haar wegduwde, gromde hij en trok zijn lip op. Simon sprak hem bestraffend toe en greep hem bij zijn nekvel. Helen keek geïnteresseerd de woonkamer rond. Het verbaasde haar hoe snel hij er een zooi van had weten te maken. Zo doen die lui dat dus, dacht ze. En ze moest denken aan de woorden van Trees, die altijd klaagde over de troep die de gasten maakten.

Nerveus zocht Simon tussen de rotzooi naar een pen. Jip bleef oorverdovend blaffen. Het schuim stond rond zijn bek. Het alarmeerde de kinderen, ze stormden de trap af.

'We gaan mama halen!' riepen ze enthousiast tegen Helen.

'Wat fijn!' riep ze terug. En ze veinsde zo veel mogelijk vreugde.

'Zeg lady's, hebben jullie ergens een pen gezien?' vroeg Simon. 'Helen is zo aardig om ons alweer een uitje aan te bieden. Dit keer om vogels te spieden, lijkt jullie dat wat?' Simon moest ze paaien, hij wist hoe moeilijk zijn dochters waren. 'En misschien mogen jullie dit keer wel helemaal alleen mee,' voegde hij er met een knipoog naar Helen aan toe.

De kinderen keken elkaar verbaasd aan. Helen probeerde op haar beurt zo min mogelijk haar verbazing te tonen. Toe maar, dacht ze, wat een vertrouwen!

'Mogen we dan voorin zitten?' vroeg Jaimi, die als eerste reageerde.

'Tuurlijk!' zei Helen. Ze keek naar de jongste dochter van Simon. De blaaskaak begon meteen te stralen.

Ze voegde er nog aan toe dat het tegen de schemer het mooist was, dan kwamen de nachtdieren tevoorschijn.

'Cool!' riep Jaimi, stampend van plezier.

Melissa keek haar zusje angstig aan. 'Welke nachtdieren?' vroeg ze bedremmeld aan Helen.

'Dat is nog een verrassing,' fluisterde die, en ze hield haar vinger voor haar mond, waardoor het hele toekomstige avontuur nog spannender werd.

Simon vond een paarse viltstift. In koeienletters schreef hij zijn mobiele nummer op de rand van een krant, scheurde het eraf en overhandigde het aan Helen. Zonder te kijken frommelde ze het papiertje in haar broekzak.

Nerveus wierp Simon een blik op zijn horloge. Over een dik halfuur kwam de boot aan.

'Sorry, maar nu moeten we echt weg hoor! Anders begrijpt Klaartje er niets van.' Zenuwachtig dribbelde hij naar de hal. Helen en de kinderen volgden.

'Ik bel je,' riep ze aan het eind van het grindpad toen ze het tuinhekje afsloot.

Voordat ze haar huis binnenging, voelde ze in haar zak. Als een kostbare schat haalde ze het stukje krantenpapier tevoorschijn. Voorzichtig vouwde ze het open en streek het plat. Als een kind dat een versje uit het hoofd moet leren, dreunde ze de paarse cijfers een voor een op.

# – 5 –

De man op de veerboot wenkte naar Tinus, als hij doorreed kon hij nog mee. Het zware geronk van de scheepsmotoren klonk al voor de afvaart. De laadklep knerpte in zijn scharnieren. Net op tijd, dacht Tinus toen hij zijn auto had aangesloten in de rij en het contactsleuteltje omdraaide.

Hij had naar kantoor gebeld. Gelukkig was er een collega zo aardig geweest op hem te wachten. Men mocht hem wel bij de boswachterij. Iedereen was op de hoogte van zijn nevenactiviteiten als speurder. Ergens kreeg hij de indruk dat ze het wel interessant vonden dat hij zichzelf privédetective noemde. Het gaf hem een zekere status. 'Onze eigen Sherlock', noemden ze hem soms.

Meteen nadat hij zijn auto had afgesloten verliet hij het benedendek. De steile trap naar boven kwam uit in het restaurant. Eenmaal voorzien van broodjes en koffie zocht hij de schaduw van het bovendek op. De frisse zeewind omringde zijn borstelige hoofd. Meeuwen dansten als marionetten voor de boot, hongerig wachtend op wat eten. Af en toe wierp iemand iets in de lucht, wat onder fel gekrijs werd verorberd. Tinus genoot van zijn terugtocht. Moe maar tevreden sloot hij zijn ogen. Er was een hoop gebeurd.

In het kleine dorpshuisje aan de overkant van de supermarkt, waar de wereld honderd jaar leek te hebben stilgestaan, deed Tinus zich voor als journalist. Iemand die op zoek was naar informatie over autoraces.

De oude man wilde maar wat graag zijn verhaal aan Tinus kwijt. Hij noemde zichzelf Hendrik, was vijfentachtig en de jongere broer van Helens vader, Klaas van Wijk.

Tinus merkte al snel dat de man stokdoof was. Ondanks de gigantische gehoorapparaten, die als twee reuzenoorwarmers aan zijn oren zaten vastgeklonken en Tinus deden denken aan Mr. Spock uit *Star Trek*, moest hij meerdere malen zijn stem verheffen.

De man sprong van de hak op de tak. De stortvloed aan woorden, half in dialect, was nauwelijks te volgen. Tinus moest zich goed concentreren.

De familie Van Wijk woonde al enkele decennia in de kleine dorpsgemeenschap, die voornamelijk uit boeren bestond. Het gezin telde naast 'heit' en 'mem', zoals de man zijn ouders noemde, vijf zonen en vier dochters.

Hendrik was de jongste en nu als enige nog in leven. Hij was nooit getrouwd geweest en had geen nazaten. Terwijl hij dat vertelde vroeg hij meteen of Tinus getrouwd was.

Tinus antwoordde ontkennend. In de ogen van de man ontstond een vreemde twinkeling. Dat gaf Tinus een onbehaaglijk gevoel en even raakte hij de draad van het betoog kwijt. Gelukkig stelde de man hem daarna geen persoonlijke vragen meer.

Na een tijdje besloot Tinus de man niet meer aan te kijken, maar zich op zijn blocnote te richten. De laatste paar bruine tanden in de mond van de man, met de rottende geur die daarmee gepaard ging, gaven Tinus een misselijk gevoel. 'Helen was een mooie deerne,' sprak Hendrik. 'Krek haar mem. Klaas had er kiek op! Zeer geliefd bij de jongens op het dorp. Zij koos voor mien broer,' zei hij trots, en hij wachtte even. Tinus hoorde hem slikken.

'Gaat u door,' sprak hij bemoedigend.

'Tragische geschiedenis. Kraamkoorts, weet u. Ze heb haar dochter nooit zien opgroeien. Tragisch.' Weer werd het stil.

'En toen dat kind. Ze was pas dertien.'

'Kind?' Tinus sloeg zijn ogen op.

Weer wachtte de oude man. Hij staarde naar het pluchen tafelkleed. Tinus volgde zijn blik. Tabaksresten lagen er als geschaafde houtkrullen over verspreid. Een muffe en doorrookte geur steeg eruit op. Een weeïge geur van de naderende dood, die zich vermengd had met de beklemmende warmte van de afgelopen dagen. Tinus kon zijn opkomende maagzuur nog net wegslikken.

'Helens kind. Ze had een kind gebaard, meneer. Een schande was het! Zo jong, ze was zelf nog een kind.' Wild schudde hij met zijn hoofd. De gehoorapparaten maakten een hels kabaal. Tinus dacht even dat ze zouden losschieten.

'Wie was de vader?' vroeg hij snel.

'Wisten wie het moar!'

Tinus kreeg de indruk dat de man wel degelijk wist wie de vader was, maar zeker niet van plan was daarover uit te wijden.

'Iedereen kon de vader zijn, ziet u. Een mooie meid, meneer, krek haar eigen mem.' Nerveus trommelde hij met zijn kromme vingers op het pluchen kleed.

'En het kind?' probeerde Tinus opnieuw.

De man slaakte een diepe zucht. Hij leek geen zin te hebben in deze ondervraging. 'Weg,' mompelde hij. 'De adoptieouders waren goeie lui. Zij leven niet meer. Iedereen om me heen gaat dood, meneer...'

Verder wilde hij niet gaan. Dat was duidelijk. Het gesprek werd over een andere boeg gegooid.

'Toen Helen werd geboren was Gerrit bijna zeven, een echte kwajongen, meneer.' En opnieuw begonnen zijn ogen te twinkelen. 'Groot voor zijn leeftijd. Sterk ook! Klaas was zo druk met de garage... U moet weten, er waren er in die tijd nog niet zoveel... Paard en wagen had je.' Hij lachte zijn bruine stompjes bloot.

Tinus wilde niet vragen waarom dat zo vermakelijk was.

Hij had op zijn horloge gekeken en geconstateerd dat de tijd omvloog. 'Gaat u toch door,' zei hij dwingerig.

'Op een dorp kun je niet zonder.'

Hij bedoelde een auto, begreep Tinus.

'Mien broer was een van de eerste monteurs. En die jongen hielp zijn vader, hij was amper twaalf toen hij al reed. Daarna de autoraces. Het is traditie, moet u weten. Hij was een van de eerste coureurs, wis u dat? Wat denk u, wij waren zo trots op hem! Niemand kon het daarom geloven.' Plotseling stopte hij zijn betoog. 'Wil u een borrel?' vroeg hij, terwijl hij opstond.

Hij pakte zijn stok en schuifelde naar een laag kastje in de hoek van de kamer. Tinus bedankte.

'Wat kon niemand geloven?' riep hij luidkeels naar de man. Maar de oude man stond met zijn rug naar hem toe, hij leek hem niet te horen. Ook niet toen Tinus de vraag herhaalde. Pas toen hij zich onder zwaar gehoest, met een fles jenever in zijn hand, omdraaide, gaf hij antwoord.

'U moet weten dat Gerrit een beer van een vent was! In de kracht van zien leven. Hij kon tegen een borrel, meneer... nou, daar kunnen u en ik niet tegenop hoor, dat verzeker ik u! En misschien had-ie die middag iets te diep in het glaasje gekeken, en misschien had-ie de auto moeten laten staan, maar dat is achteraf-gelul. Hij ging! En als iemand hem had kunnen waarschuwen of proberen tegen te houwen, had dat toch niets uitgehaald. Niemand kon Gerrit iets verbieden. Begrijp u?'

Tinus knikte.

'Er was mee geknoeid, ik durf het te zweren.' Hij slurpte aan zijn glas. 'Maar bewies het maar eens. Total loss, meneer, een groot deel ervan was zelfs helemaal uitgefikt. Hij moet op slag dood geweest zijn. Beter ook. Hij was geen jongen voor in zo'n rolstoel, begrijp u?'

'Waarmee geknoeid?' vroeg Tinus.
De oude man staarde voor zich uit. Het leek alsof de beelden zich opnieuw voor zijn ogen afspeelden. De blik in zijn ogen werd glazig. Hij trommelde op het kleed, de krullen tabak begonnen te dansen. Nauwelijks hoorbaar fluisterde hij: 'Met de remmen, meneer.'

## – 6 –

'Wat zijn jullie al bruin!' riep Klaartje verbaasd. Eerst omhelsde ze de kinderen en daarna Simon. Hij had haar koffer aangepakt. Lachend keek hij naar zijn vrouwtjes.
Hij was het gewend; sinds de kinderen er waren, kwam hij niet meer op de eerste plaats. Nog net geen behang, had hij wel eens geroepen als de dames hem niet schenen op te merken. Melissa greep naar de weekendtas van haar moeder en Jaimi vroeg haar of ze nog iets lekkers had meegebracht.
'Iets lekkers? Krijgen jullie dan niet genoeg te eten bij papa?' was de reactie van Klaartje.
'Dag schat, fijn om je te zien.' Simon kuste zijn vrouw. Eerst in haar hals en daarna op haar mond. Hij legde zijn arm om haar blote schouder. Goedkeurend nam hij haar op. 'Prachtig! Ik was bijna vergeten hoe mooi je was,' zei hij bewonderend. En even liet hij zijn vingers over de blanke huid van haar armen glijden. Ze kuste hem terug zoals ze altijd deed. Alsof ze een heleboel kleine kusjes ging geven. Niet te lang en niet te vochtig. 'Je prikt,' zei ze bestraffend.
'Ja, sorry. Ik heb geen tijd gehad om me te scheren. Dat kan straks nog. Vlak voordat we gaan vrijen,' zei hij liefkozend in haar oor.

De kinderen dansten en gilden om hen heen. Ze trokken aan de zomerjurk van Klaartje en sloegen tegen de broek van Simon.

'We moeten naar Jip toe!' gilden ze. 'Toe nou! Anders stikt-ie!'

'Waar is Jip dan?' vroeg Klaartje bezorgd.

'In de auto!' riepen ze in koor.

Alsof hij bang was dat ze zou weglopen, hield Simon zijn vrouw stevig vast. Zijn vingers kneedden het zachte vlees van haar heupen.

'Laten we dan maar snel naar de auto gaan. Waar staat-ie?' vroeg Klaartje. Zachtjes schoof ze Simons hand van haar heup. 'Later, oké?' zei ze, en ze lachte naar hem zoals ze kon kijken als ze de regie had.

Behendig maakte ze zich los. Als een jong veulen rende ze op haar hooggehakte sandalen, hand in hand met de meisjes, naar de parkeerplaats. Simon volgde met de koffer en weekendtas.

Jip was al op een kilometer afstand te horen. Zijn natte neus drukte hij tegen het halfopen raam van de ondergekwijlde achterruit. Toen hij Klaartjes heldere stem hoorde, werd hij mogelijk nog doller. Simon klikte met zijn afstandsbediening de auto van het slot.

'Hé, ouwe reus. Kom dan maar,' riep Klaartje door de ruit. Snel opende ze het portier. Uitgelaten sprong de viervoeter uit de auto. Kwispelend, van gekkigheid niet wetend wat hij moest doen, knalde hij tegen haar benen. Daarna liep hij de kinderen omver. De meisjes gierden het uit.

'Rustig!' riep Simon in een poging de hond te kalmeren. Intussen zette hij de koffer in de achterbak en legde de weekendtas erbovenop. Klaartje zat nu op haar hurken voor Jip. Ze had haar handen om zijn kop geslagen. De neus van de hond raakte haast de hare. 'Het is goed, jongen,' zei ze tegen hem. 'Het is goed.' Als dank gaf hij haar een flinke lik midden over haar gezicht.

'Mam, Melissa is door een kwal gebeten en we zijn met Helens auto over het strand gereden. Het dak kon eraf. En toen hebben we ijs gegeten in het bos. En vanavond gaan we met haar naar de nachtdieren kijken...' ratelde Jaimi.

Klaartje trok haar wenkbrauwen op naar Simon. 'Helen?' vroeg ze fronsend.

'Vertel ik nog wel,' antwoordde hij kalm. 'Eerst bijpraten. Waar gaan we heen?'

'Naar zee!' gilden de meisjes opnieuw in koor.

'Hebben jullie de badspullen dan al meegenomen?' vroeg Klaartje.

'Die liggen standaard in de auto. Nietwaar meiden?' Simon moest lachen en kuchen tegelijk.

'Stelletje viespeuken!' zei Klaartje afkeurend, maar ze lachte erbij. Ze pakte het haar van Melissa en liet haar vingers door de klitten gaan.

'Zijn jullie eigenlijk wel in bad geweest toen ik er niet was?' vroeg ze dreigend. 'Of zijn jullie langzaamaan in zeemeerminnen aan het veranderen?'

Het toverwoord was eruit. Weer begonnen de kinderen te joelen van plezier.

'Ja, we zijn zeemeerminnen!' riep Jaimi en ze pakte de hand van haar moeder. Melissa keek verlegen toe.

Simon stapte als eerste in. Jip volgde zijn baas. Zenuwachtig sprong hij op de stoel voorin, dicht naast Simon. De laatste dagen had hij op zijn hondenkleed naast de baas mogen liggen. Klaartje en de kinderen doken achterin. Al zingend reden ze naar paal 15.

Wat ben ik toch een gezegend man, dacht Simon toen hij in de achteruitkijkspiegel naar de moeder van zijn mooie dochters keek. Dat mij dit nog is overkomen, ik mag in mijn han-

97

den knijpen van geluk. Niets of niemand kon ooit tussen hem en zijn gezin komen.

– 7 –

Door de schuifdeur naar de tuin klonk muziek. Helen had een van haar lievelingsstukken van Schubert opgezet, het strijkkwartet *Der Tod und das Mädchen*.

Bes sjokte lijdzaam achter haar bazin aan op weg naar het vertrouwde plekje in de schaduw. Zodra Helen zich uitstrekte in de tuinstoel onder de taxusboom, kroop de oude poes op het voeteneind.

Het huis ernaast was verlaten. Op het ruisen van de bomen na was het overal stil en drukkend warm. Misschien dat het opzwepende muziekstuk daarom wel zo angstaanjagend klonk. Dreigend schuurde het geluid van de strijkers door de broeierige atmosfeer.

Toen ze er helemaal zeker van was dat de zwarte BMW het terrein had verlaten, was Helen de tuin in gelopen. Sinds zaterdagmiddag had ze zich hier niet meer gewaagd. Ondanks de extreme hitte van de laatste dagen zag alles er nog redelijk fris uit. Het enige wat aan het verdorren was, was de smalle strook gras. Je kon er gif op innemen dat de planten hier in het vakantiepark zonder haar goede zorg snel zouden verpieteren. Ze moest glimlachen. Gif, dacht ze. En ze tuurde naar de taxus, die het lieflijke prieeltje van schaduw voorzag. De boom droeg al bessen. Mooie, stevige rode bessen waren het.

Het was merkwaardig, maar alles verliep een stuk makkelijker dan ze had verwacht. Ze had Simon op haar hand. En die etters mochten haar ook wel, geloofde ze. Kennelijk vertrouwde hij haar zonder meer zijn kinderen toe. Blijkbaar heb ik een gevoelige snaar bij hem geraakt, dacht ze. Hopelijk gaat het straks met die vrouw van hem net zo. Ik moet ervoor waken dat zij geen roet in het eten gooit. Niet nu ze net besloten had dat Simon haar redding ging worden. Als ze met hem had afgerekend, zou ze ook met de rest afgerekend hebben. Ze geloofde er heilig in dat zijn dood alles goed zou maken. Dat ze daarna nooit meer bang hoefde te zijn.

Een kalmte kwam over haar. Ze sloot haar ogen en gaf zich over aan de muziek. Niet veel later lag ze in diepe slaap en merkte niet dat er iemand over het grindpad haar tuin in liep.

Trees keek vertederd op de slapende Helen neer. Bes vertrok geen snorhaar.

Wat zal ik doen, zal ik haar wakker maken of straks terugkomen, vroeg ze zich af. Ze besloot het laatste te doen. Waar ze voor langskwam, kon later ook nog wel.

Een van de huurders naast Helen had toestemming gevraagd om vrijdag een feest te geven. De man van het stel werd vijftig. Trees had gezegd dat ze akkoord ging, mits Helen het ermee eens was.

Trees was zeer gesteld op Helen. Ze had altijd met haar te doen gehad. Vroeger al, toen ze nog met Jan kwam. Die vreselijke blaaskaak. John en zij waren het park net gestart toen Helen een huisje wilde huren.

Jan kenden ze al van daarvoor. Een vrije kunstenaar, zoals ze hem hier op het dorp noemden. Een walgelijke snob, vond Trees, en ze kreeg het weer extra warm als ze aan die uitslover en alcoholist terugdacht.

Van Helen was ze meteen gecharmeerd geweest. Er was iets met haar. Volgens Trees leed ze aan het leven. Ze had iets treurigs, alsof ze altijd onder een zware last gebukt ging. Het tegenovergestelde van die echtgenoot.

Het ergste was nog dat ze hem trouw bleef. Trees had het nooit begrepen. Goeie vrouwen krijgen altijd dat soort kerels, wist ze.

De meeste tijd van het jaar verbleef hij in hun eigen hut aan de andere kant van het eiland. Altijd in het gezelschap van zijn muzen, zoals hij ze noemde.

Muzen? Hoeren waren het, volgens Trees. Ze had het keer op keer tegen de dorpsbewoners gezegd. Meestal lachten ze haar dan uit. Maar waarom zou ze een blad voor de mond nemen? Ze had nooit begrepen hoe Helen dat vreemdgaan van haar man kon accepteren. Als haar eigen John zoiets zou doen; nou, ze wist er wel raad mee: ze had hem er voorgoed uit gegooid! Helen niet. Die huurde hier een huisje terwijl hij zich daar vermaakte.

'Laat hem maar,' zei ze dan, als Trees er een opmerking over maakte. Toen wist ze het zeker, die man had macht over Helen. Sommige vrouwen waren zo, die lieten dat toe. Ze had er wel eens een boek over gelezen. Vrouwen die te veel liefhebben, of zo. Vreselijk!

Voor haar was het vanzelfsprekend geweest dat Helen na de dood van die zak bij hen kwam wonen. Trees had zijn dood altijd als een vorm van gerechtigheid gezien. Ze was nu zo gesteld geraakt op Helen dat ze haar als bloedeigen familie zag. Als een zus. Een onschuldige, lieve zus, die dol was op planten.

– 8 –

De kokendhete zon deed het asfalt sidderen. Op de grote parkeerplaats bij het strand, waar 's winters alleen de strandpaviljoens stonden opgeslagen, was het afgeladen.

Simon had nog net een plekje weten te bemachtigen. Op aanwijzingen van Klaartje pakte hij de strandspullen uit. Eerst dit en dan dat, schat. Alsof ze de dagen ervoor nooit naar het strand waren geweest. Alsof een leven zonder zijn vrouw niet bestond. Hij liet haar maar, zo was ze nou eenmaal. Regeltante, noemde ze zichzelf graag. Goed hoor, dacht Simon, hij vond het allang best dat de familie weer compleet was.

De meisjes waren al vooruit gestormd naar zee, met Jip erachteraan. Niet aan het rulle en hete zand gewend, sjokte hij op zijn korte pootjes moeizaam mee. Zijn zenuwachtige geblaf loste op in de weidsheid van het strand.

Het was druk. Zeker voor een doordeweekse dag als vandaag. Achter felgekleurde windschermen werd ijverig gesmeerd. Vette, glimmende lijven werden naar de zon gedraaid. Sommigen stonden nog onhandig pielend achter een opgehouden handdoek. Hemd werd topje, rok werd badpak en short werd zwembroek.

Gelukkig waren er ook die zich niets van hun omstanders aantrokken. Zo goed als naakt lagen ze als vers gekookte kreeften op hun matjes. Maling aan de wereld, het is zomer, voel je vrij, leken ze te denken.

Iedereen genoot op zijn of haar manier. Net als de dik ingepakte surfers. Omringd door vissers, wandelaars en ouders met piepklein kroost, wachtten ze in de branding op hun eerste surfles.

Overal daaromheen werd druk gesjouwd met emmers zand. Kastelen verrezen uit diepe geulen, en bruggen werden gebouwd. Nog even en de vloed zou alles genadeloos wegspoelen.

'Laten we eerst maar naar zee gaan,' zei Klaartje. 'Ze vinden het zo heerlijk dat ik er ben, kunnen we daarna wel gaan koffiedrinken.'

'Goed hoor. Ik doe alles wat je zegt,' antwoordde Simon.

Hij had voorgesteld om koffie te gaan drinken. Zijn ontbijt was er door het bezoek van Helen bij ingeschoten.

'O, jongens, wat is het hier toch geweldig!' riep ze enthousiast toen ze de zee zag. Ze zwaaide naar de kinderen. Wiebelend op haar hoge hakken zwikte ze voor Simon uit. Aan het einde van de loopplank bukte ze zich om de enkelbandjes los te trekken. Haar jurk waaide op, Simon kon nog net een blik op haar kleine, ronde billen werpen. De lange bonenstaken, waar ze zelf zo'n hekel aan had, verdwenen voor een groot deel in het zand. Barrevoets vervolgde ze haar weg.

'Heb je daar iets onder aan?' vroeg hij toen ze hun handdoeken in de buurt van de meisjes hadden gelegd.

'Bedoel je een bikini?' vroeg zijn vrouw, en ze schudde haar hoofd.

'Wil je niet de zee in dan?'

'Misschien later, pootjebaaien is ook lekker. Ik moet eerst nog even wennen hoor. Jij zit hier al twee dagen. Je kent mij. Ik ben niet zo'n waterrat. Laat me maar,' zei ze, terwijl ze een kleurrijk doekje om haar hoofd knoopte. 'Bovendien wordt het me hier straks veel te heet.'

'We kunnen een parasol huren,' opperde Simon.

Ze luisterde niet. Haar schoenen gooide ze op de handdoek, de tas wierp ze van haar schouder en lachend liep ze naar de meisjes, die druk aan het graven waren.

'Hebben jullie hulp nodig?' vroeg ze. De kinderen joelden, ze legden uit wat ze van hun moeder verwachtten en meteen ging Klaartje op in het kinderspel.

Simon hurkte neer op zijn handdoek. Hij trok zijn overhemd uit. De huid van zijn verbrande schouders en nek trok zich samen, het jeukte. Zijn hand zocht in de plastic AH-zak naar zijn sigaren en de zonnebrandcrème.

Hij keek naar het schouwspel voor hem. Ze leken hem vergeten. Pa zat op zijn handdoek. Hij rookte sigaren, kreeg een buikje, had benen als melkflessen en sinds kort twee kalknagels op zijn tenen.

Hij vroeg zich af of hij eigenlijk niet overbodig werd in zijn gezin. Klaartje en de meiden, ze konden heel goed zonder hem. Zouden ze hem missen als hij er niet meer was? Stel je voor, dacht hij, ik word ziek. Ernstig ziek. Dat risico is groot op mijn leeftijd. Steeds vaker hoorde hij verhalen van oud-vriendjes die opeens kanker hadden gekregen; lever, longen, darmen, alles kon het begeven. Het was een kwetsbare leeftijd. Vijftig 'plus' was hij straks. Voor je het wist kreeg je een hartinfarct, of erger: was je op slag dood.

Zouden ze snel over me heen zijn, vroeg hij zich af. Klaartjes werk nam haar zo in beslag, ze had amper tijd om te rouwen. En de kinderen? Die gingen straks naar de middelbare school, nieuwe vriendjes en vriendinnen, daarna studeren, ze werden verliefd. Misschien werd Klaartje ook wel opnieuw verliefd. Dan kregen ze een nieuwe vader. Simon trok aan zijn sigaar. Hij kuchte luid toen hij de rook uitblies.

Klaartje keek nu in zijn richting, ze wenkte hem, ze lag in het zand. Haar wangen waren rood. Achter de grote zonnebril die ze droeg lagen haar lichte ogen verstopt. Hij kende haar blik. Soms boos, vaak fel, af en toe geil en ontspannen.

Ze werd ingegraven. De kinderen waren druk aan het scheppen. Het ging snel. Over haar benen lag een hele berg zand. Alleen haar tenen staken er nog uit. Ook de rest van haar lijf moest zo snel mogelijk worden weggewerkt. Levend begraven, dacht Simon opeens. En hij kreeg een angstvisioen over zijn eigen dood.

Snel aan iets anders denken, zei hij in zichzelf. Je gaat nog helemaal niet dood. Je bent nog geen vijftig, vrijdag pas. Wie weet wat je deze week nog allemaal voor spannends gaat meemaken. En opeens moest hij weer aan Helen denken. Ze had indruk op hem gemaakt.

Alleen het hoofd van Klaartje was nog zichtbaar. De meisjes gaven elkaar aanwijzingen alsof hun leven ervan afhing. Jip liep achter hen op en neer door de branding. Zee in en zee uit. Als een weerhuisje dat afhankelijk was van zon of regen, bewoog hij mee met de golven. Liever niet te nat, vond Jip.

Een traan biggelde over Simons wang. Snel keek hij om zich heen. Niemand had het gezien. Hij veegde langs zijn gezicht. Vlug nam hij nog een trekje van zijn sigaar.

Plotseling hoorde hij de ringtoon van zijn mobiel. Waar ligt dat kreng, dacht hij geschrokken. Wild graaide hij tussen de badspullen. Toen hij de iPhone eindelijk te pakken had, nam hij zonder te kijken op.

'Klooster,' sprak hij. Zijn stem kraakte. Een brok zat in zijn keel.

'Dag Simon, je spreekt met Helen.' Een stilte viel. Hij verstond haar niet goed. De geluiden van het strand overstemden ieder geluid.

'Ik vroeg me af, is je vrouw al gearriveerd?' vroeg ze.

Simon reageerde niet. Helen? O, Helen, dacht hij. Haar stem klonk zo anders aan de telefoon.

'Hi Helen! Jazeker. We zitten aan zee. Bij Martha, je weet wel.' Hoe heeft ze het zo kunnen plannen, dacht hij. Ze belde op het juiste moment. Het deed hem goed, merkte hij.

'Heb je het er nog over gehad of je dochters vanmiddag met mij meegaan?' vroeg ze.

'O ja. Eh, nou nee... niet echt. Het is er nog niet van gekomen. Klaartje is nu even niet bereikbaar... ze ligt hier ingegraven.' Ineens moest hij lachen.

'Ze zijn aan het spelen, weet je.' Hij schraapte zijn keel om nog iets te zeggen, maar hij wist niet wat. Hij voelde zich opeens een belachelijke idioot.

'Ik begrijp het,' antwoordde Helen kort.

'Als ze niet meegaan, dan heb ik andere plannen. Ik zou het

graag op tijd willen weten. Denk je dat dat lukt?' vroeg ze geïrriteerd.

'Uiteraard! Nee, ik begrijp het! En ik waardeer je aanbod zeer. Maar eerlijk gezegd hebben we elkaar nog maar nauwelijks gesproken. Zo gaat dat met kinderen. Kan ik je straks terugbellen?' vroeg Simon verontschuldigend. Het klonk alsof hij met een belangrijke klant te maken had en er straks honderden euro's aan zijn neus voorbij konden gaan.

'Goed hoor,' sprak Helen kalm. Haar stem kreeg weer iets vriendelijks. 'Neem de tijd, je hebt vakantie, laat je vooral niet opjutten. Ik ben de hele week beschikbaar, moet je maar denken.'

Hij zuchtte. Ze stelde hem op zijn gemak, dat had hij net nodig.

'Goed dan, ik bel je. Laten we zeggen binnen nu en een uurtje?' Simon keek op zijn horloge. Het was net één uur geweest.

'Uitstekend!'

Hij hoorde niets meer. De geluiden van de zee en het strand namen het weer over. Net toen hij een blik wilde werpen op zijn mailbox, legde er iemand van achteren een paar handen over zijn ogen.

'Het is heerlijk hier!' fluisterde Klaartje in zijn oor. En ze liet haar armen om zijn hals glijden. Ze kuste hem in zijn krullen. Hij keek naar de roodgelakte teennagels die naast hem in het zand stonden. Over haar benen en jurk lagen tientallen zandkorrels. Bijna even talrijk als haar sproeten bevolkten ze haar huid.

'Ja hè?' antwoordde hij. Snel stopte hij zijn mobiel weg.

'Wat denk je, zullen we zo eens wat gaan lunchen? Ik heb wel trek gekregen.' Ze reikte naar haar schoenen en veegde een lok haar uit haar gezicht.

'Lieverd, ik dacht dat je het nooit zou vragen. Graag! Dat wordt dan mijn ontbijt.'

'Wat? Hebben jullie niet ontbeten?' Ze wilde zich omdraaien om de kinderen te roepen.

'Wees gerust, zij wel.' Hij gaf haar een kort kneepje in haar billen. Ze gaf een gil. Daarna kuste hij haar op haar zoute huid. Teder trok hij haar mee in de richting van de houten vlonder. Ze sloeg haar arm om zijn brede rug, gedwee liet ze zich meevoeren.

'Ik ben blij met je,' zei hij, en opnieuw kuste hij haar vluchtig op haar mond.

'Ik ook met jou,' zei ze. Over haar zonnebril keek ze hem aan. 'Met wie belde je eigenlijk?'

## – 9 –

Helen keek naar haar spiegelbeeld boven de wastafel. Haar gebruinde huid maskeerde de pigmentvlekken en rimpels rondom haar ogen. In tegenstelling tot de meeste vrouwen van haar leeftijd was ze slank en gespierd. De ouderdom leek geen vat op haar te krijgen. Haar dikke, grijzende haar droeg ze meestal in een nonchalante knot. Ze hoefde nog steeds geen bril, een leesbril volstond. De natuur had haar gezegend met een fraai uiterlijk in een gezond lichaam. Dat zou haar deze week nog wel eens van pas kunnen komen, dacht ze.

De zon was onder, de avond begon. De hitte van de dag had zich overal doen gelden. Zowel in huis als in de tuin hing een vieze, klamme warmte. Als ze verkoeling wilde, moest ze naar zee. Misschien moet ik dat doen, dacht ze. Maar niet voordat ik dat andere heb gedaan. Ze grijnsde.

Haar haren schudde ze los. Haar hoofd hield ze onder de kraan. Het lauwwarme water stroomde langs haar gezicht en hals. Make-upresten spoelden door de gootsteen. Daarna trok ze een van haar oude zomerjurken aan. Haar Daktari-jurk, zoals ze hem noemde. Een oude katoenen, kaki overhemdjurk. Niemand droeg vandaag de dag nog dat soort safari-jurken. Maar hier op het eiland kon alles. Haar gebruinde benen stak ze in haar Nikes en ze liep de trap af. Ze was er klaar voor.

Vanmiddag was ze rond de klok van enen uit haar slaap ontwaakt. Ze had toen zeker al een uur liggen slapen. De middagzon was over haar verbrande voetzolen gegleden en had haar pijnlijk gewekt. Meteen had ze de telefoon opgepakt en zijn nummer ingetoetst.

Zijn stem klonk opgewekt. Alsof hij blij was haar te horen. Maar toen ze hem eraan herinnerde dat ze met zijn dochters op pad zou gaan, was hij opeens verstrooid gaan doen. Hij en zijn vrouw hadden het nog niet besproken. Bullshit, had ze gedacht, hij was het natuurlijk vergeten, de zak.

Ze was naar boven gerend om zich snel op te knappen. Ze wilde er goed uitzien als ze plotseling voor haar neus stonden. Het was belangrijk dat ze een betrouwbare indruk gaf. Vooral bij die vrouw van hem – tenslotte nam ze zomaar hun kostbaarste bezittingen mee – moest ieder spatje argwaan in de kiem worden gesmoord.

Nerveus, maar tevreden over het resultaat van haar getut – ze had zich in geen tijden zo opgemaakt –, was ze daarna terug de tuin in gewandeld. In de schaduw van het prieeltje wachtte ze af. Hij had gezegd dat hij binnen een uur zou terugbellen. Ze ging ervan uit dat hij dat ook zou doen. Dat was dom van haar. Mannen hadden zich bij haar nog nooit aan hun woord gehouden.

De uren verstreken. Het werd later en later, maar hij belde niet. Tot twee keer toe had ze op het punt gestaan de telefoontoetsen in te drukken. Ze deed het niet. Iets in haar weerhield haar ervan, zei haar dat het nu niet verstandig zou zijn te veel druk uit te oefenen. Uiteindelijk, het liep al tegen de avond, gaf ze het wachten op.

Ze had voor zichzelf een lichte maaltijd bereid. Een van haar plantenboeken gepakt, wat aantekeningen gemaakt, en zich er net bij neergelegd dat hij vandaag geen tijd voor haar had, toen ze de overbekende blaf hoorde. Ze waren thuis.

Net als de eerste dag dat ze hier waren aangekomen, stond het hondenkreng op nog geen meter afstand van haar haag te blaffen. Dit keer had zijn nerveuze en ellendige gekef zijn bazin gealarmeerd.

Helen zag haar de tuin in lopen. Een lange vrouw met halflang donker haar, brede schouders en smalle heupen, liep ietwat gebogen met grote passen door de tuin. Ze droeg een donkerblauwe driekwart broek en een dito gestreept truitje. Ze had iets van een meisje van het corps, dacht Helen. Haar hoge stem riep de hond.

'Het geeft niet hoor, Jip en ik kennen elkaar al.' Helen stond vlak voor de haag. Ze had gezien hoe de vrouw verbaasd opkeek en een blik in de richting van de struiken wierp. Zonder zich af te vragen wie er sprak, commandeerde ze: 'Als je last van hem hebt, stuur je hem maar weg hoor!' Waarop ze zich omdraaide en met dezelfde vaart terugliep. Achtervolgd door de hond.

Arrogant kakwijf, had Helen gedacht. Ze was precies zoals ze had vermoed: een verwende Gooise doos. Hij had een loopje met haar genomen door niet terug te bellen, en zij was zo verwaand om zich niet voor te stellen. Het had haar aangemoedigd om niet langer te treuzelen.

Nu stond ze in de keuken. Voordat ze de koelkast opende trok ze een paar latex handschoenen aan. Ze legde een groot stuk leverworst op het aanrecht. Nauwkeurig sneed ze er vier dikke plakken vanaf. Twee zouden al moeten volstaan, dacht ze, maar je kon niet weten.

Uit een van de keukenlades haalde ze een plastic bakje. In het bakje lagen twee potjes, allebei verpakt in keukenpapier en voorzien van een dik elastiek. Het vergeelde papiertje – met daarop de beschrijvingen van gif en hun werking – lag ernaast, als geheugensteuntje voor de juiste dosis. Het ene potje liet ze dicht, het andere ging open. Het goedje dat erin zat, leek op fijne, gedroogde kruiden. Voorzichtig legde ze een mespuntje op iedere plak worst. Ze wreef het er zorgvuldig overheen en legde de plakken daarna op een bord. Voordat ze ermee naar buiten liep, joeg ze Bes naar binnen, daarna plaatste ze het bij het gat in de haag. Trillend staarde ze naar het resultaat van haar handelingen. Het was gebeurd. Stap één was gezet.

Toen ze alle spullen weer had opgeborgen, en zich ervan verzekerd had dat er geen restje was achtergebleven, trok ze de handschoenen uit en wierp ze in de vuilnisbak. Een opgelucht en leeg gevoel maakte zich van haar meester. Ze durfde nog. Ze moest wel. Wilde ze verlost worden van haar kwaal, dan zou ze tot het uiterste moeten gaan.

En nu weg van hier, dacht ze. Ze was plakkerig. Een frisse zeewind zou haar goeddoen. Ze greep haar autosleutel, stopte wat kleingeld in haar zak en net toen ze de schuifdeur wilde afsluiten, klonk plotseling de voordeurbel.

Nu niet, dacht ze geschrokken. Als hij het is, en ze verwachtte dat hij het was – hij kwam natuurlijk op zijn niet-gepleegde telefoontje terug –, kan hij niet binnenkomen. Wat als hij het bord ontdekt? Snel maakte ze zich uit de voeten.

Weer klonk de bel. God, wat een gedoe. Hij mocht haar beslist niet zien. Zenuwachtig dook ze naar de grond en kroop in de richting van de keuken. Een van haar knieën haalde ze open aan een spijker. Ze slaakte een gesmoorde kreet. Een klein straaltje bloed liep langs haar scheenbeen.

Nogmaals werd er gebeld. Langs het raam aan de voorkant verplaatste zich een schaduw. De beller tuurde naar binnen. Driftig tikte hij tegen het raam.

'Helen van Wijk, ben je thuis?' riep een stem.

Helen kromp ineen. De woorden sneden als een mes door haar ziel. Haar hart sloeg over. In geen dertig jaar had ze deze naam nog gehoord. Het was die klootzak van een boswachter! Hij kende haar meisjesnaam.

## — 10 —

'Kijk, die Land Rover is van haar,' zei Simon en hij wees naar de plek waar de auto van Helen stond. Klaartje keek even opzij. Zonder verder aandacht aan het ding te besteden, draaide ze zich om naar de achterbank, waar de meisjes zaten te klieren.

'En nu houden jullie op!' sprak ze streng.

De hele terugweg hadden ze zitten jengelen. Ze werd het geklaag van een van haar dochters spuugzat.

'Ja, maar Jaimi gaat steeds tegen me aan zitten en mijn arm doet pijn en ik zit zo vol pizza,' zei Melissa.

'Helemaal niet, ze valt zelf steeds tegen me aan,' verdedigde haar jongere zusje zich.

'Als jullie nu niet stoppen, gaan we morgen niet naar zee!' bulderde Simon, terwijl hij de auto met zijn kont tegen het hekje inparkeerde. Meteen werd het stil. Nog even en ze vallen in slaap, dacht hij.

Nadat ze aan het eind van de middag de spullen van Klaartje naar de bungalow hadden gebracht, waren ze naar de beste pizzatent van het eiland gereden. Jip was op het laatste nippertje nog uitgebroken. Klaartje had hem weer snel naar binnen gejaagd.

Bij het uitstappen viel zijn oog opnieuw op de auto van Helen. Hij voelde zich een beetje opgelaten. Hij moest denken aan de lunch. Vlak nadat ze hem gebeld had.

Ze waren het terras op gelopen en werden meteen hartelijk verwelkomd door Martha. Ze vroeg honderduit aan Klaartje. Hij had gretig de menukaart bestudeerd en was Helen compleet vergeten.

Sinds jaar en dag stond er hetzelfde op de kaart. Het werden broodjes kroket van Kwekkeboom, en biertjes van de tap.

Hij had de parasol opgezet en een rondslingerend krantje gepakt. Onder het tafeltje was het een drukke boel. Mies de strandpoes had gejongd. Vijf kittens krioelden over en door elkaar. Om beurten knalden ze tegen Simons blote benen. Hij genoot.

Toen hij het plaatselijke krantje opensloeg, viel zijn oog op een oproep van een zeker 'Bureau Brandsma'.

VOOR ONDERZOEK GEZOCHT, stond er in grote, vetgedrukte letters. IEDEREEN DIE INFORMATIE KAN GEVEN OMTRENT DE DOOD VAN JAN BREDIUS, WIL DIE CONTACT OPNEMEN MET...

Bredius? Gek, had hij gedacht. Waar heb ik die naam eerder gehoord? Was dat hier? Of was het nog thuis? Hij kon het zich niet meer herinneren. De naam liet hem niet los.

Maar toen Klaartje 'Broodjes kroket!' riep en met een dienblad vol broodjes kwam aanzetten, verdwenen de naam en de oproep uit de krant tijdelijk naar de achtergrond. Opgewekt begon Klaartje te vertellen over haar werk, de kinderen en de plannen voor het feest van aanstaande vrijdag. Ontspannen had hij naar haar geluisterd.

Totdat ze een pakje sigaretten uit haar tas tevoorschijn toverde. Verbaasd had hij haar aangekeken. 'Rook je weer?' had hij voorzichtig gevraagd. Twee jaar geleden was ze gestopt, terwijl hij nog steeds doorpafte. Hij kon niet moeilijk gaan doen.

Ze inhaleerde diep. 'Soms,' zei ze. 'Wie is Helen?' vroeg ze. Opnieuw was hij verbaasd.

'Kom op, Simon,' ging ze geërgerd door toen hij niet meteen antwoordde. 'De kinderen hebben het nergens anders over. Over de auto van Helen, de boeken van Helen, de kat van Helen... Allemachtig Simon, wie is die vrouw?'

Dat was het. Daarom rookte ze. Dacht ze nou echt dat hij hier stiekem een vriendin had? Hij had erom moeten lachen. Vrouwen zijn vreemde wezens, had hij op dat moment gedacht. Waarom zou hij haar bedriegen?

'Lieve schat,' antwoordde hij kalm en hij had zijn hand over de hare gelegd. 'Helen is de buurvrouw. De vrouw die naast ons op het bungalowpark woont. Ze heeft ons een deel van het eiland laten zien. Ze woont hier permanent. Het is een soort gespierde oma die veel van planten weet, zal ik maar zeggen.'

Klaartje was nog niet overtuigd. Stuurs keek ze hem aan.

'Ze is alleen. Een weduwe. Een tikkeltje eenzaam ook, denk ik, maar verder...' – hij had zo veel mogelijk overtuigingskracht in zijn stem gelegd – '... volkomen onschuldig!'

Meisjesachtig giechelend had ze haar sigaret gedoofd en van hem weggekeken. Zwijgend tuurde ze over het strand. Hij zag haar peinzen. Plotseling, alsof er een muntje viel, lichtten haar ogen op.

'O, maar nu begrijp ik het!' riep ze. 'Zij is die mevrouw Bredius!'

Bredius? Daar was die naam weer. Hij had hem dus toch hier gehoord.

'Volgens de verhuurder moeten we met haar rekening houden,' sprak ze lachend. 'Vrijdag, schat. Je verjaardag.' Ze had de regie weer.

Daarna werd er met geen woord meer over Helen gesproken. Zo verdween ze vanzelf uit zijn gedachten en vergat hij haar terug te bellen.

De middag verliep zoals altijd aan zee. Duttend en rozig. En toen iedereen aan het eind van de dag zanderig in de auto stapte, werd er unaniem besloten dat deze dag zou worden afgesloten met pizza's.

Die waren nu genuttigd. Het gejengel was verstomd en meteen na binnenkomst wilden de volgegeten meisjes naar bed. Simon droeg Melissa naar boven. Jaimi hing half verdoofd van slaap op de schouder van Klaartje. Alleen Jip bleef beneden. Eén ooglid lichtte hij op om zijn bazen naar boven te volgen. Daarna viel hij terug in zijn hondenslaap. Buiten begon het zacht te regenen.

# Dinsdag

## — 1 —

Gestolen goed gedijt niet, had Tinus gedacht toen hij gisteravond met het kistje brieven naar Helen was gereden. Hij had wel meteen eerlijk aan zichzelf moeten bekennen dat het niet alleen zijn nobele inborst was die hem leidde. Ook een gesprek met de mogelijke verdachte van zijn moordzaak wilde hij niet langer uit de weg gaan. Het werd hoog tijd om eens een babbeltje met haar te gaan maken. En wat zou nou een betere aanleiding kunnen zijn dan met zijn eigen tekort te beginnen?

Hij wist voor bijna honderd procent zeker dat ze thuis was. Een aantal belangrijke kenmerken was hem niet ontgaan. Haar auto stond nog voor de deur. De overgordijnen waren niet gesloten — als ze wegging sloot ze de hele boel altijd hermetisch af, wist hij — en toen hij naar binnen gluurde meende hij zelfs even een schim te hebben gezien. Een gedaante die zich langs de plint van de woonkamer voortbewoog. Iets wat beslist groter was dan de kat.

Dit keer was hij nog zonder resultaat huiswaarts gekeerd. En ook al zat hij nog met een heleboel vragen, de paar puzzelstukjes die sinds kort op hun plaats waren gevallen, gaven hem genoeg zekerheid om zijn onderzoek niet te staken.

Hij maakte zich klaar voor zijn ochtendronde. Het was nog vroeg. Een witte waas van ochtendnevel had de wereld gereduceerd tot de grootte van een suikerspin. Als kanten kleedjes hingen bedauwde spinnenwebben langs de sloot. Zwaluwen scheerden laag over het fietspad. Alles om hem heen leek weer te kunnen ademen. De motregen van de afgelopen nacht had het uitgedroogde landschap net genoeg verfrissing gegeven om het bijltje er niet bij neer te gooien. En ook al was het slechts een druppel op een gloeiende plaat – zodra de zon doorbrak zou het dorre gras er weer even treurig bij liggen –, op dit tijdstip was het nog zeer aangenaam.

Onder druk gesnater vloog een groep ganzen over zijn hoofd. Hij trapte stevig door. Hier en daar wierp hij een ontredderde blik op het verdorde groen. Veel te vaak naar zijn zin stapte hij af om achtergebleven zwerfvuil mee te nemen.

Toen hij eenmaal het houten vlonderbruggetje tussen de weilanden overstak, brak een waterig zonnetje voorzichtig door de mist. Een dunne straal van oranje licht wierp zich als een spotje over de slapende lammeren. Nietsvermoedend over hun tragische lot – ze zouden vanavond als hoofdgerecht eindigen – lagen ze dicht tegen hun moeder gevlijd.

Ach, dacht Tinus, als ik ook niet beter zou weten, dan zou je het leven zomaar idyllisch kunnen noemen. En voor de tweede maal in een paar dagen tijd moest hij terugdenken aan die schokkende ervaring met Jan en Helen Bredius uit zijn jeugd.

Het was een bloedhete zomer. Verbrand en moe van een dag hooien bij de boer had hij als dertienjarige met de mannen van het dorp in het plaatselijke café een paar biertjes achterovergeslagen. Daar ontmoette hij Jan.

Jan nam hem van top tot teen op. Zijn valse blik beloofde niet veel goeds. Tinus vond het maar een enge kerel. Maar de moeheid en de drank zorgden ervoor dat hij niet in staat was geweest zich te verweren toen Jan aanbood hem thuis te brengen. Ach, dacht hij nu, was ik maar nooit in die oude bestelbus gestapt.

In plaats van dat hij door Jan naar huis gebracht werd, reden ze naar de hut. Hij wilde Tinus iets laten zien, zei hij. Iets wat goed was voor zijn opvoeding, zoals hij er grijnzend aan toevoegde.

Eenmaal bij de hut had hij Tinus vastgegrepen en op een bank onder het raam gezet. Van hieruit dwong Jan hem naar binnen te gluren. Draaierig en onvast had Tinus zich aan de bank vastgegrepen. Jan wees op het raam. 'Kijken,' commandeerde hij, terwijl hij hem bij zijn benen vasthield.

Met zijn kin tegen de vensterbank gedrukt, kon Tinus nog net een glimp opvangen van wat zich daarbinnen afspeelde. En wat hij zag, zou hij nooit vergeten.

Helen lag naakt op een bed. Haar benen had ze gespreid. Tinus keek recht in haar kruis. Dat was heftig.

Met de jongens van school had hij wel eens stiekem in zo'n boekje gekeken. Daarin waren de vrouwen ook bloot. Meestal hadden ze enorme tieten en een dikke kont. En net als de vrouw van Jan hadden ze altijd heel veel haar daar. Maar in het echt, zoals nu, had hij nog nooit een vrouw gezien.

Dat beangstigde hem. Vooral omdat dit over de zonde ging. Dat wist hij zeker. Wat zou de dominee zeggen als hij hiervan hoorde? Of zijn ouders? God zou hem hiervoor straffen. Hij zou verdoemd worden en naar de hel gaan, vooral omdat het beeld hem opwond. Want dezelfde vreemde sensatie die hij ook gevoeld had bij het zien van de boekjes, maakte zich van hem meester.

'Word je al geil, jongen?' fluisterde Jan dicht bij zijn oor. 'Wil je je afrukken? Toe maar hoor, doe het maar. Je bent een gezonde Hollandse jongen hoor.'

Verstijfd van angst en ellende kon Tinus niets anders doen dan kijken naar dat wat hem zo in verwarring bracht.

De vrouw van Jan hield iets in haar handen. Het voorwerp leek nog het meest op de hals van een fles. Tinus wist niet wat er komen ging, maar hij had een vaag vermoeden. Weer dacht hij aan de dominee.

Hij kon niet langer kijken, en net toen hij zijn ogen wilde sluiten, duwde Helen het vreemde voorwerp bij zichzelf naar binnen. Haar hele lichaam schokte. Om haar mond ontstond een grimas van pijn. Ze gaf geen kik. En het volgende moment gutste er een straal bloed naar buiten, over haar benen en over het bed.

Vanaf dat moment werd het Tinus te veel en zijn hele maaginhoud kwam naar buiten.

Jan vloekte luid. 'Vuile kotsjongen!' riep hij. Woedend liet hij Tinus op de bank achter. Met veel stampij ging hij de hut binnen. Toen Tinus wegsloop hoorde hij ze tegen elkaar schelden.

Heel lang had deze gebeurtenis hem achtervolgd.

Een zilvermeeuw hing nu krijsend boven zijn hoofd. Het dier haalde hem uit zijn gepeins. Zonder op te kijken vervolgde Tinus zijn weg. De herinnering deed hem besluiten via het bungalowpark huiswaarts te fietsen. Hij zou haar krijgen.

Net op het moment dat hij de weg overstak en de Boslaan wilde inslaan, kwam er een grote zwarte auto aangescheurd.

Hij kwam uit de richting van het vakantiepark. De bestuurder reed krankzinnig hard.
 Toen hij plotseling Tinus voor hem zag opduiken probeerde hij uit alle macht de fietser te ontwijken. Grind spatte omhoog. Autobanden slipten en op het laatste nippertje kon de man zijn stuur omgooien. Rakelings schuurde de bumper langs de fiets van Tinus, die met fiets en al de sloot in schoot. Vanuit de gortdroge greppel kon hij nog net het gezicht van de lijkbleke man achter het stuur zien. Naast hem zat een vrouw. Ze hield iets in haar armen. Het was niet goed te zien, maar het leek op een hond.

— 2 —

'Pas op!' gilde Klaartje toen Simon een ruk aan het stuur gaf. Bijna had hij de fietser die hem tegemoetkwam geraakt. Toen hij in zijn achteruitkijkspiegel keek, zag hij eerst een fietswiel draaien en daarna een been bewegen.
 Gelukkig, niets aan de hand, dacht Simon toen hij een man uit de greppel zag kruipen. Plankgas vervolgde hij zijn weg.
 'Hadden we niet moeten kijken?' vroeg Klaartje met trillende stem.
 Simon keek op zijn TomTom. Met een rotgang schoot hij de voorrangsweg op. De vlag van het navigatiesysteem zei dat ze over vijf minuten op de plaats van bestemming zouden zijn.
 De laatste keer dat Simon zo beestachtig hard had gereden, was toen Klaartjes weeën kwamen en Jaimi in een stuit bleek te liggen. Nu ging het om hun viervoeter.

Simon had een heerlijke nacht achter de rug. Nadat Klaar en hij gisteravond de liefde hadden bedreven waren ze in elkaars armen in slaap gevallen. Buiten klonk het zachte getik van de regen op het dak. Alles was goed.

Vanochtend vroeg stormden de meisjes hun kamer binnen. Uitgelaten wilden ze weten wat er vandaag allemaal op het programma stond. 'Wij willen erbij,' riepen ze in koor. 'Straks!' had Simon streng geroepen. Niemand luisterde naar hem. Voor hij het wist lagen de twee meiden tussen hen in. Snel was hij uit bed gewipt. Tegen zoveel vrouwelijke overmacht was hij niet bestand.

Na nog geen vijf minuten waren de kinderen het al weer zat. Jip zat beneden te blaffen en Klaartje vond het ook welletjes: 'Tijd voor een douche,' zei ze.

Simon zou het ontbijt maken. Samen in de tuin eten, dat was het plan.

De meisjes liepen te sjouwen met borden, een tafelkleed en bestek. Simon had de parasol uitgeklapt en van achter de bomen kroop langzaam de zon tevoorschijn. Het beloofde weer een mooie dag te worden. Jip sjokte snuffelend de tuin in.

Toen Klaar even later gedoucht en wel de keuken in liep, had Simon al eitjes gekookt en het brood geroosterd.

'Hmm, wat ruikt het hier lekker,' zei ze en ze schudde haar natte haren los. Een vrolijk gebloemd shirtje hing over haar korte broek. Onder aan haar lange benen, die nog weinig zon hadden gezien, prijkten een paar onooglijke Birkenstocks. Simon had meerdere keren geklaagd over dit onvrouwelijke schoeisel, maar zowel Klaartje als zijn dochters trokken zich alweer niets van zijn mannelijke protesten aan.

Terwijl Klaartje langs Simon kuierde gaf ze hem in het voorbijgaan een kus. Ze vroeg of ze de aardbeien vast moest wassen. 'Graag,' had hij geantwoord. Daarna was hij gaan douchen.

De meisjes waren aan het buiten spelen toen Klaartje een cd uitzocht. Ze zette Caro Emerald op. Zomerse klanken verspreidden zich door het huis en over het terras. Op slipperloze voeten maakte ze een dansje op de latin sound. Dit was precies de goeie muziek voor hun feestje vrijdag, vond ze.

Haar muzikale genot werd opeens wreed verstoord door het hoge gejank van Jip dat uit de achtertuin kwam. Klaartje richtte de afstandsbediening op de stereo en zette de muziek nog wat harder. 'Stomme dove kwartel!' riep ze. 'Nu even niet!' Vrolijk danste ze door. Terwijl haar heupen deinden en haar voeten zachtjes schuifelden, zong ze zwoel: 'Cheek to cheek...'

Genietend van het beeld van zijn Klaar, liep Simon fris gedoucht de trap af. Hij zag hoe ze helemaal opging in de muziek. Hoe haar smalle heupen op het ritme van de muziek sensueel heen en weer bewogen. Een paar natte, donkere lokken hadden zich vastgeplakt aan haar gezicht. Over haar wangen lag een kinderlijke blos. Frank en vrij wipten haar volle borsten door haar bloemige shirtje.

Ze had hem niet naar beneden horen komen. Pas toen hij met de koffiepot het terras op liep, voelde ze zijn aanwezigheid. Net op dat moment hield ook de muziek op. Een stilte viel. En meteen daarna hoorden ze de kinderen gillen. Het geluid kwam achter uit de tuin. Het klonk anders dan wanneer ze aan het spelen waren.

'Papa!' krijste Jaimi. Haar stem klonk hoog en schril. 'Kom gauw!'

Wat nu weer, dacht Simon. Klaartje rende naar de andere kant van het huis. Melissa zat op haar knieën in het gras. Onder haar lag Jip. Haar hele kinderlijf hing over de hond. Jaimi stond er stampvoetend naast te gillen.

'Pap!' gilde ze opnieuw. Zou hij Melissa gegrepen hebben,

ging het door Simon heen toen hij zijn oudste dochter niet hoorde. Bezorgd rende hij achter Klaartje aan.

Melissa hing apathisch over de hond. Langzaam trok Klaartje haar huilende dochter bij hem vandaan. Toen ze Jip zag, schrok ze hevig.

Het dier lag op zijn rug te schuimbekken. Zijn ogen rolden wild door hun kassen. Het hele hondenlijf lag vertrokken in een stuip. Schokkend en trekkend bewogen zijn poten.

Voorzichtig tilde Klaartje hem op. Zijn hartslag ging als een gek tekeer. Hij jankte zachtjes. Meteen riep Klaartje naar Simon dat hij een dierenarts moest bellen.

Simon had ergens een folder met 'in geval van nood' zien liggen. Maar nu hij hem nodig had was het ding opeens spoorloos. Toen hij het nummer eindelijk gevonden had, kreeg hij een bandje: 'Laat uw boodschap achter na de piep...' Vloekend toetste hij 112 in. 'U kunt het beste direct naar de praktijk gaan,' had een geruststellende vrouwenstem gezegd.

Ze waren op de plek van de vlag. Simon reed de BMW het smalle parkeerplaatsje op. Klaartje had de hele weg lieve woordjes zitten mompelen.

'Het komt allemaal goed, jongen, we zijn zo bij de dokter. Ja, je bent lief. Och, Jippie toch, wat is er nou met je?' En ze had hem achter zijn grote flaporen gekrabbeld, wetend dat hij dat heerlijk vond. Daarna aaide ze hem over zijn zachte hondenbuik en ontdekte een paar teken. Volgezogen met Jips bloed, hadden de kleine vampiers zich verstopt tussen de wollige krullen van hun gastheer.

De wachtkamer was leeg. De dierenarts, een kleine, stevige man met kort, donker stekeltjeshaar en een bril met jampotglazen, stelde zich voor terwijl hij Jip uit Klaartjes armen overnam. Behoedzaam legde hij het dier op de behandeltafel en liet zijn stethoscoop over Jips buik glijden. Zorgvuldig beroerden zijn vingers de kaken van de hond, tilde hij een ooglid op, keek naar zijn tong en spoot vervolgens iets in zijn nekvel. In een reflex liet Jip zijn tanden zien.

'Rustig, jongen,' zei Klaartje, terwijl ze hem bleef aaien. Wanneer had ze hem voor het laatst zo intens geaaid, vroeg ze zich af. Meestal kreeg ze er de kans niet voor. Jip liet zich nooit te lang achter elkaar strelen. Daar was hij veel te nerveus voor.

Gespannen wachtte iedereen af. Ook de dierenarts keek naar hem alsof hij niet meer wist wat hij nog zou moeten doen. Jip ontspande van de injectie. Zijn ademhaling werd rustiger en hij trok niet meer met zijn pootjes.

Simon sprak zichzelf moed in. Vermoedelijk was Jip vanmiddag weer de oude. Dartel zou hij voor hen uit rennen.

Maar het dier op de tafel was allesbehalve dartel. Het leek alsof hij langzaam verstijfde. Steeds rustiger ging zijn ademhaling. Opnieuw pakte de man zijn stethoscoop. Hij luisterde en schudde zijn hoofd. Nog eenmaal schokte Jip, om daarna, haast ongemerkt, zijn laatste adem uit te blazen.

'Het spijt me,' zei de dierenarts, zonder Klaartje en Simon aan te kijken. Toen hij naar de leeftijd van Jip vroeg, zei hij dat het een mooie leeftijd was voor een cockerspaniël. 'De meeste worden niet ouder dan twaalf,' voegde hij eraan toe. Gelukkig trok hij daarbij een ernstig gezicht, want anders had Simon de man een dreun voor zijn kop gegeven. Waar had deze maloot het over? Opeens was Jip niet meer hun eigenzinnige, dove viervoeter van elf, maar een hond die in een statistiek paste.

De dierenarts hield het op een aanval van epilepsie. Het kon ook een herseninfarct zijn. De doodsoorzaak was zonder meer een hartstilstand. 'Een hond als die van u, niet meer een van de jongste, kan zomaar iets krijgen,' sprak hij nors.

Hoezo 'zomaar', vroeg Simon zich opnieuw af. Gisteren was er nog niets met hem aan de hand.

'Kan het de warmte zijn? Misschien een zonnesteek?' Klaartje zocht ook naar een verklaring.

Maar de arts kon het niet zeggen. Ze moesten zich vooral niet schuldig voelen. Zulke dingen gebeuren nu eenmaal. Cockers zijn niet al te sterk. Toen wierp de man een blik op zijn horloge. Hij draaide zich om en waste zijn handen.

Wezenloos staarden Klaartje en Simon naar de papieren die ze moesten invullen. Mechanisch, alsof ze een boodschappenlijstje doornamen, vinkten ze de antwoorden aan. Nee, hij gebruikte geen medicijnen, nee, hij was niet op dieet, ja, hij was wel doof.

Voorlopig kon hij daar nog blijven. Lieten ze hem cremeren of begraven?

Ze wisten het niet. Verdrietig keken ze elkaar aan. Tranen liepen over Klaartjes wangen. Ook Simon moest huilen. Hier hadden ze totaal niet over nagedacht.

Wie had vanochtend kunnen denken dat hij vandaag zou doodgaan? Verslagen keek Simon naar Klaartje. Hoe vertellen we het de kinderen, dacht hij.

— 3 —

Ook al was de zon al uren op, de slaapkamer was in duisternis gehuld. Tegenover het grote bed stond een antiek Chinees kastje. Naast wat snuisterijen lagen er schelpen, stukjes wrakhout en een paar boeken op. Een kleine portrettekening in houtskool hing erboven. Een jonge vrouw met lang golvend haar, zachte gelaatstrekken en een dromerige blik keek de tekenaar aan.

Vanuit haar kussens staarde Helen naar haar beeltenis. Het enige wat was overgebleven uit Jans collectie. Het enige wat ze had meegenomen, wat niet verkocht was of door de galerie werd opgeëist. Haar eigen portretje. Hoe oud was ze toen? Ze wist het niet meer. Het ding hing er zo vanzelfsprekend dat ze er nooit bij stilstond. Nog geen dertig, dat was zeker. Toen alles nog goed was.

Haar dunne nachthemd kleefde tegen haar lichaam. Bes lag te snurken op het voeteneind. Ondanks de verduisteringsgordijnen en de fan aan het plafond, had de tropische warmte van de afgelopen dagen zich ook hier permanent genesteld.

Buiten zong een merel. Verder was het doodstil. Na alle herrie en kabaal van vanochtend leken de rust en vrede weergekeerd.

Of het de hoge jank van de hond was, of het krijsen van het kind, kon ze niet zeggen, maar een van beide geluiden had haar gewekt. Vrijwel meteen daarna hoorde ze autodeuren dichtslaan, gevolgd door het geluid van gierende banden.

Ze was duf. Vlak boven haar ogen zat een nare, kloppende pijn. Pas toen het daglicht werd en de eerste vogels begonnen te zingen, durfde ze toe te geven aan de slaap. Maar niet voordat ze een slaappil met cognac had ingenomen.

Al die tijd had haar geest gemaald. Als in een dolgedraaide centrifuge tolden de gedachten door haar hoofd. Gek werd ze ervan. Toen ze dacht dat haar hoofd zou barsten, werd ze het zat. Versuft van de drank was ze in haar bed gekropen.

Nu bestookten de gedachten haar weer net zo intens als ze met de slaap waren verdwenen. Hij had haar Helen van Wijk genoemd. Niemand had haar sinds de verhuizing uit haar dorp nog met die naam aangesproken. Hoe kende die idioot haar meisjesnaam? Hij stond daar maar. Ze had gedacht dat hij nooit zou vertrekken.

Van Wijk. Hoelang geleden had ze die naam voorgoed achter zich gelaten? Zoals een slang zich van zijn huid ontdoet, had zij haar familienaam van zich af geschud. Vanaf haar huwelijk met Jan zou de naam 'Bredius' een nieuw begin inluiden in haar bestaan. De naam paste haar als een goed sluitende schoen. Alsof ze altijd zo geheten had.

Daarom was het des te schokkender om ineens geconfronteerd te worden met die andere naam. Vooral omdat de naam 'Van Wijk' onlosmakelijk was verbonden aan de dood van Gerrit. Een nerveuze spanning klopte door haar hoofd. Hoeveel weet die Brandsma, vroeg ze zich af.

Bijna veertien was ze toen Femke kwam. Vader was woedend toen hij hoorde dat ze zwanger was. Hij had haar uitgescholden voor hoer. Voor straf zou ze het kind moeten afstaan.

Meteen de avond nadat haar dochtertje werd geboren, haalden ze het bij haar weg. Zelfs een poes mocht haar jongen nog vier weken houden.

De bevalling was zwaar, bijna was ze aan de gevolgen ervan bezweken, net zoals haar eigen moeder. Nooit zou ze nog kinderen kunnen krijgen. Verdoofd van pijn en ellende had ze daar in dat akelige ziekenhuisbed gelegen. Bittere tranen had ze gehuild. Dood wilde ze.

Eenmaal thuis raakte ze in een depressie. Maandenlang weigerde ze te eten. Als een graatmagere zombie doorliep ze haar laatste schooljaren. Niemand met wie ze haar geheim kon delen. Zo begon haar kwaal.

En vanaf dat moment werd alles anders. Het straffen werd een oplossing. Zodra ze zichzelf schuldig of ellendig voelde, moest ze worden gestraft. Het was haar schuld dat moeder stierf. Het was haar schuld dat ze er mooi en uitdagend uitzag en daarmee haar broer verleidde. Hoe schuldig was ze niet aan het baren van een kind en het afstaan ervan? Welke normale moeder deed dat? En nog weer later was het haar eigen stomme schuld dat ze iemand als Jan vertrouwde.

Maar tegelijk met de straf kwam de afkeer, en de afkeer zette haar aan tot haar daad.

Het was zondag. Hij was dat weekend thuis voor verlof. Hij en vader hadden het over de racerij gehad. Gerrit had met overslaande stem over zijn toekomstplannen gepraat. Als zijn diensttijd erop zat, werd hij prof. Vader had hem aangemoedigd. Ze hadden de hele ochtend flink zitten stomen en zuipen. De geur van jenever en tabak hing bedwelmend zwaar in de kleine ruimte.

Ze was even ontsnapt. De mannen misten haar niet. Ze was de garage in geslopen en had het juiste gereedschap bij elkaar gezocht. Het klusje was zo geklaard. Remmen konden slijten. Het was iets wat regelmatig voorkwam. Vader had er vele vernieuwd. Terug in huis had ze zich klein gemaakt, zoals altijd. Stilletjes had ze bij de kachel zitten lezen.

Tegen de avond, toen ze de lege borden van tafel haalde, riep Gerrit dat hij naar de kroeg ging om te klaverjassen. Haar hart bonsde in haar keel toen ze hem zijn autosleutels zag pakken. Hij mocht geen enkele argwaan krijgen. Ze was zo bang, dat het servies onder haar handen had kunnen breken. Haar broer zette zijn pet op, groette vader en verdween door het klompenhok.

Het ging precies zoals ze had gehoopt. Ze kende de weg naar het dorp. In het laatste stuk zaten veel bochten, bijna evenveel bochten als er bomen stonden. Waarschijnlijk was het meteen gebeurd. De eerste bocht, de eerste boom. Misschien had hij nog geprobeerd de boom te ontwijken.

Toen die avond de politie aan vader kwam vertellen dat Gerrit zich te pletter had gereden, zakte hij voor haar ogen in elkaar. Door zijn tranen las ze zijn verbijstering en afkeer voor haar. Glimlachend had ze hem getroost. Een halfjaar na de dood van haar broer stierf haar vader. Op het dorp zei men: van verdriet.

Het huis en de garage werden verkocht. Ze trok in bij familie. Het geld dat voor haar opzij werd gezet, gebruikte ze later voor haar studie. En toen ze eindelijk naar de grote stad kon verhuizen, nam ze voorgoed afscheid van het dorp en alles wat daar gebeurd was. Zo was de naam Van Wijk, net zoals de dood van Gerrit, het dorp en alles wat daarmee samenhing, langzaamaan uit haar systeem verdwenen.

Nu had die achterlijke boswachter haar eraan herinnerd. Noemde hij zichzelf geen privédetective? Zou het daarmee te maken hebben, vroeg ze zich af. Was hij degene die haar brieven had gejat? Maar waarom?

De laatste dagen waren heftig geweest. Veel gebeurtenissen uit het verleden kwamen als spookbeelden uit een horrorfilm voorbij razen. Er zat maar één ding op: ze moest haar plannen doorzetten.

## − 4 −

De ontbijttafel stond onaangeroerd in de zon. Vliegen deden zich te goed aan het brood en de aardbeien. Klaartje zat met een snikkende Jaimi op schoot en Simon was achter Melissa aan gerend naar boven. Ontroostbaar had ze zich in haar slaapkamertje verschanst. Woedend had ze de deur voor Simons neus dichtgesmeten.

'Ik wil niet dat je binnenkomt,' gilde ze snikkend tegen de

deur. Simon probeerde zijn dochter te kalmeren. Zacht sprak hij haar toe.

'Lieverdje toch, wij vinden het ook heel erg wat er met Jip is gebeurd, heus. Laat me even binnen, dan praten we erover.'

Hij stak een sigaartje op. Hij voelde zich ellendig. Hij kon er niet goed tegen als zijn kinderen verdriet hadden.

'Jip was al een beetje oud, net als opa Klooster, weet je nog? Als je al zo oud bent, dan is je hart niet meer zo goed, dan kun je zomaar van het ene op het andere moment doodgaan.' Simons woorden kaatsten tegen het ongebeitste hout van de deur. Het was een vreemde gewaarwording; te brabbelen in het luchtledige. Uit de kamer kwam geen antwoord. 'Vind je het gek,' zei hij tegen zichzelf. Hij begreep er zelf nauwelijks iets van. Laat staan zijn tienjarige dochter.

Hoe kon je de dood nou zo versimpelen dat het logisch leek? Een logisch gevolg van het einde. Einde van geluk, gezondheid, jeugd, ouderdom: het leven. Het einde van een hondenleven. Jips leven.

Toen hij opnieuw een gesmoord gesnik uit de kamer hoorde komen, legde hij zijn hand op de klink.

'Ga weg!' riep Melissa woedend tegen de deur. Maar eigenlijk bedoelde ze: kom alsjeblieft bij me. Leg je arm om me heen, hou me vast en troost me. Simon kende zijn dochter. Ze was gevoelig, gevoeliger dan zijn jongste. Altijd al geweest, een kwetsbaar kind.

Heel voorzichtig opende hij de deur. Melissa lag op haar buik te huilen. Haar schouders schokten. Haar hoofd had ze verborgen in haar kussen. Simon boog zich over haar heen en begon haar te strelen. Langzaam draaide ze zich om. Haar wangen waren gevlekt. Uit haar neus hing snot, en het wit van haar ogen was rooddoorlopen. Zoals hij verwacht had kroop ze meteen tegen hem aan om haar verhitte hoofdje tegen

zijn borst te leggen. Liefkozend streelde hij over haar hoofd.
'Ik wil niet dat Jip dood is,' hikte ze.
Simon zuchtte. 'Mama en ik ook niet,' zei hij. Hij mocht dan meestal tegen het beest lopen te vloeken, nu miste hij die dove kwartel acuut.
Iedere ochtend, tien jaar lang, liet hij Jip uit, vaste prik. Voordat Bussum ontwaakte, had Simon zijn dagelijkse routinerondje er al op zitten. Altijd onder het genot van een sigaartje. Weer of geen weer, hij ging. Ook daar was sinds vanochtend een einde aan gekomen.
Ze hadden nog geen beslissing genomen. Jip lag bij de dierenarts in de koeling. Ze hadden met de man afgesproken dat ze eerst met de kinderen moesten praten. De dierenarts keek stuurs. Wat hem betrof namen ze Jip zo snel mogelijk weer mee. Hij had ze een folder gegeven met informatie over cremeren of begraven.
'Weet je wat,' ging Simon verder, en hij pakte zijn zakdoek om de snottebel van zijn dochters neus te vegen, 'we gaan een mooi plekje voor Jip zoeken waar hij straks komt te liggen. Oké?' En daarmee stond vast dat Jip werd begraven.
Toen Melissa knikte, en zich door Simon liet meevoeren naar beneden, was Klaartje met Jaimi de tafel aan het afruimen.
'Jaimi en ik hebben besloten dat we aan zee willen ontbijten,' zei Klaartje, terwijl ze het brood en de aardbeien in de vuilnisbak wierp. De ongebruikte borden gingen terug in de kast. Jaimi probeerde, zo goed en zo kwaad als ze kon, het tafelkleed op te vouwen. Ze glimlachte naar haar zusje. Maar die liep nog steeds met het gezicht van een oorwurm rond. Boos negeerde ze haar moeder en zusje.
'We rijden naar Martha. Dan kunnen we daar bedenken wat we verder gaan doen. Of we jouw verjaardagsfeest nog moeten laten doorgaan bijvoorbeeld,' sprak Klaartje.
Simon keek zijn vrouw verbaasd aan. Hij had er niet meer

bij stilgestaan, maar over drie dagen werd hij vijftig. Hopelijk is de dood van Jip niet een voorbode van mijn eigen dood, dacht hij lijdzaam. Snel drukte hij dat rare idee weg.

'We gaan Jip een mooie begrafenis geven,' hoorde hij zichzelf zeggen.

'Kom,' fluisterde Klaartje tegen haar oudste dochter toen die met een pruillip op de bank plofte. 'Laten we even een leuk jurkje voor je gaan uitzoeken, kunnen we daarna weg. Zullen we je haar opsteken of in een staart doen? Of wil je een van je sjaaltjes om?'

– 5 –

Het liep tegen tweeën toen Tinus thuiskwam. Ga toch naar huis, hadden ze op kantoor gezegd toen hij daar bleek en onder de schrammen afwezig naar zijn pc zat te staren.

De aanrijding van vanochtend was hem niet in de koude kleren gaan zitten. Hij was zich lam geschrokken. Als hij niet zo adequaat gereageerd had, lag hij nu in het ziekenhuis, of erger: was hij dood.

Op zijn werk had hij niets over het voorval durven zeggen. Stel je voor, een privédetective die om het leven kwam tijdens zijn werk als boswachter, niet bepaald een heroïsche dood. Met een smoes over wat lage struiken in het duingebied had hij zich er mooi vanaf weten te maken.

Hij had geen kans gehad om de nummerplaat te noteren. Het enige wat hij in een flits had kunnen zien, was een grote zwarte auto die van de parkeerplaats bij Trees en John kwam. Mogelijk was het een van hun gasten. Hij zou dat later op de dag, als hij naar Helen ging, verder uitzoeken.

Het was snikheet, veel te warm om na te denken, laat staan te werken. En eerlijk gezegd zat hij een beetje vast. Er zat geen schot in zijn speurtocht rondom de dood van Jan. Ook zijn oproep in de plaatselijke krant had niks opgeleverd. Eén telefoontje van een eilandbewoner – waarbij de persoon voornamelijk nieuwsgierig was naar het hoe en waarom van zijn oproep – had hij uiteindelijk afgebroken. De kerel wilde gewoon ouwehoeren. Hij wist niet eens dat Jan al vijf jaar dood was.

Tinus keek op de klok. De hele middag lag nog voor hem. Waarom ga ik niet naar zee, dacht hij. Het was lang geleden dat hij een duik had genomen. De laatste keer was de nieuwjaarsduik. In tegenstelling tot vandaag, was het toen berekoud geweest. Erin en eruit. Daarna aan het kruidenbitter, daar moest hij nu niet aan denken, een pilsje leek hem lekkerder.

Hij stopte wat aantekeningen van zijn werk in een tas, pakte zijn zwembroek en een badlaken uit de kast en vertrok naar zijn auto. Dit keer geen fietstocht.

De parkeerplaats bij het strand was stampvol. Toen hij uiteindelijk een plekje voor zijn oude barrel had gevonden, leek die veranderd in een snelkookpan. Het metertje had het kookpunt bereikt, net als Tinus. Zwaar verhit worstelde hij zich uit de auto.

Naast hem stond een grote zwarte auto. De voorruit was afgedekt met folie. Meteen herkende Tinus de wagen. Niet zozeer de vorm of het type, maar de stoel naast de bestuurder trok zijn aandacht. Er lag een gekleurde deken over. Opeens zag hij weer de vrouw die tegen de deken zat. Ze had iets in haar handen. Iets wolligs en grijs. Een hond? Hij moest lachen. Zo zie je maar, dacht hij, mij ontgaat werkelijk niks. Als dank maakte hij een devoot gebaar naar boven.

Ze zijn hier, dacht hij en opgewonden vervolgde hij zijn weg. Maar eenmaal op het strand, waar het nog voller was dan op de parkeerplaats, zonk hem de moed alweer snel in de schoenen. Hoe moest hij ze hier ontdekken? Vooruit, laat ik niet te hard van stapel lopen, eerst een verfrissende duik, dan zie ik daarna wel verder, dacht hij.

De zoute golven deden zijn gebutste lichaam tintelen. Ze haalden hem even uit zijn roes van gepuzzel. Loom strekte hij zich daarna uit op zijn badlaken; eindelijk tijd voor een dutje. Vandaag mocht het, het weer was ernaar. Zijn arme lijf had het verdiend.

Nog geen kwartier later werd hij wakker. Een strandbal rolde over hem heen. Er werd gelachen. Het leek alsof hij uren had liggen slapen. Hij keek op, de strandtent van Martha lonkte in de verte. Tijd voor mijn pilsje, dacht hij dorstig.

Op het terras bleken alle tafels bezet. Alleen achter in de hoek, tegen het glazen scherm, was nog een plekje vrij. Tinus twijfelde. Het was nou niet bepaald een plek waar zijn voorkeur naar uitging. Met weinig wind en vrijwel ingesloten, was het daar op kille dagen misschien goed toeven, nu zou je er levend verbranden. Een gezin – vader, moeder en twee dochters – zat er ook. Hij had het niet zo op families, meestal waren het druktemakers. Weifelend keek hij om zich heen. Was er dan helemaal niemand die opstond? Maar de meeste bezoekers waren blij met hun net verworven plek en deden zich te goed aan ijskoude drankjes, voorlopig waren ze hier nog niet weg.

Laat ik niet langer treuzelen, misschien valt het mee, dacht Tinus, snakkend naar het koude biertje. Moedig stapte hij op het tafeltje af.

'Zit hier iemand?' vroeg hij aan de vrouw van het stel. In de stoel waar hij op wees, lagen een roze handdoek en een dito duikbril. De vrouw keek verschrikt achterom. Haar rug was roodverbrand. Onder haar donkerblauwe zonnehoedje ging praktisch haar hele gezicht schuil achter een zonnebril. Ze draaide haar hoofd in zijn richting. Zonder iets te zeggen schudde ze haar hoofd en pakte de spullen uit de stoel.

Arrogant wijf, dacht Tinus pissig. Hij trok de stoel zo ver mogelijk uit hun buurt. Hij haatte dit soort toeristen. Zonder nog aandacht aan het stel te besteden, bestelde hij zijn langverwachte biertje.

'Ik ga niet mee naar de begrafenis!' snikte opeens een van de kinderen aan het tafeltje naast hem.

'Sst, een beetje zachter,' bromde de man tegen het oudste meisje, dat was gaan huilen. Tinus kon het niet laten verstoord in de richting van het gezin te kijken. Ze merkten het niet, zo gingen ze op in hun gesprek.

De man zag er verfomfaaid uit. Ook hij droeg een grote zonnebril. Zijn kanariegele polo stond wagenwijd open. Hij was gezet en bezweet. Een pafferig type. Type bal, dacht Tinus. Hij had zijn arm om de huilende dochter geslagen. Het meisje droeg een sjaaltje alsof ze Roodkapje was.

Ze zullen zich wel vervelen, dacht Tinus. Domweg tevreden zijn met het mooie weer en de zee is tegenwoordig voor weinigen weggelegd. Stelletje snotneuzen.

De vrouw met de rode rug bewoog snel en praatte druk. Een randje donker haar danste vrolijk heen en weer van onder haar blauwe hoedje. Terwijl ze er beslist niet vriendelijk uitzag, gaf het haar toch iets parmantigs. Driftig gebaarde ze naar de twee kinderen tegenover haar. Wild trok ze aan de jurk van het kleine meisje. Ook dit kind zat te dreinen.

'Ik wil ook liever hier blijven. Ik wil zwemmen,' zeurde ze.

'Luister! Als jullie niet meewillen, dan moeten jullie hier blijven. Maar wij zijn waarschijnlijk de hele dag met hem onderweg. Hier kan hij niet blijven. We moeten eerst met de boot terug, en daarna nog een eind rijden naar de begraafplaats.' Om haar woorden kracht bij te zetten sprak de vrouw nu luid en duidelijk. 'Dus wat doen we met jullie? Jullie kunnen niet de hele dag hier bij Martha blijven, die heeft het veel te druk. Bovendien vind ik dat niet verantwoord, jullie zijn nog te jong. Als er wat gebeurt...'

'En toch wil ik niet mee!' riep het meisje met de hoofddoek standvastig, en ze sloeg haar armen over elkaar.

Lekker ding, dacht Tinus. Hij dankte de Heer op zijn blote knieën dat dit hem bespaard was gebleven. Misschien wilde hij ooit een vrouw, maar kinderen? Hij had er weinig trek in.

'Tja, wat doen we?' herhaalde de man de woorden van de vrouw, die nu zichtbaar geïrriteerd raakte. Hij trok aan zijn sigaar en knipte met zijn vingers om iemand van het bedienend personeel te roepen. De vrouw duwde het kleine meisje terug naar haar stoel en gebood haar te gaan zitten. Nukkig nam het kind plaats op de rand van de stoel. De man zette zijn zonnebril af en veegde over zijn bezwete neus.

Een schok ging door Tinus. Hij herkende het gezicht. Het was de man uit de zwarte auto! Bij het zien van die tronie begon zijn bloed sneller te stromen.

Wat zal ik doen, dacht hij trillend van woede. Ik kan op ze af stappen en hem erop aanspreken. Ik kan die gek vragen wat hem bezielde, toen hij me zomaar aanreed en ook nog eens doorreed. Ik kan hem uit zijn stoel trekken en een klap voor zijn vette kaken verkopen, in zijn buik schoppen en tot bloedens toe op zijn blaaskakerige hoofd timmeren om hem voor de ogen van zijn kinderen te vernederen. Zoals het een goed detective betaamt.

'We kunnen naar Helen!' zei het jongste kind opeens.

Helen? Opnieuw ging er een schok door Tinus. Verstond hij het goed? Zei ze Helen? Bedoelde ze Hélen? Zijn Helen?

Voorzichtig schoof hij zijn stoel wat dichter in de richting van hun tafeltje. Hij pakte zijn dossiermap en deed alsof hij zat te lezen. Ook dit deden detectives, wist hij.

'Dan mag ik eerst wel even met haar gaan kennismaken,' sprak de vrouw sarcastisch.

'Maar pap, wij kennen haar toch al?' zei het kleine ding. Onder de tafel stootte ze haar zusje aan. Die keek voornamelijk sloom voor zich uit.

De man leek te aarzelen. Hij nam een slok van het verse bier. Nerveus schoof hij zijn sigarendoosje over het plastic tafelkleed.

'Het is een...' rochelde hij, vlak voordat hij hevig begon te hoesten. De vrouw zweeg. Tinus kon haar gezicht niet zien, maar hij had een vermoeden dat ze zich ergerde. Ook zij had nu, net als haar dochter, de armen demonstratief over elkaar geslagen.

Ze keek weg van haar man. Haar blik bleef rusten op twee mensen achter het glazen scherm, die een poging deden om te vliegeren. Omdat er geen zuchtje wind stond, kostte het moeite om de vlieger in de lucht te krijgen.

'Ze is aardig. Gisteren heeft ze nog aangeboden om iets met de kinderen te gaan doen.' De man had weer het woord genomen. Het doosje had hij losgelaten. 'Ik ben zo dom geweest haar niet terug te bellen, maar het aanbod zal zeker nog gelden,' hoorde Tinus hem zeggen.

'Waarom doen we het niet?' vroeg de man aan zijn vrouw.

De vrouw bleef zwijgen. Haar blik bleef rusten op de vlieger.

'Weet je wat, ik bel haar even,' zei de man en hij pakte zijn telefoon van tafel.

Tinus spitste nu zijn oren. Hij durfde bijna niet te ademen. Hier mocht hij niets van missen.

'Ja, we zitten aan zee. Nee... nou ja, dat wil zeggen... we

hebben nogal een naar bericht...' Hij wachtte even, zocht naar de juiste woorden.

'Jip is vanochtend overleden.' Hij knikte. Hij knikte nog een keer. Het duurde even. Aan de andere kant werd duidelijk verontwaardigd gereageerd.

'Ja, vreselijk, zeg dat wel... Nee, we weten het niet. Een hartstilstand, denkt de dierenarts.'

Weer duurde het even voordat de man verderging. Opnieuw knikte hij. Bijna moest hij lachen, maar hij kon zich nog net inhouden. Dat zou zijn vrouw niet op prijs gesteld hebben, zag Tinus.

'Ja, dat klopt,' hoorde hij hem zeggen.

Intussen streek hij over het hoofddoekje van het oudste meisje. Ze had zich tegen haar vader aan gevlijd.

'Fijn, dan laten we je nog even weten wanneer. Bedankt vast... Ja, dat zal ik doen.'

'Ze vindt het goed,' zei hij tegen de vrouw. 'Ze doet de groeten.'

Hun hond is dood, dacht Tinus. Zij waren het dus. Hij had het goed gezien. Dat was natuurlijk de reden waarom hij zo hard reed. Het was een hond die ze op schoot had. Ze waren op weg naar Ruud. Hij begreep opeens waarom de man niet was gestopt. Zou hij niet hetzelfde gedaan hebben, als er een dier in nood was?

Hij voelde wat meer sympathie voor het stel. Ben je hier op vakantie en dan gaat je hond dood. Wat een doffe ellende. Blijkbaar wilden ze hem zo snel mogelijk begraven. Geef ze eens ongelijk.

Maar wat had Helen daarmee te maken? De auto kwam uit het bungalowpark, dezelfde plek als waar zij woonde.

Hij besloot het hier niet bij te laten. Alles wat met Helen te maken had, kon een aanleiding zijn hem verder te helpen bij zijn onderzoek. En weer dankte hij Onze-Lieve-Heer. Vlug klapte hij zijn dossiermap dicht, stopte hem terug in de tas en liep naar het tafeltje. 'Neem me niet kwalijk,' begon hij. 'Kan het zijn dat u me vanochtend van de sokken reed?'

# – 6 –

Het kreng was dood en Simon had gebeld. Nu wel, dacht Helen. Nu hij haar nodig had. Ze had niets laten merken, integendeel. 'Wat verschrikkelijk naar voor jullie, als ik ergens mee kan helpen...' had ze gezegd. Ze moest lachen, ze merkte dat het haar goeddeed. Haar veerkracht was terug. Niet dat ze een moment getwijfeld had over de aanpak, maar je kon nooit weten met zo'n dier.

Kieskeurig konden ze zijn, die beesten. Ze wist het maar al te goed van haar eigen kat. Wat begon met brokjes die werden geweigerd, veranderde al snel in blikvoer dat te min was naar mevrouws smaak. Daarna lag de paté te zwaar op de maag, en uiteindelijk bleven alleen de blauwe Sheba-kuipjes over. Die werden tenminste niet uitgekotst.

Helen kon haar kat niets weigeren. Hun relatie duurde al veertien jaar. Bes was ooit als kitten komen aanlopen. Ze had hier onder de bessenstruik gezeten.

Die leeft niet lang, had de toenmalige dierenarts gezegd, en hij had haar voorzien van de nodige spuiten. Cypers, wel mooi, vond hij, maar godallemachtig wat is dat mormel mager! Te vies om aan te pakken! 'Wat moet je ermee?' had hij gevraagd. Toen Helen standvastig bleef in haar besluit om zich over het scharminkel te ontfermen, wilde hij weten hoe ze hem ging noemen. Het werd Bes. Naar de plek waar ze haar vond. Een leven zonder Bes was voor Helen ondenkbaar.

Ze kon zich heel goed voorstellen wat voor een drama zich in het huis naast haar had afgespeeld. Ze meende zelfs een snik in zijn stem te hebben gehoord. Hij had zich verontschuldigd voor gisteren, toen hij zomaar vergeten was terug te bellen. Haar had laten wachten. 'Het geeft niet, ik begrijp het,' had ze uit haar strot geperst. De godvergeten klootzak. Ze had hem goed ingeschat, hij was als alle anderen. Onbetrouwbaar en onnozel. Hij liet rustig zijn bloedeigen kinderen bij een wildvreemde vrouw in een bungalowpark achter.

Ze genoot bij het vooruitzicht om deze man nog meer te kwellen. 'Wacht maar, mannetje,' zei ze hardop. 'Je bent net zoals alle andere mannetjes, ik heb de geile blik in je ogen herkend. Weet je vrouw met wat voor bedrieger ze getrouwd is?'

Nijdig schopte ze tegen een stapeltje kranten. Haar opgewekte gevoel maakte plaats voor afkeer; haar afkeer van mannen.

Laat ik me vast voorbereiden op de volgende stap, dacht ze. Het huis moest aangepakt. Als die lui kwamen, wilde ze hun een goede indruk geven. Kinderen laat je eerder achter bij mensen die proper zijn.

Ze trok de klamme lakens van het grote bed, zette de wasmachine aan en ruimde de keuken op. Zorgvuldig wiste ze alle sporen van leverworst uit de tuin. De handschoenen, vuilniszak en alles wat maar met het gif in aanraking was geweest zou ze straks in de duinen begraven. Ze wist al waar.

Ik moet niet overmoedig worden, dacht ze toen ze even later tevreden naar het resultaat in haar woning keek. Dat kleine, miezerige mannetje, die Brandsma, kon nog wel eens gaan dwarsliggen. Hoe langer ze erover nadacht, hoe zekerder ze wist dat hij haar brieven had gejat. Wie anders? Maar met welk doel, bleef ze zich afvragen.

Als hij een privédetective was, dan werkte hij voor iemand. Iemand die haar verleden kende. Die door Jan op de hoogte was gebracht van de brieven. En ook al begreep ze niet precies welk doel zijn speurtocht had, heel vaag kreeg ze een vermoeden wie de opdrachtgever kon zijn.

Er was maar één vrouw die Helen zo haatte dat ze net als zij in staat kon zijn tot gruwelijke dingen. Het was de laatste vriendin met wie hij zijn leven deelde.

Niet alleen had ze hem bewogen om van Helen te scheiden, tevens wilde ze alles van hem bezitten.

Vanaf het moment dat dit vette weekdier bij hem introk, had ze hem ingepalmd en erop aangestuurd Helen eruit te werken. Met haar charme, haar jeugd, en haar zogenaamde slaafsheid – Jan was dol op vrouwen die voor hem vielen en alles voor hem deden – had ze hem veroverd.

Het onnozele wicht had in zo'n boulevardprogramma op tv haar verloving met Jan bekendgemaakt. Helen kreeg het opnieuw benauwd als ze daaraan terugdacht. Jan met zijn ouwe, kalende kop en zijn lange grijze piekhaar, en zij met die geïmplanteerde boezem, drie onderkinnen en worstenvingers, zaten daar als het stralende stel. Dertig jaar jonger was ze, maar o zo verliefd... Ze had haar roodgestifte lippen tegen Jans wang gedrukt. Helen had ervan moeten kotsen. Moord werd haar redding.

## − 7 −

'Was u dat?' Klaartje had zich omgedraaid. Ze reageerde als eerste. Simon keek van achter zijn zonnebril de man tegenover hem aan. Ook dat nog, dacht hij. Hij gromde om wat te zeggen, maar Klaartje was hem alweer voor. Zoals altijd wist ze de juiste woorden te kiezen. Verbaal overtrof ze hem als geen ander. In haar nabijheid was hij een stuntelaar. Een haperende, secundaire lul.

'Het spijt ons zeer! Niet om het goed te praten, maar we waren op weg naar de dierenarts, onze hond ging dood. We hadden vreselijke haast, begrijpt u?'

Tinus keek naar de vrouw. Uit beleefdheid had ze haar zonnebril afgezet. De zon scheen recht in haar gezicht. Met samengeknepen ogen keek ze hem aan. Over haar neus lag een waas van sproeten. Het gaf haar gezicht iets meisjesachtigs. Ze leek hem opeens iets minder onaardig.

'Ik begrijp het, maar toch, u reed wel erg hard. Het was onverantwoord. Als ik een kind was geweest, of een kat, of niet zo snel gereageerd had...' zei hij.

'Natuurlijk, u heeft volkomen gelijk. En nogmaals: het spijt ons zeer. Kunnen we iets voor u doen? Heeft u schade opgelopen? We zijn uiteraard goed verzekerd.'

Simon keek naar zijn vrouw. Wat had ze de boel weer snel onder controle. Hij zag dat de man aarzelde, overrompeld door haar stortvloed van woorden. Ja, ja, breng daar maar iets tegen in, dacht hij en onwillekeurig moest hij lachen.

'Wilt u wat drinken?' stelde ze voor.

Tinus stemde in. Hij trok zijn stoel naar hun tafeltje. Hij vertelde dat hij geen letsel had, hooguit een paar schrammen, en dat ze zich geen zorgen hoefde te maken.

'Mogen we weg?' vroeg Jaimi en ze stond op om haar duikbril en strandspullen te pakken. Ook Melissa stond op. 'Ik wil liever naar huis,' zei ze sip.

'Luister, we gaan even met deze meneer praten en daarna gaan we naar huis, oké? In de tussentijd kunnen jullie nog even naar zee of hier blijven. Kies maar!' zei Klaartje, op een toon die geen tegenspraak duldde.

Tinus voelde zich wat ongemakkelijk. Al die tijd wist hij hoe het was afgelopen met hun hond en dat ze wel meer aan hun hoofd hadden dan een gesprek met hem, maar hij was te nieuwsgierig naar Helen om deze gelegenheid te laten schieten.

'Hoe is het met uw hond afgelopen?' vroeg hij belangstellend. En meteen vervolgde hij betrokken: 'Maar laat ik me eerst even voorstellen: Tinus Brandsma.' Hij strekte zijn hand uit naar Klaartje. Ze stelde zich voor. Simon deed hetzelfde en wenkte een van de meisjes.

'Wilt u bier?' vroeg hij aan Tinus.

'Graag.'

'Hij is dood,' zei Klaartje.

'Wat rot voor u. Wat had hij?'

'Dat weten we niet. Het gebeurde zomaar. De dierenarts denkt aan een hartstilstand.' Klaartje wierp een dwingende 'zeg ook es wat'-blik in de richting van Simon.

'Hij was niet meer een van de jongste, maar we hadden hem al vanaf dat hij een pup was, ziet u,' zei Simon. 'Zoiets hakt erin. Vooral met kinderen.' Hij zocht naar zijn sigaren.

'Bent u hier ook op vakantie?' vroeg Klaartje.

'Nee, ik woon hier.'

'Aha, een echte eilander, dus?' Simon deed zijn best om iets aardigs te zeggen. Hij zou hem kunnen vragen naar zijn ervaring met toeristen die te hard reden, of hij dit al vaker had meegemaakt. Lag het niet aan al die kleine weggetjes? Als automobilist zag je nauwelijks iemand aankomen.

Maar Simon vroeg niets. Hij had er geen zin in. Hij voelde zich moe en warm en half bezopen. Hij was blij dat Klaartje het gesprek weer had overgenomen. Hij opende zijn doosje sigaren en stak er een op. Achter zijn rookgordijn nam hij nog een flinke teug bier. Ontspannen leunde hij achterover in de terrasstoel. Hij keek op zijn horloge. De middag liep ten einde. Wat een dag, dacht hij, en hij keek in de richting van het strand.

Melissa en Jaimi stonden bij een paar jongens. Ze voerden

een gesprek boven een emmer. De jongens hadden schepnetjes in hun hand. De meisjes hielden de emmer op. Jips dood leek vergeten. Hij hoorde Klaartje aan de man uitleggen in welk bungalowpark ze zaten, dat ze tandarts was, hier een weekje bleven, zijn verjaardag wilden vieren en dat het zulk mooi weer was.

Wat een boel geleuter vanwege een kleine aanrijding, dacht Simon.

'Ik ben boswachter,' hoorde hij de man zeggen.

'Interessant. Geeft u ook rondleidingen?' Over Klaartjes gezicht lag een blos van opwinding. Ze zag eruit alsof ze ieder moment kon ontploffen. Het puntje van haar neus werd roder en roder. Kleine straaltjes zweet gleden langs haar hals in de spleet van haar boezem. Simon had met zijn vrouw te doen. Hij gaf dit gesprek nog vijf minuten, hooguit, daarna zou hij het initiatief nemen om op te stappen. Genoeg voor vandaag. De man had gemerkt dat ze hem goedgezind waren. Ze hadden een schadevergoeding aangeboden en op bier getrakteerd, nu was het mooi geweest.

'Naast mijn werk als boswachter ben ik privédetective. Het is waarschijnlijk toeval, maar ik ving net de naam Helen op. Ik begrijp dat u op hetzelfde park vakantie houdt als waar zij woont. Tenminste, als het om dezelfde persoon gaat. Ik wil niet nieuwsgierig overkomen, maar ik ben momenteel met een onderzoek bezig naar de dood van haar man, Jan Bredius. Misschien kent u hem?' Tinus kon maar aan één ding denken: ik heb een tegoed uitstaan bij deze mensen. Als er iemand is die mij verder kan helpen, dan zijn zij het wel.

'Bredius?' vroeg Simon verbaasd.

'Ja, hij was een kunstenaar. Een schilder. Redelijk bekend. Hij schilderde landschappen in van die felgekleurde vakjes. Kent u zijn werk? De laatste jaren van zijn leven woonde hij in het Gooi.'

'Was dat haar man?' riep Simon. Een lachje verscheen rond zijn mond. Hij kende hem maar al te goed. Niet persoonlijk, maar wel zijn werk. Een slimme jongen, vond men in de reclamewereld.

'Over wie gaat het?' Klaartje keek beduusd van Simon naar Tinus.

'Dus u kent haar?' vroeg Tinus, die automatisch in zijn tas naar zijn blocnote en pen greep.

'Ja hoor, ze is onze buurvrouw,' gromde Simon opgetogen.

'O, die,' zei Klaartje verveeld.

'Mogen we nog een biertje?' riep Simon naar een van de meisjes.

Ha, dacht Tinus, nu zul je het krijgen.

– 8 –

De eerste keer dat Helen met Nina kennismaakte was tijdens een vernissage. Een kleine dikzak met sterk gemillimeterd, geblondeerd haar. Haar grote rode bril had dezelfde kleur als haar lipstick. Hiermee probeerde ze de indruk te wekken dat er een heel bijzondere vrouw achter schuilging. Een vrouw van formaat, zoals Jan haar schertsend noemde, wat hij later veranderde in zíjn vrouw van formaat.

Nina was indertijd de allernieuwste muze van Jan. Niet dat Jan aan zijn muzen ooit zijn succes te danken had gehad. In tegenstelling tot zijn 'verknipte' landschappen, zoals hij ze zelf noemde, werden zijn naakten nooit verkocht. Al zijn muzen belandden uiteindelijk in bed. Helen had er velen voorbij zien komen.

Dit keer was het anders. Als vrouw voel je dat. Je weet wanneer het raak is. Deze keer ging hij voor de bijl. Nina had iets magisch. Bij iedere stap die zij zette, bewoog niet alleen haar omvang, maar leek haar hele lichaam te transformeren in één wervelende massa. Misschien lag het aan de ruisende gewaden die ze droeg of waren het de rammelende sieraden waarmee ze zichzelf steevast had behangen, maar niemand kon ontkennen dat er iets speciaals gebeurde zodra zij ergens binnenkwam. Dit kon wel eens een blijvertje worden, had Helen nerveus gedacht, en ze had haar eigen kansen ingeschat.

De laatste jaren had ze een modus gevonden om haar huwelijkse leven zo aangenaam mogelijk te laten verlopen. Naast haar werk, wat vriendinnen, en haar geliefde huis aan de Amstel ging haar leven zijn gangetje. Het leven kabbelde voort. De scherpe kantjes sleten eraf. Steeds vaker vroeg ze zich af of Jan nog wel wist waarom hij haar chanteerde.

Op dat moment kwam Nina in zijn leven. Jan was begin vijftig. Nina hooguit twintig. Het was de manier waarop hij haar bekeek, zoals hij haar bewegingen volgde. Voor Jan was deze vrouw alles waar hij zijn hele leven naar gehunkerd had. De volmaakte schoonheid. Een barokke rubensverschijning, die hem haar warme moederschoot bood. Heilige en hoer tegelijk, zoals hij haar tegenover Helen beschreef.

Hij bekende haar ook dat zijn varkentje vadergevoelens bij hem naar boven haalde. De tijd was rijp om zich voort te planten, had hij gezegd. Helen kon haar vreugde niet op, eindelijk zou hij haar kunnen loslaten. Hier zou de chantage eindigen. Haar verleden bleef bij haar. De scheiding zou een feit worden.

Hij was het daar helemaal mee eens. We laten het verleden met rust. Gebeurd is gebeurd, zei hij en hij liet Helen beloven geen aanspraak op zijn geld te zullen maken.

Ze vond het best. Hij mocht alles houden. Zijn huis in Blaricum, de opbrengst van de schilderijen, het vette monsterkind, de hele kolerebende, zolang hij haar maar met rust liet.

Ze maakte plannen voor de rest van haar leven. Haar verschrikkelijke verleden dat door angst werd gekenmerkt, zou vanzelf naar de achtergrond verdwijnen. De laatste jaren van haar leven zou ze in rust doorbrengen. Hem van kant maken kwam geen moment in haar op. Nee, haar moordplannen werden pas echt serieus toen dat vette monster op het idee kwam om haar uit te kopen, en haar huis aan de Amstel af te pikken. Toen die idioot van een Jan daarin toestemde — zijn varkentje kreeg altijd haar zinnetje — werd dat de druppel. Toen restte Helen nog maar één uitweg.

## — 9 —

Het wilde niet erg vlotten. De aandacht van de vrouw verslapte nu het gesprek over Helen ging. Terwijl de man juist belangstellend opveerde, zocht zij in haar handtas naar een spiegeltje en zonnebrandcrème. Demonstratief inspecteerde ze haar gezicht en begon te smeren. Een zoete geur bereikte Tinus' neusgaten.

Het laatste wat ik nu moet doen, is me laten afleiden door deze vrouw, dacht hij. Zeker niet nu hij zijn doel zo dicht genaderd was. De man sprak met veel enthousiasme over Helen. Kennelijk heeft ze indruk op hem gemaakt, dacht Tinus. Maar de informatie bleef oppervlakkig. Het enige wat de man vertelde, was dat zij hem het eiland had laten zien, dat ze de ijshut van Dauwe hadden bezocht, en dat ze zo aardig was geweest om hun ontsnapte hond terug te brengen. Bij de laatste woorden van de man zag Tinus een glinstering in zijn ogen ontstaan.

De vrouw werd het gesprek duidelijk zat.

'Zeg schat, ik wil je niet onderbreken, maar heb je gezien hoe laat het is?' onderbrak ze haar man. Half aangeschoten begon die steeds luider te praten. Hij wilde net vragen wat Tinus onderzocht, toen ze zei: 'Moeten we niet eens opstappen?'

Met veel omhaal begon ze de badhanddoeken bij elkaar te vouwen, rommelde nogmaals in haar tas, pakte een portemonnee en wenkte een van de meisjes.

'Ik loop vast naar de kinderen, oké?' vervolgde ze toen ze betaald had. 'Ik zie je zo wel bij de auto.'

Vastberaden draaide ze zich om naar Tinus. 'Leuk u ontmoet te hebben,' zei ze kort. Met grote passen liep ze het terras af naar het strand.

'Neem me niet kwalijk, mijn vrouw heeft gelijk,' kuchte de man. 'Zij heeft namelijk altijd gelijk,' sprak hij. En met lodderige ogen staarde hij naar de rug van Tinus, die onder de tafel was gedoken omdat zijn pen was gevallen. Hij had pech, ergens onder de vlonders had het ding zich bij de rest van zoekgeraakte spullen genesteld. Pas tegen de winter, als het paviljoen naar zijn bergplaats ging, kwamen alle zomerschatten tevoorschijn.

'We moeten nog het een en ander regelen voor morgen, de hond en zo... begrijpt u? Het was me zeer aangenaam,' ging hij met dubbele tong en overdreven hoffelijkheid verder. 'Wie weet komen we elkaar nog een keer tegen.' Hij stak Tinus zijn visitekaartje toe en slingerend verliet hij het terras.

Hoewel hij niet veel verder was gekomen met zijn onderzoek, zijn lievelingspen door het zand was opgeslokt en hij zijn gekneusde ribben nu echt begon te voelen, was Tinus redelijk optimistisch.

Er was een aanknopingspunt. Helen had contact gezocht met deze mensen. Hij kende Helen, ze zocht nooit contact met mensen. Waarom nu dan wel, vroeg hij zich af. Wat had haar bewogen om met deze man en zijn kinderen een eilandtoer te maken? Waarom was ze zo bezorgd geweest over een ontsnapte hond? Wat in godsnaam kon iemand als Helen ertoe brengen een stel wildvreemde vakantiegangers aan te bieden om op hun kinderen te passen?

Tinus had er geen verklaring voor. Maar dat het verdacht was, stond als een paal boven water. In gedachten tuurde hij over het strand. De zon zakte steeds verder in zee. De hitte van de dag ging langzaam over in een lome warmte. Ouders trokken als lastdieren hun bolderwagens met vermoeid en huilend kroost de loopplank op naar boven. Het strand raakte leeg.

— 10 —

Het was een stormachtige avond eind oktober. De beuken langs de oprijlaan waren zo goed als kaal toen Helen haar kleine autootje vlak voor de villa parkeerde. Alleen de benedenramen van het witte huis met de zwarte blinden waren verlicht.

Meer dan een halfjaar hadden ze elkaar niet gezien. Sinds hij met Nina was, hadden ze nog nauwelijks contact. Af en toe een telefoontje. Altijd ging het over praktische zaken. Waar hij zijn adressenlijst van vorige exposities had gelaten, of zij wist waar die versleten leren jas was, had zij misschien zijn oude agenda gezien...

Ze haatte hem. Nog meer dan vroeger haatte ze hem. De onbeschoftheid een leven te delen met een andere vrouw en evengoed haar nog weten te betrekken in zijn chaotische bestaan.

Een week eerder had hij haar gebeld met het verzoek om voorgoed een punt achter hun huwelijk te zetten. Hij was er klaar voor. Hij zou haar niet meer lastigvallen met gedoe uit het verleden. Plechtig beloofde hij dat niemand aan de weet zou komen dat zij zo onvoorzichtig was geweest om haar lieve broertje uit de weg te ruimen. Zijn sarcastische stem had zalvend geklonken.

Hij had Nina wel over Femke verteld. Wat had hij anders kunnen doen, toen ze vroeg of er kinderen waren uit hun huwelijk? Liegen kon hij niet. Waarom zou hij? Een leven leiden vol leugens? Vluchten voor het verleden, zoals zij deed? Hij moest er niet aan denken. Het werd tijd dat ze met elkaar om de tafel gingen zitten.

Nina was er nu, zijn engel. Ach, ze was zo'n goudeerlijk, lief ding. Alle shit uit zijn leven verdween als sneeuw voor de zon nu hij met haar was. En straks, als er een kindje kwam, mocht er geen onzuivere schaduw over hun prille geluk vallen.

De woorden waren als een koude douche over haar heen gekletterd. Vooral toen hij haar vertelde dat hij al een advocaat had ingeschakeld. Het zou een fluitje van een cent worden. Ze moest niet denken dat ze er slecht van afkwam. Hij had veel aan haar te danken gehad. Nu hij er warmpjes bij zat, wilde hij niet kinderachtig doen. Ze zou meer dan genoeg overhouden om een aardig optrekje te kunnen kopen. Want ze moest natuurlijk wel begrijpen dat het huis aan de Amstel bij uitstek de plek was om zijn vrienden uit de kunstwereld te ontvangen.

Straks ging zij met pensioen, wilde ze niet liever buiten wonen? Mopperde ze de laatste jaren niet over de drukte en het lawaai van de stad? Hij zou nog met Nina overleggen of ze de hut op het eiland op haar naam konden laten staan, tenslotte hield Nina er niet zo van om daar te verblijven. Liever ging zijn varkentje naar de Cariben of een andere exotische plek op de wereld. De Wadden waren zo saai, vond ze.

Hem maakte het niet uit. Hij kende het eiland wel. Ze zouden de hut dan toch voornamelijk voor verhuur houden. En dat gaf weer zoveel rompslomp, dat hij serieus overwoog hem aan haar te laten. Het resterende bedrag zou na de scheiding dan misschien wat lager uitvallen.

Of ze bij hem kwam eten. Nina zat die week met vrienden in Berlijn. Tijdens een intiem etentje zouden ze er wel uit komen. Als volwassen mensen die besloten hadden om als goede vrienden uit elkaar te gaan. Hij zou een traiteur inschakelen. In het Gooi had je hele goeie. Het zou haar aan niets ontbreken, ze kon zelfs blijven slapen. Kamers genoeg. Dan hoefden ze niet op een flesje bubbels meer of minder te letten.

Aanvankelijk had Helen hem de huid vol willen schelden. Waar hij de gore moed vandaan haalde om haar op zo'n hooghartige manier voor het blok te zetten. Alsof ze haar eigen huis aan hém zou verkopen. Het huis dat ze door hard werken had kunnen onderhouden. Hoe kon hij denken dat ze, nu hij succes had, zomaar alles waarvoor zij geleefd had wilde opgeven? Dacht hij nou werkelijk dat zij na dertig jaar manipulatie zomaar haar liefste bezit aan hém zou afstaan? Het idee!

Ze had door de telefoon willen gillen dat hij het kon bekijken. Dat ze haar eigen advocaat had. Dat ze alles wat hij over haar zou beweren als leugens zou afdoen. Niemand van haar familie was nog in leven. Zelfs Femke had ze in geen jaren gezien. Was hij daar ook niet debet aan?

Op het juiste moment nam haar verstand het over. Beter was het om niet te schelden. Blijf kalm en gebruik je hersens, zei ze in zichzelf. Beheerst en vriendelijk had ze hem geantwoord. Ze had hem gevraagd of hij de uitnodiging nog even wilde bevestigen per mail. Ja, dat betekende dat ze graag inging op zijn verzoek. Als volwassen mensen, ja natuurlijk, zeker op hun leeftijd, ze was het helemaal met hem eens. Ze

gunde hem alle geluk van de wereld. De stad was inderdaad veel te druk voor haar geworden, hij had gelijk. Een plekje buiten in de provincie leek haar wel wat. Ze dacht aan Drenthe of de achterhoek. Gelukkig waren de huizen daar niet duur.
De hut op het eiland was wel altijd een van haar geliefde plekken geweest. Als ze het daarover eens konden worden, zou ze hem zeer dankbaar zijn. Als hij er toch nooit meer kwam. Stonden haar meubels er nog? Haar kastje in de badkamer? Haar geheime plek? Of hij het nog wist? Dat er wat minder geld zou overblijven, vond ze niet erg. Ze had niet veel nodig.
Listig had ze zijn vertrouwen weten te winnen. In de mail stond een datum. Ze had hem geprint en op tafel gelegd. Hiermee had hij de uitnodiging voor zijn eigen dood bevestigd. Mocht de politie moeilijke vragen stellen, dan zou er geen enkele verdenking op haar rusten. Jan en zij zouden als goede vrienden uit elkaar gaan.

Nadat ze de auto onder de carport had geparkeerd, drukte ze het lampje boven haar hoofd aan en draaide de spiegel naar zich toe. Zorgvuldig stiftte ze haar lippen. Ze droeg een zwart jurkje. Klassiek en toch uitdagend. Het diepe decolleté was verleidelijk. Haar sportschoenen verwisselde ze voor pumps. Ze slaakte een tevreden zucht toen ze de plastic zak van de stoel naast zich optilde. Het geheime wapen. Voordat ze het autolampje uitdeed, wierp ze nog eenmaal een blik in het spiegeltje. Ze glimlachte, ze was er klaar voor.

'Hoi schat, kom snel binnen!' Jan stond in de deuropening van de marmeren hal. Alles om hem heen straalde zo'n oogverblindende witheid uit, dat het leek alsof ze een sneeuwlandschap binnenstapte.
Zijn wijdvallende, eveneens spierwitte overhemd, dat zijn omvang moest verbergen, stond tot net iets boven zijn navel

open. Hierdoor werd zijn zonnebankgebruinde pens goed zichtbaar. De jeans met laarzen die hij droeg waren bekend; wat nieuw was, was een bloemetjessjaaltje. Het ding hing losjes om zijn vette nek. Hij zag er pafferig uit. Het laatste restje haar, dat inmiddels grijs en dun was geworden, hing in pieken langs zijn gezicht. Bovenop was hij kaal, en zijn ongeschoren kop, die hem iets jeugdigs moest geven, accentueerde zijn ongezonde uitstraling.

'Je ziet er goed uit,' zei hij bewonderend.

Uiteraard, dacht Helen. Ze voelde hoe zijn hand even langs haar middel gleed toen hij haar naar binnen leidde. En toen ze het korte jasje van haar schouders liet vallen, gaf hij bijna ongemerkt een kus op haar blote schouder. Net lang genoeg om zijn baard tegen haar huid te voelen prikken en zijn neus haar geur te laten opsnuiven. Het gaat goed, dacht ze.

'Dank je,' zei ze zacht, verlegen sloeg ze haar ogen neer.

'Ga naar binnen, dan haal ik iets te drinken. Moet ik iets van je aanpakken?' Hij wees op de plastic zak die ze in haar hand hield.

'Graag, zet maar in de koelkast,' zei ze. Ze glimlachte geheimzinnig. Zoals hij gewend was wanneer er iets prettigs, stiekems tussen hen was.

'Toch niet mijn favoriete toetje?' bulderde hij door de kale ruimte.

Ze knikte.

'Geweldig! Een betere keus had je niet kunnen maken. Ga lekker naar binnen.' Hij wees naar een deur aan het eind van de gang. Zelf liep hij via een andere gang naar de keuken.

Ook de woonkamer was hoog en wit. Midden in de balzaal brandde een reusachtige metalen houtkachel. Het ding zweefde aan een meterslange pijp. De rest van de ruimte werd ingenomen door een grote, grijze zithoek. Drie van zijn verknipte landschappen knalden van de muur.

Hier en daar stonden piepkleine oranje designstoeltjes. In tegenstelling tot de zithoek leken deze niet om op te zitten. Zeker niet door de eigenaren van dit pand. Misschien dat Helen daarom wel juist in een van de stoeltjes plaatsnam.

Ze keek naar een van de doeken. Ze herinnerde zich nog hoe hij met dit werk furore maakte. Het idee was per ongeluk ontstaan. Hij had weer eens een van zijn driftbuien gehad. Een aantal tekeningen en gouaches moest eraan geloven. Duizenden snippers lagen over de vloer van zijn atelier. Toen hij eenmaal weer bij zinnen was, inspireerden de snippers hem tot wat later zijn doorbraak zou worden. Een voor een had hij de kleurrijke repen over en tegen elkaar geplakt. Net zo lang tot een soort van landschap verscheen.

'Zo, nou, ik ben blij dat je gekomen bent!' Jan kwam binnengestommeld. In zijn hand hield hij een fles champagne en twee glazen. Hij zette ze op een Marokkaans dienblad dat dienstdeed als tafeltje.

'Kom wat dichterbij,' zei hij toen hij op de bank plaatsnam.

'Nee, misschien straks,' zei ze. Bij haar plan hoorde een rustige opbouw. 'Ik dacht, laat ik dit schommelstoeltje eens uitproberen.' Ze gniffelde uitdagend. 'Het zit goed.'

'Jij past er tenminste in!' lachte hij hard. Bijna even hard als de knal van de kurk, die als een ongeleid projectiel door de ruimte schoot. 'Wij niet, dat begrijp je...' Hij hield haar een vol glas voor.

Ze stond op om het aan te pakken. Wij niet, dacht ze. Het woord 'wij', wat kwam dat er vanzelfsprekend uit. Hoelang waren zij samen 'wij' geweest? Had hij zich ooit zo met haar verbonden gevoeld dat hij over haar in de wij-vorm sprak? Ze kon het zich niet herinneren.

'Zeg, luister. Voordat we gaan eten en door de drank beneveld raken: blijf je slapen?'

Hij vroeg het alsof hij tegen een kind sprak. Een kind dat

was gaan studeren in de grote stad, en nu besloten had, na lange tijd van afwezigheid, zijn ouders in de provincie weer eens op te zoeken.

'Nou, graag, als het niet te veel moeite is?'

'Prima, dan hebben we dat gehad. Heb je nog iets bij je? Moet ik meelopen naar de auto?' Nog steeds de zakelijke toon. Ooit hadden ze het bed gedeeld, waren ze 's ochtends in elkaars armen wakker geworden.

'Ik heb niet veel bij me, dat komt later wel,' zei ze zacht.

'Mooi.'

Hij schonk zichzelf een glas in voor hij verderging.

'Zeg, je weet dat Nin en ik je willen uitkopen. Uit je laatste mail begreep ik dat je daarmee akkoord gaat.' Hij wachtte haar antwoord niet af. 'Verstandig, ik kan niks anders zeggen. Heel verstandig,' zei hij en hij nam een flinke slok van de champagne, waarbij hij over zijn overhemd morste toen hij ging verzitten.

Helen knikte. Ze nipte van haar glas.

'Heb je een advocaat?' vroeg hij.

'Ik ben nog in onderhandeling. Is dat nu belangrijk?' vroeg ze.

'Nou ja, advocaten kosten geld, veel geld. Als we het eens worden, kunnen we daar flink op besparen. We zouden voor die van mij kunnen kiezen.'

Hij keek van haar weg naar de kachel. Moeizaam stond hij op uit zijn kleermakerszit en pakte een houtblok. Helen volgde zwijgend zijn handelingen. Toen hij het deurtje opende en het blok in de smeulende massa wierp, laaide het vuur hoog op. Een warme gloed verwarmde haar gelaat.

'Het is goed,' hoorde ze zichzelf zeggen.

'Wat bedoel je?'

'Die advocaat van jou.'

'Wil je zeggen dat je het ermee eens bent?' vroeg hij verbaasd.

'Ja, als we op die manier geld kunnen besparen, waarom niet?'

'Ik wist wel dat je meegaand zou zijn,' sprak hij nu zelfverzekerd.

'Noem het verstandig,' herhaalde ze zijn woorden.

'Ik ben trots op je. Nin zal het ook zijn. Ze heeft nooit een hekel aan jou gehad. Dat weet je toch? Het is nou eenmaal zo gelopen. Mensen kunnen niet een leven lang bij elkaar blijven. Kom, laten we drinken op onze laatste avond samen!' Opnieuw schonk hij een glas in.

Helen lachte. Giechelend sloeg ze haar glas achterover en hield het omhoog. 'Op onze laatste avond samen!' riep ze enthousiast.

Tot haar grote verbazing verliep de avond zonder moeite. Alles ging zoals ze het zich had voorgesteld. Ze aten in de riante keuken de overheerlijke gerechten. Als twee oude vrienden keuvelden ze over hun beider toekomst zonder elkaar. Gedwee legde ze zich neer bij zijn voorstellen. Soms deed ze of ze aarzelde, dan wachtte ze even met antwoorden. Dan zag ze hoe hij nerveus met zijn ogen knipperde. Dan genoot ze nog meer. Over het algemeen wilde ze de indruk wekken dat ze zich had neergelegd bij zijn besluiten. Het enige wat haar beangstigde, was zijn overmatige eetgedrag. Kennelijk had hij zich aangepast aan zijn dikke vriendin. Vol afgrijzen moest Helen toezien hoe hij de ene na de andere portie weg schrokte. Als hij nog maar een toetje lust, dacht ze.

Het liep al tegen middernacht toen Jan de vijfde, of zesde – ze was de tel kwijtgeraakt – lege fles wegzette en een nieuwe opentrok. Een wietgeur had zich door de woonkamer verspreid. Loom hingen de twee ex-geliefden over de bank. Luisterend naar het kletteren van wind en regen tegen de ramen en het knetteren van de houtkachel. Helen voelde zich op haar gemak. Alsof ze terug was in de tijd. Behaaglijk strekte ze zich uit. En toen Jan tegen haar aan kroop en een arm om haar heen sloeg, gaf ze zich heel gemakkelijk over. Bijna leek ze vergeten waar ze voor kwam. De vrijpartij verliep als in een roes.

'Nog een drupje?' vroeg Jan, nadat hij met een gesmoorde zucht in haar was klaargekomen.

'Of een toetje?' piepte ze als een klein meisje.

'Hoe zou ik jouw toetje nou kunnen weerstaan?' zei hij schalks toen hij even later met twee lepels en de tiramisu binnenkwam.

Helen lachte zenuwachtig. Langzaam kwam ze overeind. Er moet nu niets misgaan, dacht ze. De drank en de joint hadden haar bedwelmd. Ze ritste haar jurk dicht en stak haar losse haar bij elkaar.

'Ik haal even een glas water,' zei ze. 'Als je het niet erg vindt, dan hou ik het voorlopig hierbij.' Ze hief haar glas met cognac naar hem. 'Maar laat alsjeblieft iets voor me over.' Liefkozend aaide ze over zijn kalende kop. 'Ik weet nu wat een schrokop je bent,' fluisterde ze.

'Wat je wil.'

Gulzig stak hij zijn lepel in de bruine substantie om een flinke hap te nemen. Terug uit de keuken, nam ze gespannen plaats op de bank. Ze rilde. Haar zenuwen hielden haar scherp. Het gaat goed, zei ze in zichzelf.

'Het is dat Nin er nu is, maar je blijft een lekker wijf. Doe je het nog steeds?' vroeg hij met volle mond.

'Wat?'

'Je weet wel. Dat.' Hij likte de slagroom van zijn mond en wees tussen haar benen.

'Nee, het is over. Ik ben in therapie geweest.'

'Wat? Jij?'

'Vind je dat zo gek?' Geprikkeld keek ze hem aan. Met een flinke slok cognac spoelde hij een stuk taart weg. De gouden vloeistof draaide in zijn glas. Zijn ogen staarden afwezig in het vuur. 'Weet je dat ik het heel lang zielig heb gevonden?' sprak hij oprecht en uitgeblust.

'O ja?'

'Ja. Ik mag dan een lomperik zijn, die zelfkastijdingen van jou... die gingen me veel te ver.'

'Is dat zo? Ik dacht dat het je opwond. Had je niet die jongen er ooit naar laten kijken?'

Hij schudde zijn hoofd en begon te lachen. 'Dat was goed voor hem, daar kon-ie wat van leren!' zei hij terwijl hij nog een hap nam.

Helen zag de bruine substantie gestaag minder worden. Haar hart begon sneller te slaan. Ze kende de uitwerking niet. Ze had een vermoeden. Met een schuine blik keek hij haar aan. Alsof hij haar gedachten kon lezen, hield hij haar opeens een volle lepel voor. 'Hier, neem wat,' zei hij.

Kalm schudde ze haar hoofd. 'Nog niet,' zei ze. Haar stem trilde.

'Zelf weten,' zei hij en hij likte de lepel af. Hij was veel te zat om ook maar een spatje wantrouwen te voelen.

'Haal de fles nog eens, wil je?' Hij wees in de richting van de keuken. 'Onze laatste avond...' gromde hij, en hij sloot zijn ogen.

Helen stond op, alles draaide. Ondanks haar voornemen niet te veel te drinken, had ze behoorlijk wat op. Ook had ze lang niet gerookt. Nu niet gaan kotsen, dacht ze. Hou vol.

'Ik ga eerst even naar de wc. Dan kom ik zo met de fles, oké?'

Jan antwoordde niet. Glimlachend neuriede hij een melodie.

In de wc tuurde Helen naar haar doorgelopen oogschaduw. Ze liet zich op de bril vallen. Suizebollend gaf ze zich over aan de draaimolen waarin ze dacht rond te tollen. Ik moet me goed houden, diep ademhalen, zei ze in zichzelf. Ze voelde zich rampzalig; als hij niet doodging, wilde ze zelf dood.

Ze draaide de kraan boven de wastafel open en liet het koude water net zo lang over haar polsen stromen totdat haar handen van rood naar paars verkleurden.

Hoe lang ze daar zat, wist ze niet. Net toen ze besloot naar de keuken te lopen, klonk er een ijselijke kreet uit de woonkamer. Jan gilde haar naam.

Zijn stem klonk zo angstaanjagend schel dat ze zich niet durfde te bewegen. Minutenlang hield ze zich vast aan de muur.

Tot drie keer toe schreeuwde hij haar naam, smekend, krijsend. Zijn stem sneed dwars door haar ziel. De doodskreet van een stervende. Ze was bang dat het nooit zou stoppen. Ze wachtte net zo lang totdat het stil werd. Doodstil.

Angstig schuifelde ze door de gang. Bevend liet ze zich halverwege op een stoel vallen. Zacht begon ze te snikken. Verdoofd en misselijk dwong ze zichzelf door te gaan.

Stap voor stap schoof ze in de richting van de woonkamer. In de deur kwam geen beweging. Iets zwaars leek hem te blokkeren. Met de laatste kracht die ze in zich had, duwde ze hem open. Daar lag Jan. Rond zijn mond zat braaksel. Een mix van cacao, vlees en tomaat lag als een fraai uitgewerkt patroon over zijn witte overhemd. Zijn bloeddoorlopen ogen puilden uit hun kassen. Zijn rechterhand lag samengebald tegen zijn borst. Alsof hij op het laatste moment nog naar iets had willen grijpen. Iets wat hem had moeten behoeden voordat hij zijn laatste adem uitblies.

Helen keek neer op het levenloze lichaam van de man die een groot deel van haar leven had verziekt. Een vreemde sensatie stroomde door haar lichaam. Misschien paste het woord 'verlossing' wel het best bij dat gevoel, dacht ze later.

Als een geroutineerde moordenaar wiste ze alle sporen. Toen ze helemaal zeker was dat er niets meer restte, belde ze 112.

De dienstdoende arts had haar meewarig aangekeken. Er was niet veel fantasie voor nodig om te veronderstellen dat de twee een dolle avond hadden gehad. 'Hartstilstand,' was zijn conclusie.

# Woensdag

## — I —

Hoewel de stemming in huize Klooster nog ietwat bedrukt was, had Klaartje vrijwel alles en iedereen weer in het gelid. De kinderen speelden in de tuin, Simon lag nog in diepe slaap en zelf had ze zich achter de laptop verschanst.

Ze nam haar lijst van genodigden door. Alsof ze de dagelijkse lijst met patiënten bekeek, klikte ze aan wie ze had gehad. Sommige namen stonden er twee keer op. Meer vrouwen dan mannen op Simons feestje, dacht ze, toen ze zag wie er overbleven. Simon omringde zich nou eenmaal graag met vrouwen. Als het aan hem lag werd de wereld door vrouwen bestuurd.

Net als gisteren, toen hij alles aan haar overliet. Na thuiskomst hadden ze het gesprek over de dood van hun geliefde viervoeter voortgezet. Wat haar betrof gingen ze zo snel mogelijk weer over tot de orde van de dag. Dit keer zaten ze hier niet alleen voor de vakantie. Ook de verjaardag van Simon moest gevierd. Dat Jip juist nu zijn laatste adem had uitgeblazen, was heel erg treurig, maar honden gingen nou eenmaal dood, net als mensen. Hij had een heerlijk leven gehad. Ze zouden hem op een mooie plek begraven. De kinderen konden hem daar gaan opzoeken wanneer ze maar wilden. En daarmee was wat haar betrof de kous af. Simon had geknikt en 'prima, meisje' geroepen, te dronken om nog tegen te sputteren.

Vastberaden had ze iedereen de keuken uit gestuurd. 'Meiden, gaan jullie maar buiten spelen, en ga jij een tukje doen, Simon,' had ze gezegd. Moeders gaat koken.

Simon was daarna met geen mogelijkheid meer wakker te porren. Ze had hem gelaten en samen met de meiden voor de tv spaghetti gegeten. Uitgeteld waren ze niet veel later in hun bedjes beland.

Tijdens het voorlezen had ze geprobeerd iets meer over de buurvrouw aan de weet te komen. Maar het enige wat ze er wijzer van werd, was dat Helen van planten hield. Niet bepaald iets om zich zorgen over te maken, had ze gedacht, en daarna had ze haar schatten welterusten gekust.

De lijst met namen slonk. Zo goed als iedereen was uitgenodigd. Een aantal had meteen gereageerd. Men vond het een geweldig idee om het op een eiland te vieren. Het zou een drukke boel worden. Wilde ze geen problemen krijgen, dan zou ze contact met die Helen moeten zoeken. Ze besloot zich iets minder bloeddorstig op te stellen. Ze was nooit jaloers geweest, waarom nu dan wel?

Het was de manier waarop Simon over die vrouw sprak. Zijn ogen gingen net zo glanzen als vroeger, toen ze nog verliefd waren.

Tja, dacht ze, sinds de kinderen er waren, stond de romantiek op een laag pitje. En als ze eerlijk was, dan was haar libido de laatste tijd gezakt tot nul. Veelal omdat ze het overdag te druk had gehad om 's avonds nog zin in seks te hebben. Liever kroop ze gezellig tegen Simon aan. Een beetje knuffelen en een filmpje kijken volstond ook, wat haar betrof. Vaak viel ze na vijf minuten al in slaap. Voor hem was dat de dood in de pot. Als ze dan wel vreeën, en zij er helemaal voor ging, dan was het goed. Dan vond ze het ook lekker. Je moet me een beetje opwarmen, had ze wel eens tegen hem gezegd.

Mannen van rond de vijftig zitten vaak in hun midlifecrisis. Straks krijg ik nog het nakijken, dacht ze, blijf ik alleen achter met de meiden. Tegelijkertijd wist ze dat ze er weinig aan kon veranderen. Sterker nog, soms vroeg ze zich af of ze hem eigenlijk wel nodig had. Of ze het alleen met de meiden ook niet prima zou redden.

Simon was een lieve sukkel. Rommelig en verstrooid. Hij rookte en dronk te veel naar haar zin, en als hij niet zijn dagelijkse verplichte blokje om had met Jip, dan werd hij een pafferige vetzak.

Nu ze aan Jip dacht, viel haar blik op de lege hondenmand. De wollen plaid, overwoekerd door zwart-witte haren, hing nog net zo over de rand als gisterochtend. In de afgeknaagde bal die ernaast lag, stonden zijn vlijmscherpe tanden. Stille getuigen die Klaartje raakten. Een traan biggelde over haar wang.

Hij moest weg. Nog voordat Simon en de kinderen de mand zouden zien, moest ze iets doen. Snel zocht ze naar een vuilniszak in de keukenla en wikkelde hem om de mand. Ook de bal verdween in het grijze plastic. Net als de etensbakjes, hondensnoepjes, nepkluif, brokken en blikvoer. Met een verhit hoofd – alsof haar leven ervan afhing – smeet Klaartje alles wat maar aan Jip deed denken in de vuilniszak. Weg ermee.

Ze sleepte de zak met zich mee, tot vlak voor de voordeur, daar scheurde het ding onder zijn gewicht. Met veel kabaal kletterde de hele santenkraam tegen de stenen vloer. Vloekend veegde ze alles bij elkaar. Net toen ze een nieuwe zak wilde pakken, hoorde ze Simon de slaapkamerdeur openen.

'Gaat het een beetje daarbeneden?' riep hij over de balustrade.

'Jawel, ik ben de spullen van Jip aan het opruimen,' riep ze terug. Ze probeerde haar stem zo neutraal en luchtig mogelijk te laten klinken. Maar haar hart begon als een gek te bonzen. Alsof er een tijdbom om haar nek hing, die ieder moment kon ontploffen, kreeg ze opeens het vreemde idee dat ze zich niet alleen van de spullen van Jip ontdeed, maar ook van haar huwelijk.

Ze zag zichzelf opeens alle spullen van Simon in een zak smijten. Zijn sigaren, doorrookte sweaters, vuile overhemden, sokken, slingerende boxershorts en lege whiskyflessen. Net als de tientallen reclamefolders, kranten en tijdschriften, die, tot haar grote wanhoop, allemaal door hem werden bewaard.

'Moet dat nu?' riep hij.

'Het is al goed, ik loop even naar buiten, zet jij koffie?'

Weer haar kalme, neutrale stem. Zoals altijd. Regelen en overzicht houden, ze was er zo goed in. Controlfreak, zoals Simon haar vaak noemde. Iedereen benijdde haar, ze was er zo goed in. Jips spullen, die nu over twee zakken verdeeld waren, tilde ze op. Ze opende de voordeur. Haar tranen liet ze stromen. Geen mens die het zag.

— 2 —

'Ga je niet een beetje te ver met je hobby?' Ruud hield de deur van zijn praktijk voor Tinus open. Zijn slaperige gezicht stond naar chagrijn. Achter de verkleinende brillenglazen namen zijn speldenprikogen de boswachter minzaam op. Het was zijn vrije ochtend, en het laatste waar hij zin in had was Tinus.

Als enige dierenarts van het dorp runde hij deze praktijk. In de zomermaanden lag de grootste piek. Dan bestond zijn clientèle voornamelijk uit toeristen. Zieke katten en honden, maar ook konijnen, hamsters, ja, zelfs slangen werden bij hem langs gebracht. Wat mensen niet allemaal meenamen op hun vakantie.

Het was een latertje geworden gisteren. Na een lange werkdag – een kalf wilde niet komen – had hij iets te diep in het glaasje gekeken. Toen vanochtend vroeg de telefoon ging, pakte hij hem automatisch op. Meteen had hij er spijt van toen hij hoorde wie er belde. Met een fikse koppijn stond hij op. Die idioot wilde met hem praten over een dooie hond.

Tinus volgde Ruud naar zijn spreekkamer. Het viel hem voor het eerst op dat zijn lichaamslengte niet boven die van hem uit kwam. Hij zag er vreemd uit. Over zijn donkere stekeltjeshaar lag een glimmende laag vet. En met zijn bleke, ongeschoren kop leek hij eerder op een mijnwerker die te lang onder de grond had gezeten dan op een betrouwbare dierenarts.

Ook de Japanse kimono met de bijpassende teenslippertjes zou je niet bij een man met zijn professie verwachten. Als bij de eerste de beste B-acteur uit een samoeraifilm wapperde het ding om hem heen. Tinus moest in zichzelf lachen.

'Koffie?' vroeg Ruud. Hij slofte naar het koffiezetapparaat. De stoom uit het waterreservoir plofte tegen het glas. Zonder op antwoord te wachten, pakte hij twee mokken van de plank en schonk er de hete koffie in.

'Als het niet te veel moeite is?' Tinus pakte een stoel. 'Is het goed als ik hier ga zitten?' vroeg hij.

'Ga je gang,' antwoordde Ruud nasaal, alsof hij leed aan een zware verkoudheid. Zuchtend nam hij plaats achter zijn bureau. Zijn oogjes tuurden afwezig langs Tinus, die een flinke slok van de sterke koffie nam en zich zenuwachtig afvroeg hoe te beginnen. Het hete vocht gleed pijnlijk langs zijn slokdarm en maakte hem in één keer klaarwakker.

Hij was hier om spijkers met koppen te slaan. Over een paar uur begon zijn rondleiding. In de ochtend diersporen volgen en in de middag met de gps op pad. Geen tijd te verliezen dus.

'Vind je het goed als ik ons gesprek opneem?' vroeg hij terwijl hij een kleine taperecorder voor Ruud neerzette. Die keek even op. Hij schonk hem een minzaam lachje.

'Ga je gang. Als jij denkt dat dat nodig is,' mompelde hij en hij haalde zijn schouders op.

'Het gaat om een grijs met zwarte hond die jij gisteren hebt nagekeken. Kun je mij de precieze doodsoorzaak noemen?' Tinus schoof het opneemapparaatje zo dicht mogelijk naar Ruud. Gespannen keek hij hem aan.

'Je bedoelt die cocker van gisterochtend?'

'Had je er dan nog meer?'

'Man, je wil niet weten wat hier allemaal binnenkomt in het hoogseizoen.' Ruud slaakte een diepe zucht. Hij was het gesprek al meer dan zat.

'Oké. Het was nog vroeg,' ging Tinus verder. 'Misschien tegen een uur of acht, halfnegen hooguit. Misschien iets later?'

'Ja, hij is hier.' Ruud wees op de deur achter hem. Tinus keek naar de deur. Praktisch de hele deur werd ingenomen door een poster met een hond en kat erop. WIJ ZIJN VLOVRIJ! stond er onder hen te lezen. De twee waren niet alleen fotogeniek, ze waren blijkbaar ook vanwege hun haarkleur bij elkaar gezocht. Beide hadden een goudglanzende vacht.

'Wat had-ie?' vroeg Tinus opnieuw.

'Hartstilstand, mogelijk voorafgegaan door een TIA.'

'Enig idee waardoor dat kwam?'

'Kan van alles zijn op zo'n leeftijd.'
'Zoals?'
'Verkeerde voeding, vetzucht, diabetes...'
'Verkeerde voeding?'
'Ja, natuurlijk, mensen geven zo'n dier alles.'
'Wat dan?'
'Dat weet ik niet. Daarvoor was hij al te ver heen, maar wat gaat jou dat aan?'
'Hoe was-ie dan?'
'Zo goed als bewusteloos. Lage hartslag. Lage bloeddruk. Nog een kop?' Ruud stond op en liep naar het koffieapparaat.
'Nee bedankt. Ik vraag me af... kan het zijn dat de hond vergiftigd is?' vroeg Tinus. Met gespannen aandacht keek hij naar de rug van Ruud. Het zonlicht dat naar binnen viel verlichtte de kimono. Hierdoor werden de patronen in de glanzende stof zichtbaar. Donkerrode bloemen lagen verstopt onder grijze bladeren.

Tinus was gisteravond op het idee gekomen. Hij had de puzzelstukjes naast elkaar gelegd. De vrouw die hem had ingehuurd wilde dat hij zou bewijzen dat Helen in staat was tot moord. Ze had tegen Tinus gezegd dat ze Helen verdacht van vergiftiging. Wie niet sterk is moet slim zijn, had ze gezegd. De enige manier om een beer als Jan uit de weg te ruimen, was gif.
Toen hij haar vroeg waarom ze er niet mee naar de politie was gegaan, had ze geantwoord dat niemand haar geloofde. Net als bij de dood van Helens broer, was er ook nu onvoldoende bewijs. Sinds gisteren was er opeens een dode hond. Hij wist niet waarom, maar een dode hond in de buurt van Helen was sowieso verdacht.

'Gif?' Ruud draaide zich om. Hij keek verbaasd. 'Hoe kom je daarbij?'

'Zou het kunnen?'
'Tuurlijk.'
'Kun je dat alsnog onderzoeken?'
'Tuurlijk. Ik zie alleen niet wat het zou uitmaken. De hond is dood, klaar. Die eigenaren komen hem vandaag of morgen ophalen om hem aan de overkant te begraven of te cremeren. Ze zullen niet blij zijn als ik er nog een kleine operatie tegenaan gooi en ze daar een gepeperde rekening voor stuur. Zeker niet als ik ze vertel dat het in opdracht is van de boswachter, die toevallig in zijn vrije tijd privédetective is.'
'Ook niet als ik de rekening betaal?' probeerde Tinus nog.
Met een ruk trok Ruud aan de ceintuur van zijn kimono. Hij keek op zijn horloge en drukte daarna de knop van de taperecorder in. Zwijgend overhandigde hij het ding aan Tinus. Met veel kabaal opende hij de deur. Hij sloeg zijn armen over elkaar en wachtte op het vertrek van zijn bezoek.
'Tinus, kerel, je bent getikt,' zei hij, toen Tinus hem afwachtend bleef aankijken. 'Je mag dan denken dat je James Bond bent, ik weiger daaraan mee te doen! Doe je werk als boswachter en zoek een vrouw. Misschien dat je dan nog net tijd overhoudt om af en toe een spannend boek te lezen. Maar bemoei je niet met mijn zaken!'
'Oké, jij je zin. Maar als je weet dat dit met de dood van Jan Bredius te maken heeft, kom je er misschien nog op terug.'
Zonder op te kijken pakte Tinus zijn spullen bij elkaar. Het was zijn laatste troef.
Hij kende de geruchten die over het eiland gingen. Ruud zou ooit model hebben gestaan voor Jan. Men zei zelfs dat Ruud warme gevoelens voor mannen koesterde. Ja, er werd door sommigen beweerd dat hij en Jan... Maar daar geloofde Tinus niets van.
'Jan Bredius?' vroeg Ruud. Nerveus friemelde hij opnieuw aan zijn ceintuur. Met een schop trapte hij de opengezwaaide

deur weer dicht. 'Wat is er volgens jou dan met Jan gebeurd?'
  Tinus probeerde zo onschuldig mogelijk te kijken. Zijn tas hield hij stijf tegen zich aan gedrukt. Ik heb beet, dacht hij en inwendig deed hij snel een schietgebedje; laat het lukken, smeekte hij naar boven.
  'Nou?' vroeg Ruud opnieuw, alweer leek hij zijn geduld te verliezen.
  'Ik denk dat Helen hem heeft vergiftigd,' flapte Tinus eruit.
  Zenuwachtig zocht hij naar de blik van de dierenarts, die nu ontsteld naar de grond stond te staren. Er gebeurde niets. Wat nu, dacht Tinus. Misschien is het beter als ik verdwijn. Zijn laatste woorden hadden bij Ruud iets geraakt. Geruisloos maakte Tinus zich uit de voeten. Plotseling legde Ruud een hand op zijn schouder. 'Dat verandert de zaak,' sprak hij, en hij duwde Tinus in de richting van de deur met de poster.

— 3 —

Vanuit haar ooghoek zag ze dat er iemand naar haar keek. Ze piekerde er niet over zich om te draaien, niet nu. Niet met dit bejankte gezicht, dacht ze. Ze zou net zo lang boven de vuilcontainer hangen als nodig was. Rot op, wie je ook bent, zei ze in zichzelf. En met geweld stampte ze de zak aan. Dat ging lastig, de container puilde uit. De zware klep die de bak moest afsluiten was halverwege op de hondenmand blijven hangen. Alsof het ding haar nog een weg terug bood. Doe het niet, leek de metalen mond te zeggen; voor je het weet wordt de herinnering aan een elfjarig hondenleven in één verwoestende klap vermorzeld.
  'Lukt het?' vroeg een vrouwenstem achter haar.

Klaartje deed alsof ze het niet hoorde. Ze wilde geen hulp. Ze kon het gemakkelijk alleen af. Altijd al. Haar hele leven had ze zelf beslissingen genomen en keuzes gemaakt. Nooit had ze ergens spijt van gehad. Waarom zou ze dan nu, bij zoiets eenvoudigs als het dumpen van een vuilniszak, hulp nodig hebben?

'Hij wordt vandaag geleegd, altijd op woensdag,' ging de stem verder.

Ga weg, wilde Klaartje gillen.

Zou het die vrouw van de verhuurder zijn, vroeg ze zich af. En alsof dat er iets toe deed, werd ze zich opeens pijnlijk bewust van haar houding. De persoon die tegen haar sprak had een fraaie kijk op haar kont.

Ze was zo in haar ondergoed de deur uit gelopen. Hoe genadeloos zouden haar witte kuiten niet afsteken tegen de paarse lijnen op haar bovenbenen? Gesprongen adertjes van de laatste bevalling. Als ze ze niet zou laten weglaseren, zouden ze haar altijd aan Jaimi blijven herinneren.

Deze houding hield ze bovendien niet lang meer vol. Ze mocht dan lang genoeg zijn om de klep open te houden, haar arm begon te tintelen. Nog even en hij zou gaan slapen. Ga weg, dacht ze opnieuw, anders sterft mijn arm af.

Maar de persoon achter haar deed geen enkele moeite om op te stappen.

Toen de zak dan ook uit Klaartjes handen gleed, gaf haar dat een akelig gevoel van verlichting. Ze wilde het niet en toch kon ze niet anders. Alsof ze al die tijd iemand had vastgehouden boven een afgrond. Hoe ze ook haar best deed om niet los te laten, uiteindelijk kon de catastrofale val niet uitblijven.

Een lafaard was ze, en tegelijk was ze blij dat ze het bloed weer door haar aderen voelde stromen. Meteen bukte ze zich om de tweede zak te pakken. Snel keek ze opzij.

Een tengere vrouw met pluizig haar volgde haar handelingen. Ze had geen afval bij zich. Het enige wat ze in haar hand hield was een verrekijker. Waarom staat ze hier, ging het door Klaartje heen, en nogmaals opende ze de klep. Weer verdween een zak met hondenvoer en speeltjes door de metalen mond. Misschien had ik dit moeten scheiden en bij het biologische afval moeten dumpen, ging het nu door haar heen. Zou dat mens daarom hier staan? Controleert ze me? Bullshit. Ik betaal genoeg voor dit weekje hier! Ik hoef me niet te verantwoorden voor wat ik weggooi, kom op, zeg.

'Zo, dat was dat,' sprak ze hardop.

Ze klopte haar handen af en draaide zich om. Vriendelijk knikte ze naar de vrouw die stond te kijken. Zonder iets te zeggen wilde ze haar passeren, tot ze zich opeens realiseerde dat dit Helen moest zijn.

Alles klopte met de beschrijving die Simon en de kinderen van haar hadden gegeven.

'Hallo! U bent onze buurvrouw?' vroeg ze zogenaamd belangstellend.

'Klopt.' Helen stak haar hand uit en stelde zich bij haar voornaam voor.

'Klaartje Klooster,' zei Klaartje, en toen ze sprak, voelde ze de zon pijnlijk op haar zoute wangen prikken. 'Ik heb veel goeds over u gehoord,' zei ze.

'O ja?' Helen nam haar met een meewarige blik op.

'Nou ja... dat u mijn man en kinderen het eiland hebt laten zien bijvoorbeeld...' Ze wachtte even. Ze had helemaal geen trek in dit gesprek. Ze probeerde zichzelf moed in te praten. Ik moet me over mijn antipathie heen zetten, dacht ze. Simon mocht dit mens, de kinderen waren op haar gesteld en straks met het feest zouden ze haar goodwill nodig hebben. Laat ik dus niet al te sarcastisch doen, nam ze zich voor. Ze was benieuwd of het mens iets zou vragen over Jip. Ze wist tenslotte dat hij dood was. En als ze Simon mocht geloven – en waarom zou ze dat niet? – dan wilde deze vrouw vanmiddag, als zij met Jip op pad waren, hun dochters opvangen.

'Het was geen moeite. Ik heb er zelf erg van genoten, het zijn schatten van kinderen. Ze brengen het oma-gevoel in me naar boven.' Helen lachte haar charmante lach.

'U heeft zelf geen kleinkinderen?'

'Geen kinderen, dus ook geen kleinkinderen,' zei Helen en ze haalde even haar schouders op, waarmee ze het deed voorkomen alsof ze zich had neergelegd bij iets wat ze al lang geleden verwerkt had.

'Gaan jullie Jip nog begraven?' vervolgde ze op betrokken toon. Haar gezicht stond ernstig.

Jip, ze noemt hem Jip, dacht Klaartje. Zou ze in die paar dagen net zo op Jip gesteld zijn geraakt als wij in al die jaren? Hield ze zoveel van honden dat ze zich meteen door hun eigen dove kwartel had laten inpakken? Jip was nou niet bepaald een allemansvriend, zijn gedrag was eerder neurotisch en eigenzinnig. Blijkbaar heeft hij een gevoelige snaar bij deze vrouw geraakt, dacht ze. Misschien heeft ze zelf vroeger honden gehad. Dat idee deed haar goed. Ze vertrouwde haar dan niet helemaal in de buurt van haar man, dat ze hun hond bij zijn naam noemde, pleitte voor haar.

'Ja, vermoedelijk vanmiddag al. De kinderen doen eerst nog mee aan een speurtocht. Iets bij Staatsbosbeheer of zo. Mijn man heeft het geregeld. Ik begreep dat u ze eventueel daarna, als wij nog niet terug zijn...'

'Uiteraard!' riep Helen spontaan. Ze klapte in haar handen om haar woorden kracht bij te zetten.

'Het is al warm,' zei Klaartje. 'Vindt u het goed als we u straks bellen?' De zon brandde pijnlijk op haar schouders en benen. Haar gezicht trok en de zoete geur van rottend afval maakte haar licht in het hoofd.

'Maar natuurlijk,' sprak Helen. 'Ik was juist op weg voor

mijn dagelijkse wandeling.' Ze wees in de richting van de Boslaan. 'Ik heb alle tijd van de wereld. Als jullie me nodig hebben, dan hoor ik het wel.' Met grote stappen vervolgde ze haar weg. Merkwaardige vrouw, dacht Klaartje, waarbij ze het gevoel kreeg dat de vrouw zich anders voordeed dan ze was.

— 4 —

Het hok dat dienstdeed als wc rook naar lysol, chloor en andere schoonmaakmiddelen. Een bril was er niet. Trillend en kotsend hing Tinus boven de witte closetpot.

Op het moment dat Ruud de buik van de dode hond had opengesneden en zijn maaginhoud eruit wipte, werd het Tinus te veel. Zijn eigen maag wilde er ook uit.

Hij had nooit een sterke maag gehad. Als kind al was hij snel misselijk. Geen grote eter en zeer kieskeurig, noemde zijn moeder hem. Later begreep hij dat de kookkunst van zijn moeder daar geen geringe rol in had gespeeld. Te vet en te gaar, maar vooral smaakloos, waren de zogenaamd gezonde Hollandse prakjes.

'Ben jij nou een privédetective? Als je nu al tegen de vlakte gaat, hoe moet het dan bij een echt lijk?' zei Ruud schamper.

Alsof dit geen echt lijk is, dacht Tinus. Maar hij begreep de opmerking. Ruud had gelijk. Nu hij zo beroerd en rillend over deze koude pot hing, vroeg hij zich af of het beroep van een detective wel bij hem paste. Uit de kamer naast hem klonk het geluid van instrumenten. Bibberend omarmde hij het witte porselein. Hij wist niet of er nog wat kwam. De tegels onder zijn knieën voelden steenkoud. En als het buiten niet zo bloedheet was, zou hij denken dat hij veel te dun gekleed was.

Ruud klopte op de deur. 'Gaat het een beetje?' vroeg hij. Zijn stem klonk korzelig.

'Jawel,' mompelde Tinus. Hij schaamde zich. Snel stond hij op. Te snel. Een nieuwe golf gal diende zich aan. Zijn lijf schokte, zijn maag trok samen en de volgende gele smurrie joeg naar buiten.

'Doe kalm aan,' zei Ruud achter de deur. 'Ik loop even naar boven. Ik ben zo terug.'

Niet veel later wankelde Tinus lijkwit uit de wc. Voorzichtig, alsof zijn laatste uur geslagen had, nam hij plaats op de stoel tegenover het bureau. De hond en de kat op de poster leken hem opeens deemoedig aan te kijken. Hun betrokken blik deed hem goed. Misschien wordt het tijd om een hond te nemen, dacht hij. Hij had het al vaker overwogen, maar met zijn werk was het moeilijk te combineren. Misschien was een kat dan toch een betere optie. Hij hield niet zo van katten. Helen had ook een kat.

Opeens moest hij aan haar denken. Het doel van zijn bezoek hier was Helen. Hoe kon hij zich zo laten gaan? Ruud had beslist gelijk, als detective was hij geen knip voor de neus waard. 'Kom op, jongen, verman je een beetje,' sprak hij tegen zichzelf toen hij Ruud hoorde aankomen.

'Zo, ben je weer een beetje de oude?' vroeg Ruud. Hij droeg zijn werkkleding. De kimono was verwisseld voor een witte doktersjas. Zijn smalle teenslippertjes hadden plaatsgemaakt voor een paar stevige veterschoenen. Hij zag eruit zoals iedereen hem kende.

'Ja, het zal aan de koffie gelegen hebben, ik drink hem nooit zwart,' verontschuldigde Tinus zich.

'Had dat dan gezegd, man. Wil je een glas water?'

Tinus wilde graag een glas water. Hij wilde dat de zure smaak die zich aan zijn tanden had vastgekleefd en hem in zijn neusgaten de adem benam, voorgoed zou verdwijnen. Hij wilde zijn mond spoelen, zijn neus snuiten en een nat washandje tegen zijn voorhoofd voelen. Hij wilde een arm om zich heen. En hij wilde een lieve stem horen die zachtjes tegen hem zei: 'Het is goed, jongen, mama is bij je.'

'Nee bedankt, ik wil zo weg. De tijd dringt, ik moet naar kantoor. Heb je al wat kunnen ontdekken?'

'Nee, natuurlijk niet, wat denk jij? Ik ben geen patholoog. Het enige wat ik voorlopig kan doen is de maaginhoud opsturen naar een bevriende arts in Utrecht. Hij zal dan een nader onderzoek verrichten. Wil je dat ik het bekendmaak bij de eigenaars?'

'O, nee, beslist niet!' zei Tinus resoluut. Hij stond weer met beide benen op de grond. 'Ik wil niet dat ze argwaan krijgen.'

Ruud keek hem met een vals lachje aan. Tinus liet zich niet vermurwen.

'Als het waar is wat ik vermoed, dan moet Helen geen argwaan krijgen. Het zou mijn onderzoek kunnen schaden.'

'Al goed,' sprak Ruud. Hij zag dat het Tinus bittere ernst was. Voordat hij verderging zette hij zijn bril op zijn voorhoofd. Hij kneep zijn kippige oogjes samen. 'Maar we zullen dan wel moeten voorkomen dat ze de hond laten cremeren,' zei hij. 'Willen ze dat doen, dan zal ik toch echt moeten vertellen wat er aan de hand is. Als er een uitgebreider onderzoek nodig is, moeten ze hem kunnen opgraven.'

'Hm, ja. Daar heb ik niet aan gedacht,' zei Tinus. 'Maar ik heb begrepen dat ze hem gaan begraven. Hoelang duurt zo'n onderzoek eigenlijk?'

Ruud schoof zijn bril terug. 'Het is je echt menens, hè? Ik moet zeggen, ze is niet mijn vriendin...' Hij kuchte even, zoekend naar de juiste woorden. 'Maar, gaat dit niet wat ver? Waarom zou ze Jan vermoord hebben?'

'Ik kan het niet uitleggen,' zei Tinus. 'Nog niet. Ik heb een theorie en een paar aanwijzingen. Ik ben ingehuurd door een vrouw die haar naam niet wilde noemen. Ik vermoed dat het de laatste vriendin van Jan is.'

'Die koelkast?' Ruuds ogen lichtten op en hij begon vals te schateren. 'Is die niet gewoon paranoïde?' Woest draaide hij zich om en liep naar zijn bureau. 'Goed, nu moet ik dit zo snel mogelijk afhandelen. Oké?'

Zonder op te kijken ging hij verder. 'Mijn vriend weet ervan, ook van de haast die je hebt. Je weet dat het een peperduur onderzoek wordt?'

Tinus fronste zijn wenkbrauwen. Hij dacht na, hij wilde niet dat Ruud het laatste woord kreeg. Overtuigd als hij was van zijn gelijk.

'Nee, maar dat maakt niet uit. De vrouw voor wie ik werk is bereid om er veel geld aan te spenderen.' Diep in zijn hart hoopte hij dat het waar was wat hij zei.

## – 5 –

Toen Klaartje door de schuifdeur de woonkamer binnenkwam, trof ze Simon en de kinderen op de bank voor de tv. Jaimi duimend en Melissa krullendraaiend. Niemand hoorde haar binnenkomen. De film nam alle aandacht voor de rest van de wereld weg. Klaartje herkende een van de Harry Potter-films die ze hun cadeau had gedaan voor de vakantie.

'Is het spannend?' vroeg ze.

Er kwam geen antwoord.

'Welk deel kijken jullie?'

'Sst,' siste Jaimi. Kribbig draaide ze zich om naar de rustverstoorder.

Klaartje liep naar de bank en ging achter Simon staan. Liefkozend woelde ze door zijn krullen. 'Hm lekker,' mompelde hij schor. In afwachting van meer legde hij zijn hoofd achterover, sloot zijn ogen en tuitte zijn lippen.

'Stil nou!' riep Jaimi opnieuw. Boos ging ze verzitten. Haar korte beentjes trok ze driftig naar zich toe.

'Hoelang gaat dit nog duren?' fluisterde Klaartje in Simons oor.

Maar zijn aandacht was alweer terug bij de film. Geboeid keek hij naar een wilde achtervolging op bezemstelen. Klaartje liet hem los en liep naar de keuken. Ze pakte een boterham, smeerde er jam van het eiland op, schonk een glas melk in, en vertrok ermee naar buiten.

Het lijkt wel alsof ze Jip compleet vergeten zijn, dacht ze, terwijl ze de tuinstoel zo zette dat de zon er niet op scheen. Ze was gisteren behoorlijk verbrand. Haar ledematen gloeiden. Ze was hier nog maar twee dagen en het leken wel twee weken. Het was het eilandgevoel.

'Je kunt er niet vanaf,' zei ze altijd tegen haar medewerkers, als die vroegen waar dat eilandgevoel dan wel precies uit bestond. Je kon er natuurlijk wel vanaf – hoewel beperkt en tot een bepaalde tijd – maar het eiland gaf haar altijd een gevoel van veiligheid.

Omringd door water voelde ze zich één met de eilanders. Hier kreeg ze het gevoel dat de wereld deugde. Hier werd alles overzichtelijk. De mensen waren aardig en goed. Men liet zijn voordeur gewoon open en je fiets hoefde niet op slot. Kom daar maar eens om in de grote stad.

Het vooruitzicht om hun vrienden hier vrijdag te ontvangen, deed haar goed. Zo kon iedereen zien hoe het was op de plek waar ze altijd zo positief over waren. Zelfs de dood van Jip kreeg hier iets wonderlijks, alsof die ouwe reus er bewust voor gekozen had om juist hier te sterven.

Wie weet, als het zo goed blijft gaan met mijn praktijk,

kunnen we hier een vakantiehuisje kopen, mijmerde ze. Ze had het nog niet aan Simon verteld, maar ze had een paar huisjes op het oog. Ze lagen net iets buiten het dorp, vlak bij zee. In gedachten was ze de kamers al aan het inrichten. Veel blauw en wit, met vrolijke kleden op de withouten vloer. De kamers van de meiden in zachtgeel of roze, met gebloemde gordijnen en gestreepte dekbedden. In de tuin kwam een hangmat en ook was er een waranda. Daar zaten ze dan 's avonds, Simon en zij, luisterend naar het geluid van de zee in de verte...

Ze schrok op uit haar gedagdroom toen Simon hoestend en proestend het terras op liep.

'Zo,' sprak hij streng. 'Harry heeft het overleefd. Maar wat doen we nu met Jip?'

Klaartje keek op haar horloge. Het liep al tegen twaalven. Simon wreef over zijn blote borst. Wat moest ze tegen hem zeggen? Ineens dacht ze weer aan haar vreemde gesprek bij de vuilstortplaats. Aan de spullen van Jip die daar nu voorgoed waren achtergebleven. Was ze niet te impulsief geweest? Had ze niet een klein speeltje moeten bewaren? Wat als de meisjes er straks naar vroegen?

'Tja, zullen we eerst de kinderen bij de speurtocht afzetten en dan doorrijden en Jip ophalen, of wil je eerst met Helen bellen?' antwoordde ze snel. En hiermee probeerde ze haar schuldgevoel te verdringen.

## – 6 –

Helen had haar Land Rover vlak bij de boswachterij geparkeerd. Verscholen onder de bomen viel de auto nauwelijks op. Het was het enige schaduwrijke plekje dat ze had kunnen vinden. Ze nam een teug uit haar waterfles en waaide zichzelf koelte toe met een van de informatiefolders van het eiland.

Alle activiteiten die erin stonden waren haar vreemd. Ze bekeek de foto's van de voor haar overbekende plekjes. De kwelders, de bossen, de polder in bloei, het rietland, de duinen en de zee erachter.

Iedere dag vertrokken hiervandaan weer nieuwe groepen. Kinderen gewapend met pen en papier doorkruisten het gebied. Slaafs liepen ze achter de boswachter aan. Zo'n mannetje in een groen pak met een verrekijker om zijn nek. Menig keer waren ze haar gepasseerd. De stumpers. Elke spontane opmerking uit de groep werd door hem in de kiem gesmoord. Alles werd geduid of verklaard. Op naar de meeuwenkolonie of de zeehondenopvang. Ze las over 'het blotevoetenpad', waar kinderen het verschil konden voelen tussen glad en stroef of hard en zacht. Waar ze op hun blote voeten over dennenappels konden lopen. En alsof deze verschrikking nog niet genoeg was, gingen ze barrevoets terug over het schelpenpad. 'Prikkel je zintuigen!' stond erbij.

Ze had beloofd iets met die krengen te zullen doen. Ze leek wel gek, maar het moest. Alles in het kader van haar genezing. Alles draaide al dagen om die stem en de daarbij horende herinnering. De bittere herinnering die haar in bezit had genomen.

Ze had getracht het te negeren, er niet aan toe te geven. Maar aangezien de druk in haar hoofd niet meer wilde stoppen, zat er maar één ding op: doorgaan.

Vannacht had ze al beter geslapen. De hond was dood. Het geblaf voorbij.

Dit keer was het die vrouw die belde. Ze was nog maar net terug van haar dagelijkse wandeling, toen de telefoon ging. Ook zij deed haar best, voelde Helen. Ze mochten elkaar niet.

Zoals je dat soms kon hebben met vrouwen die elkaar van begin af aan niet konden uitstaan.

Vanmiddag zouden ze die hond gaan begraven. De kinderen wilden niet mee. Liever gingen ze op speurtocht. Of zij ze daarna wilde oppikken. De stem van de vrouw had aarzelend en afwachtend geklonken. Alsof ze zich ieder moment toch nog kon bedenken.

Uiteraard had Helen gedacht: je hebt het bij het juiste eind. Ik ben de boze heks. Ik lok jouw Hans en Grietje naar mijn snoephuisje, om ze daarna...

Ze had de vrouw gerustgesteld. Een lieve stem opgezet. Neem de tijd, maak je geen zorgen, ik zorg voor jullie kleintjes. Graag zelfs, had ze gezegd.

De verstikkende hitte snoerde haar in als een te krap korset. Hoewel ze zich nauwelijks bewoog, was haar katoenen rok ter hoogte van haar billen doorweekt. Net als haar linnen bloes. De ruwe stof zat aan haar tepels vastgeplakt.

Ze was nerveus. Straks zouden ze hier aankomen. Ze kon nog terugrijden. Doen alsof het niet waar was, dat de stemmen in haar hoofd er niet waren. Dat het 'echte erge' nooit bestaan had. Dat ze geen wraak hoefde te nemen. Dan zou er niemand doodgaan.

Haar tweestrijd werd wreed onderbroken toen iemand op de achterruit tikte. Verstijfd van schrik keek ze in haar spiegel. Achter het raam tekende zich het hoofd van Tinus af.

Wat moet die lul, dacht ze. En meteen realiseerde ze zich dat hij bij het zien van haar zich hetzelfde kon afvragen. Ze begaf zich hier in het hol van de leeuw.

'Ben je verdwaald?' riep hij, terwijl hij om de auto de struiken in liep.

'Ha, jij ook hier?' probeerde ze zo laconiek mogelijk te zeggen.

'Dat kan ik beter aan jou vragen. Niets voor jou om je hier te laten zien,' vervolgde hij. Argwanend keek hij haar aan. Een zelfverzekerde grijns lag rond zijn lippen. Hij liep naar de motorkap en sloeg op het reservewiel.
Sodemieter op, dacht Helen.
'Sinds wanneer ben ik aan jou verantwoording verschuldigd?' snauwde ze uit het raampje. Waar blijven die krengen, dacht ze. Zenuwachtig keek ze om zich heen.
'Ik moet zeggen dat ik blij ben dat ik je hier tref,' ging Tinus kalm verder. 'Laatst ben ik nog bij je aan de deur geweest. Maar op de een of andere manier lopen we elkaar steeds mis. Ik heb namelijk iets van je...'
Nog heviger begon Helen te transpireren. Haar hersens werkten snel, ze wist wat hij ging zeggen, hij had het over de ontvreemde brieven. Ze moest een weerwoord klaar hebben. In de eerste plaats had hij niets bij haar te zoeken. Maar wat als hij over Femke begon? Net nu ze hier op die kinderen stond te wachten. Of als hij haar meisjesnaam weer ter sprake bracht? Dit was niet het moment om moeilijke vragen te beantwoorden. Ze moest van hem af zien te komen, maar hoe?
'Ik denk dat ik weet waar je het over hebt,' sprak ze zo rustig mogelijk voor zich uit. Hij was nu vlak voor haar portier gaan staan. Zijn handen leunden tegen het dak. Ze voelde zich gevangen, maar ze liet niets blijken. 'Ik zou je kunnen aangeven voor diefstal,' zei ze koel.
Hij leek even van zijn stuk. Verschrikt liet hij het dak los en deed een stap achteruit. Met samengeknepen ogen nam hij haar op. 'Ik kon niet anders,' zei hij kort.
'Hoezo, je kon niet anders?' Helen voelde hoe de woede die ze al die jaren bij deze man had gehad, het kookpunt bereikte. Waar had die idioot het over? In een flits greep haar hand naar de zaklamp in het dashboardkastje. Driftig gooide ze de deur

open. Door de onverwachte beweging raakte Tinus uit balans en struikelde.

'Ik ga bewijzen dat je Jan vermoord hebt!' gooide hij eruit, terwijl hij zich staande probeerde te houden. Hij voelde zijn gekneusde ribben opspelen. Zijn hiel raakte pijnlijk een stuk van een boomstam.

Zijn woorden raakten Helen als giftige pijlen. Briesend stond ze voor hem. Ze hief haar hand, en met alle kracht die ze in zich had, zwiepte ze de zaklamp door de lucht. Tinus dook in elkaar, zijn handen beschermend voor zijn hoofd. Net voordat het ding zijn hersenpan zou raken, klonk er opeens een heldere kinderstem: 'Hé kijk, Melis, hier is de buurvrouw!'

## − 7 −

Vanaf het moment dat ze het eiland achter zich hadden gelaten, hadden ze niet meer tegen elkaar gepraat. Simon had Jip bij de dierenarts opgehaald en achter in de auto gelegd. Klaartje wilde hem liever niet meer zien, en achteraf hoefde dat ook niet; Jip was keurig verpakt.

In een grote doos stond hij klaar voor transport. Als een pakketje van TNT Post kon hij zo het graf in worden bezorgd. Er zat nog net geen strik omheen, dacht Klaartje.

Ze voelde zich nog steeds schuldig. Ze had niet verteld dat ze al zijn spullen had weggegooid. Ze hoopte maar dat Simon er niet naar zou vragen.

De airco in de auto stond op extra koud, te koud, vond Klaartje, maar ze wilde zich niet inspannen om er iets aan te doen. In plaats daarvan sloeg ze haar vestje dichter om zich heen. Simon keek strak op de weg, de auto reed op de cruisecontrol, zijn handen lagen losjes om het stuur. Miles Davis schetterde door de auto. Zachtjes floot hij *My Funny Valentine* mee.

Ontspannen strekte ze haar benen. Laat ik me even helemaal overgeven aan deze rit en niet te veel piekeren, dacht ze. Na dat vreemde gesprek met die vrouw – ze wist niet waarom, maar ze kon haar naam niet goed over haar lippen krijgen – was zij degene geweest die haar had gebeld. Simon had zich weer eens achter zijn façade van verstrooide, kuchende vader verstopt.

Hoewel ze de vrouw als een wonderlijk fenomeen ervoer – ook hier had ze geen verklaring voor – was ze overstag gegaan. De vrouw had haar gerustgesteld. 'Je kunt je dochters rustig laten gaan,' had ze gezegd. Bovendien waren de kinderen zo uitgelaten over het vooruitzicht weer met die ouwe brik mee te gaan, dat ze weinig anders kon doen dan instemmen. Melissa nam haar mobieltje mee. Ze konden contact houden. En ach, wat zou er tenslotte kunnen gebeuren?

Meteen nadat ze de boot op waren gereden had Klaartje een sms'je gestuurd. 'Hi! Alles goed daar? Leuke speurtocht gehad?' Het antwoord bleef uit. Natuurlijk, dacht ze. Wat had ze anders kunnen verwachten? Ze waren amper weg. Waarschijnlijk liepen die schatten nu te kijken naar pootafdrukken in het zand. Geef ze een kans zonder ouders te genieten, zei ze in zichzelf. Ze kon het anders zo goed: loslaten.

Zodra ze 's ochtends de praktijk binnenstapte en haar patiënten zag zitten, was thuis ver weg. En vaak misschien wel eerder, zodra ze in haar auto stapte en naar Amsterdam reed.

Zouden andere moeders dat ook hebben, vroeg ze zich af. Zou ik meer tijd aan mijn gezin moeten besteden? Maar meteen wist ze dat ze nooit zonder haar werk kon. De enige troostende gedachte die ze wist te bedenken, was dat ze hiermee het goede voorbeeld gaf aan haar dochters. Hoewel de meeste ambitie bij hen nu uitging naar een leven als model, zag zij ze liever voor een studie geneeskunde gaan.

Simon vond alles best. Als ze maar gelukkig waren, was zijn mening. Ze kende de blik in zijn ogen wanneer hij van zijn dochters genoot.

Het moet met de dood van Jip te maken hebben, dacht ze. Waarom zou ik anders ineens zo bezorgd zijn? Ga maar na, maalde ze door, wat als er iets met de kinderen gebeurt? Daar moest ze niet aan denken.

Ze keek uit het raampje. Het groen van de weilanden flitste voorbij. Ze draaide haar hoofd naar Simon. Zijn zonnebril besloeg praktisch zijn hele gezicht. Hij was zo in gedachten verzonken dat hij geen oog voor haar had.

'Rij je niet te hard?' vroeg ze opeens. Haar stem versmolt met de schelle trompetklanken. Hij hoorde haar niet. Ze legde haar hand op zijn arm. Ze voelde de zachte haartjes op zijn huid. Ze voelden als dons. Mijn zachte donsman, dacht ze vertederd.

Hij keek haar aan. 'We zijn er bijna,' riep hij en hij wees op de TomTom. Zonder op het apparaat te kijken, knikte ze naar hem. Weer tuurde ze uit het zijraam.

De dorpjes aan de horizon sidderden onder de kokendhete zon. Koeien hingen dorstig boven sloten. Omringd door eigentijdse windmolens, hoorden ze al eeuwen thuis in hun typische 'Hollands Landschap'.

Als Simon en haar iets overkwam, werden de meisjes wezen. Wie zou er voor ze zorgen? Het was nooit een issue geweest. Iemand uit de familie, vrienden...

'Bij de volgende afslag snelweg verlaten. Dan links afslaan,' zei de mechanische stem van het navigatiesysteem. Klaartje zocht haar mobiel. Snel tikte ze nog een berichtje in: 'We zijn er bijna. Hou jullie op de hoogte. Kus. Mama.'

De mensen bij het uitvaartcentrum waren alleraardigst. Aan alle wensen werd gehoor gegeven. Een eenvoudige begrafenis zou het worden. Geen opbaring in de aula, wel een kist, maar geen steen. Deze organisatie was volgens de folders de beste. Accuraat en doortastend. Het graf zou al gedolven zijn als ze aankwamen.

Bij aankomst werd Jip meteen overgebracht naar een ruimte waar hij in een kistje werd gelegd. Als ze wilden mochten ze erbij zijn. Maar Klaartje wilde niet, en toen zei Simon dat hij dan wel bij zijn vrouw bleef wachten.

De wachtkamer was koel en ruim. Praktisch de hele ruimte werd ingenomen door een grote, witte formicatafel met dito stoelen. Uit het plafond kwam nietszeggende muziek. Terwijl Simon koffie uit een automaat haalde, nam Klaartje plaats aan tafel.

Haar oog viel op een paar stemmige abstracte natuurfoto's aan de muur. Als je goed keek, kon je er delen van bomen of planten in herkennen. Naast de koffiemachine stond een laag boekenkastje met folders. Erboven hing een afbeelding van een mobiele telefoon met een rode streep erdoor. Vlug pakte ze haar telefoontje. Voordat ze hem uitdrukte keek ze bij *Inkomende berichten*, nog steeds niets. Toen Simon zijn iPhone tevoorschijn haalde, stootte ze hem aan en wees hem op de afbeelding boven de kast. Hij knikte, sloeg een arm om haar heen en trok haar tegen zich aan. 'Het is goed,' fluisterde hij in haar oor.

Niet veel later droegen ze Jip naar zijn laatste rustplaats. Omringd door de geur van floxen en kamperfoelie, liepen ze achter de man van de begraafplaats. In de schaduw van een stokoude kastanjeboom lag een stukje omgewoelde grond op Jip te wachten. Een mooiere dag om begraven te worden, kon je niet hebben.

Op veel graven lagen plastic bloemen. Sommige hadden een

steen. Al of niet in de vorm van een dier, hing er aan de meeste een portret van de overledene in zijn of haar gloriedagen.

'Voor Sis, de liefste teckel van de wereld' of 'Vaarwel lieve Lady' en 'Bedankt vriend!' lazen ze in het voorbijgaan. Maar ook gewoon 'Bo', 'Pim', 'Djeena' of 'Bas', uitgehakt in steen.

De man die meeliep, droeg een spade. Hij vertelde hoe ze de kist in het gat moesten plaatsen. Daarna konden ze er wat aarde overheen strooien. Hij zou het wel verder afmaken, zoals hij het noemde, en verdween discreet achter de kastanje, waar hij een sigaretje opstak.

Toen de kurkdroge aarde uit Simons hand op de kist plofte, zocht Klaartje naar zijn hand. 'Wil je een zakdoek?' vroeg ze toen de tranen onder zijn zonnebril vandaan kwamen. Hand in hand staarden ze naar het donkere gat waarin hun viervoeter voorgoed zou blijven.

'Dag Jip. Slaap zacht, jongen,' verbrak ze opnieuw de stilte. Simon snoot zijn neus en gaf haar een kus. De kus smaakte zout.

'Zullen we dan maar gaan?' vroeg hij.

Ze knikte. Zonder op de man achter de boom te letten, draaiden ze zich om. Hand in hand wandelden ze via een ander pad terug. Lang geleden dat we zo gewandeld hebben, dacht Klaartje. Tegenwoordig waren er altijd de kinderen. Het grindpad knarste, de zon brandde en vlinders fladderden om hun hoofd. Ze miste haar meiden.

Bij de ingang van het gebouw werden ze meteen opgevangen door een jonge vrouw. Ze vroeg hun nog even mee te lopen. Er moesten formulieren worden ingevuld. De vrouw droeg een paarse zomerjurk met grijze streepjes. Haar armen en gezicht zaten vol met sproeten.

'Neemt u plaats,' zei ze, en ze wees op een paar stoeltjes voor haar bureau.

'We willen van u weten of u akkoord gaat met een automatische incasso voor de jaarlijkse grafkosten?'

'Uiteraard,' antwoordde Simon en hij gaf haar zijn bankrekeningnummer.

'Dat is dan geregeld,' zei de vrouw, en ze pakte de papieren bij elkaar. 'Had u nog vragen?'

Simon keek naar Klaartje. 'Nee. Jij?' vroeg hij.

'Ik ook niet.'

'Prima dan.' De vrouw stond op en stopte de dossiermap van Jip in een la.

'Ja, treurig hoor. Was er niets meer aan te doen? Het was een fikse jaap in zijn buik,' zei ze opeens. 'Hoe oud is hij ook al weer geworden?'

Zowel Simon als Klaartje staarde verbaasd naar de vrouw.

'Een jaap?' vroeg Klaartje als eerste. Simon keek op zijn beurt de vrouw vragend aan. Wat bedoelt dat mens, dacht hij. Jip was helemaal gaaf. Hoe kon ze dan over een jaap in zijn buik spreken?

– 8 –

'We willen pannenkoeken,' zei de jongste met een vastberaden blik in haar ogen.

'Hebben jullie dan al honger?' vroeg Helen. Toen ze de kinderstemmen achter zich hoorde, verborg ze snel de zaklamp achter haar lichaam.

Tinus volgde het schouwspel. Belangstellend keek hij naar de meisjes. Wat komen die doen, dacht hij. Waar zijn hun ouders? En zo verbaasd als hij was over de komst van de kinderen, zo verbouwereerd was hij over de houding van Helen.

Van het ene op het andere moment had ze zich als een blad aan een boom weten om te draaien.

De kleinste keek nu naar haar oudere zus, die er maar een beetje bij stond. Verlegen haalde die haar schouders op. 'Kweenie,' zei ze. Helen keek op haar horloge.

'Weet je wat?' zei ze. 'Zullen we over een uurtje neerstrijken bij Martha? Dan kunnen we daar mooi de zon in de zee zien zakken.' Vanuit haar ooghoek zag ze de verbazing op Tinus' gezicht groeien. 'Hoe was jullie speurtocht eigenlijk?' ging ze verder.

'Zo, dus jullie gaan bij Martha eten,' mengde Tinus zich nu in het gesprek. 'Waar zijn jullie ouders dan?'

'Rot op!' siste Helen tegen hem. Vliegensvlug draaide ze zich om. Dreigend liep ze op hem af. Haar ogen vernauwden zich. 'Ik ben niet bang voor jou, als je dat soms denkt.' Toen haar hoofd bijna het zijne raakte gromde ze: 'Ik vind je een smerig onderkruipsel.' De zaklamp drukte ze hard tegen zijn kin. 'Die brieven die je gejat hebt, daar kun je niets mee! Ik wil ze terug! Doe je dat niet, dan geef ik je aan wegens diefstal.' Het metaal van de lamp raakte nu zijn adamsappel. Hij slikte.

Ze meende het. Hij kende die ogen met die vreemde blik. Deze vrouw is tot alles in staat, dacht hij. Laat ik de kat niet verder op het spek binden, zeker niet met die kinderen erbij. Bovendien had ze gelijk. Hij had nog geen bewijzen, alleen maar theorieën. En zonder huiszoekingsbevel was hij juridisch kansloos.

'Al goed hoor, jij je zin.' Hij probeerde zijn stem zo luchtig mogelijk te laten klinken. Vriendelijk knikte hij naar de meisjes, die nieuwsgierig naar hen stonden te kijken.

'Maar zo gemakkelijk kom je niet van me af. Ik weet je te vinden!' snauwde hij in haar richting. Daarna droop hij af.

'Hebben jullie ruzie?' vroeg Jaimi.

'Nee hoor. Ik hou gewoon niet zo van boswachters. Jullie wel?' zei Helen, blij dat ze eindelijk van hem was verlost. Ze gaf de kinderen een knipoog. Hiermee was het verbond tussen de drie gesmeed. De meisjes moesten giechelen.

'Wij hadden vanmiddag een heel andere boswachter,' zei Melissa. 'Ik vond hem nogal raar doen, jij niet, Jaim?'

'Ja, hij snoof steeds,' zei ze tegen Helen. 'Als een neushoorn. Zo...' Ze maakte een wilde beweging met haar hoofd in een poging hem te imiteren. Overdreven snuivend haalde ze haar neus op. Haar zusje begon te stikken van het lachen. Hikkend en proestend vertelden ze Helen dat ze de geur van de zee moesten opsnuiven. Helen begreep er niets van. Stelletje aanstellers, dacht ze. Zouden ze wel weten hoe een neushoorn eruitziet?

'Oké, wat gaan we doen?' vroeg ze geprikkeld, toen de twee niet konden stoppen met giebelen. Ze opende het portier van de auto. 'Willen jullie voorin zitten, of in de achterbak?'

'Ik zit liever voorin. Ik heb mijn voet bezeerd,' klaagde Melissa. Met een pijnlijk gezicht wees ze op haar enkel, waar een knots van een rode pleister op zat.

Zowel Helen als Jaimi was niet in haar zere voet geïnteresseerd. Jaimi sprong op haar korte beentjes behendig achterin. En toen Helen plaatsnam achter het stuur, kroop Melissa schuchter naast haar.

Haar helblauwe schoudertasje hield ze dicht tegen zich aan gedrukt. Verlegen lachte ze naar Helen, wat haar in verwarring bracht. Toen ze het dak verder openschoof, en het zonlicht over de beugel van het kind viel, moest ze opeens aan Femke denken. Vlug startte ze de auto.

'Wat dachten jullie van een ritje door de duinen?' riep ze boven het geraas van de motor uit. 'Wie weet zien we wel duinkruiskruid staan. Weten jullie wat dat is?'

Er kwam geen antwoord, in gedachten verzonken keken de twee uit hun raampjes.

'Dat is een zeer giftige plant. Hij is zo giftig dat hij zelfs een paard kan doden. Nou, wat vinden jullie daarvan?' Samenzweerderig boog ze zich over Melissa. Geschrokken sloeg het kind haar ogen op naar Helen. Jaimi kroop dichterbij, opeens een en al oor.

Opnieuw raakte Helen in verwarring, weer was er die geur. Diezelfde geur als de eerste keer dat ze met haar meereden. Die geur van jeugdige onschuld. En weer moest ze aan Femke denken.

'Als jullie beloven het niet verder te vertellen, zullen we dan vandaag op zoek gaan naar giftige planten?' fluisterde ze, nadat ze zich had hersteld.

'Cool!' gilde Jaimi achter haar. Zelfs Melissa, die van spanning haar adem had ingehouden, durfde te lachen. Haar wangen gloeiden. Haar ogen straalden.

'Oké! *Let's go then!*' riep Helen. En onder veel kabaal en geschud reden ze de smalle duinweg af.

## – 9 –

'Sorry, maar hier klopt iets niet. Onze hond mankeerde niets!' Woedend schoof Simon zijn stoel naar achteren. 'Dat wil zeggen... ik bedoel, hij kon onmogelijk een snee in zijn buik hebben.' Getergd keek hij in de richting van Klaartje.

'Denkt u dat onze hond verwisseld is?' vroeg Klaartje en ze gebaarde naar Simon dat hij zich gedeisd moest houden. Verwachtingsvol keek ze naar de vrouw in de paarse zomerjurk.

Die baalde. Niet in de eerste plaats van de opvliegende reac-

tie van Simon – zoiets overkwam haar bijna dagelijks, mensen konden behoorlijk onredelijk worden over de dood van hun trouwe makkertje, afscheid nemen ging nou eenmaal met emoties gepaard, wist ze – maar meer van haar eigen woorden.
Wat heb ik nu weer aangericht, dacht ze. Had ik maar niks gezegd. Hij was begraven; wat niet weet, wat niet deert. Haar agenda was vol voor vandaag. Nu zou er een heel circus op gang komen. Ze keek naar de twee, het liefst had ze haar tong afgebeten.
'Ik weet het niet. Dat lijkt me sterk,' zei ze. 'Heeft u hem dan niet meer bij de dierenarts gezien vanochtend?'
Simon keek naar Klaartje. Ze zag bleek. Ze staarde naar haar gevouwen handen die in haar schoot lagen. Goddomme, dacht hij.
'Eh... nou ja...' Simon ging weer zitten, hij kuchte even.
'We wilden hem liever niet meer zien,' zei Klaartje plotseling zonder op te kijken. 'We hadden al eerder afscheid van hem genomen.'
'Ik begrijp het.' De vrouw sloeg het dossier dat ze weer uit de la had gepakt open.
'Het gaat dus om een cockerspaniël,' las ze heel neutraal voor. 'Het zou wel heel erg toevallig zijn als er net zo'n hond als de uwe dezelfde dag is doodgegaan. Zoveel honden zijn er niet op het eiland, dus...'
Weer voelde ze dat ze de verkeerde woorden koos. Ze wist niet of het aan deze mensen lag of aan het warme weer, maar kennelijk had ze haar dag niet.
'Wilt u zekerheid?' vroeg ze. Terwijl ze wel kon raden wat het antwoord zou zijn, wierp ze een blik in haar agenda. Ze zuchtte hoorbaar.
'Uiteraard!' sprak Simon grommend, en opnieuw probeerde hij de aandacht van Klaartje te krijgen. 'Jij niet dan?' vroeg hij.

Klaartje zweeg. Ze was in gedachten verzonken. Wat een gedoe, dacht ze. Waarom was dit nu juist hun overkomen? Net nu ze op vakantie waren. Eindelijk hadden ze een paar dagen vrij om de verjaardag van Simon te vieren, en dan gaat Jippie dood. Ze moest nog zoveel voorbereiden. Ze had nog maar één dag. Zaterdag moesten ze alweer inpakken en terug naar huis rijden. Dan zat alles er al weer op. Waar begon ze aan? Ze wilde helemaal niets meer. Gewoon nog twee dagen van elkaar genieten, wat lezen en zonnen. Ze kon de hele boel afzeggen en volgend jaar misschien opnieuw een poging doen, zoiets. Iedereen zou het begrijpen. Jip was dood, dan heb je geen zin in een feestje.

Iedereen zou het begrijpen, behalve de kinderen, wist ze. De meiden. Al weken waren ze in de weer voor Simon. Ja, ze hadden zelfs een playbackshow met liedjes en muziek voor hem in elkaar gezet.

'Klaartje?' vroeg Simon.

'Ja, wat?'

'Wat wil jij?'

'Hm?'

'Jip?'

'Wat is er met Jip?' vroeg ze afwezig.

'Als we helemaal zeker willen weten of we Jip daar begraven hebben, en niet een andere hond, dan zullen we hem weer moeten opgraven.'

'O jee.' Ontsteld keek ze naar Simon. 'Kan dat dan?' vroeg ze aan de vrouw in de paarse jurk.

'Jawel,' zei de vrouw. Ze had zin om het hierbij te laten. Het beste kon ze de dierenarts bellen en hem om een bevestiging vragen. Maar toen ze naar de twee voor haar keek, voelde ze dat ook dat geen zin zou hebben. Ik heb het zelf verpest, dacht ze. 'Het komt sporadisch voor, en zoals ik al tegen uw man zei: het lijkt me hoogst onwaarschijnlijk, maar het is wel eens eerder gebeurd. Ik kan me heel goed voorstellen dat u hierover duidelijkheid wilt. Vooral nu u hier nog bent.' Ze keek op haar horloge, bladerde door haar agenda en pakte de telefoon.

'Ik roep even een collega... als u even wacht.' Ze wees naar de wachtkamer. 'Dan brengt hij zo de kist. We roepen u als hij klaarstaat. Er is koffie of thee.'

Schoorvoetend liepen Klaartje en Simon terug naar de wachtkamer. Ze wisten hoe belabberd de automaatkoffie smaakte. Thee zal wel niet veel beter smaken, dacht Simon. Hij verlangde naar een koud biertje.

'Ik denk dat ik even naar buiten ga. Een sigaartje roken,' zei hij toen ze door de gang naar de wachtkamer liepen. Klaartje knikte. Ze zag nog steeds bleek. Voordat ze de deur naar de wachtkamer opende, kuste hij haar vluchtig op haar mond. 'Ik zie je zo,' zei hij, en hij verdween meteen naar buiten.

Een ouder echtpaar zat in de wachtkamer. Een afgekloven bal lag voor hen op tafel. Klaartje kreeg een déjà vu. Ze rilde. Ik had vanochtend nooit alles moeten weggooien, dacht ze spijtig.

Beleefd groette ze het echtpaar. De nietszeggende muziek bood nu geweldig veel uitkomst, hoefde ze tenminste geen gesprek aan te gaan. Gedachteloos liep ze naar de kast met folders en pakte er een uit het rek. Ze dacht aan de kinderen, en vroeg zich af wat ze op dit moment aan het doen waren. Ze wilde niet weer sms'en. 'Loslaten,' zei ze voor de zoveelste keer tegen zichzelf. Straks, als dit achter de rug is, komt het goed. Maar een vreemd gevoel in haar onderbuik zei iets heel anders.

Simon was op een van de bankjes aan de rand van het kerkhof neergestreken. De aangename koelte van de airco had plaatsgemaakt voor de klamme warmte van de buitenlucht.

Hij scrolde door zijn mailbox. Zes nieuwe berichten. Twee

afzeggingen van oud-vriendjes voor zijn feestje, drie zakelijke mailtjes en één mailtje van een zeker Bureau Brandsma met als onderwerp 'Helen Bredius'. Het laatste opende hij als eerste.

Het was een kort tekstje. De man vroeg of hij morgen even bij hem langs wilde komen. Uw vrouw hoeft niet mee, stond er heel expliciet bij. Daaronder zijn naam, adres en telefoonnummer.

Vreemd, dacht Simon. Wat wil hij van mij? Zou hij terugkomen op de aanrijding? Hij noemt Helens naam als onderwerp, maar niet één keer wordt ze in de mail genoemd. Wat wil hij toch van haar? Had hij niet gezegd dat hij privédetective was? Simon kreeg de indruk dat die kerel haar niet bepaald mocht. Waar ging dat gesprek laatst op het strand ook al weer over? Ging het niet over de dood van haar man? Over geld? Hij trok aan zijn sigaartje. Zou het met overspel te maken hebben, vroeg hij zich af. Daar werden privédetectives toch voor ingehuurd?

Hoe zou het gegaan zijn als ik wat minder gezinsman was geworden, vroeg hij zich af. Als ik nog in de stad had gewerkt. Zou ik dan niet meer in de verleiding zijn gekomen? Niet dat hij Klaar bewust zou bedriegen, natuurlijk niet. Maar hij wist hoe uitdagend het kon zijn; de hele dag die dwarrelende, geile chicks om je heen. Probeer daar maar eens als gezonde man weerstand aan te bieden. Een paar oud-collega's van hem was dat niet gelukt.

Een paar keer buiten de deur wippen en daarna veel gedoe. Relatie kapot, twee hypotheken ophoesten, gesleep met de kinderen. Bakken met geld kostte het.

Hij zag ze ploeteren, zijn oude maatjes. Afgetobd en uitgeblust gingen ze weer met evenzoveel frisse moed hun pik achterna. Grijze lullen op hun bakfiets vol jong grut, scheurend door de stad. Hij moest er niet aan denken.

Zou die kerel daarmee bezig zijn? Het moest wel om een centenkwestie gaan. Laat ik hem even googelen, dacht Simon. Meteen nadat hij de naam Bredius had ingetikt kwam er een stroom aan hits voorbij. BLARICUMSE KUNSTENAAR OVERLEDEN, stond er boven een van de artikelen. Het was een oud bericht. *De kunstenaar heeft helaas maar kort van zijn succes mogen genieten*, stond eronder. En daarna kwam er een opsomming van doeken en prijzen, was er een link naar een galerie en werd er zonder veel omhaal gesuggereerd dat Jan zichzelf had dood gedronken. *Aan een wild leven zonder scrupules is veel te vroeg een einde gekomen...*

'Simon?' Klaartjes heldere stem verbrak plotsklaps de stilte. Geschrokken drukte Simon zijn beeld weg. Hij voelde zich betrapt. Wat had ze gezien?

'Ja schat?'

'Zou het nog lang gaan duren?' vroeg ze. 'Heb je gezien hoe laat het is? We moeten wel de laatste pont zien te halen!' Nerveus likte ze langs haar mond. 'We redden het makkelijk,' probeerde hij haar gerust te stellen. Hij keek op zijn horloge. 'We hebben nog ruim tweeënhalf uur voordat de laatste pont gaat. Richting het noorden staan nooit files. Het komt goed. Heus!'

Hij stond op, streek door zijn haar en trok haar naar zich toe. 'Maar ik ben met je eens dat we hier nu lang genoeg hebben zitten wachten. Ik heb een vreselijke dorst, jij ook?'

Ze knikte.

'Kom op, we zullen die dame eens even aan de tand voelen. Het is mooi geweest.'

Gewillig liet ze zich meevoeren. Haar hoofd bonkte, haar maag knorde, en gelukkig was haar keel uitgedroogd, anders was ze gaan gillen.

De vrouw opende de deur. 'U kunt hem nu zien,' zei ze gehaast. 'Wilt u misschien eerst nog iets fris drinken?'

'Graag,' zei Simon kort.

In de kamer was het schemerig. Grijze vitrages hingen voor half geblindeerde ramen. In het midden stond een hoge tafel met een kist erop. Toen ze dichterbij kwamen, zagen ze meteen de kale plek op Jips buik. Zijn haar was voor een groot deel weggeschoren. Het roze, bleke vlees was slordig aan elkaar genaaid. Opgedroogd bloed stak donker af tegen zijn lichte buik. Het verstijfde hondenlijf was dusdanig toegetakeld dat het leek alsof een slager zich op hem had uitgeleefd.

'Mijn god, wat is dit?' vroeg Klaartje. Ze sloeg haar hand voor haar mond.

'Is dit uw hond?' vroeg de vrouw zakelijk. Maar de verbijsterde blikken in de ogen van haar bezoek zeiden haar genoeg.

'Blijkbaar is er autopsie op hem gepleegd. Wist u dat niet?' ging ze verder, en haar stem klonk nu geïrriteerd.

Zonder Simon en Klaartje de kans te geven te reageren, belde ze iemand op. Een man kwam binnen en liep naar de tafel. Hij pakte de deksel en legde hem op de kist, schroefde hem vast en zette hem op een trolley. Niet veel later werd Jip voor de tweede maal op één dag begraven.

— 10 —

Als twee uitgelaten jonge honden, renden de kinderen voor Helen uit. Terwijl ze de auto afsloot zag ze tot haar grote schrik hoe laat het was. Ze waren stukken later bij Martha dan ze had gepland. De zon was onder, het parkeerterrein leeg.

Ondanks de frisse tegenzin in het begin, werd het uiteindelijk een heel ontspannen middag. Haar verhalen over planten hadden de kinderen geprikkeld. Praktisch het hele duingebied en de kwelders werden afgespeurd naar het onderwerp van gesprek.

'Kennen jullie liefdeskruid?' had ze gevraagd. Toen de oudste begon te blozen, gilde de jongste: 'Vertel, vertel!'

En Helen vertelde. Over rozenolie, viooltjeszalf en lavendeldrank. Over kruiden die een gebroken hart konden genezen.

'Wat je aan de buitenkant ziet, is niet wat het lijkt. Hoe mooier, hoe valser,' zei ze terwijl de kinderen doorliepen en voor een paar onschuldig lijkende gele bloempjes stopten.

'Gaaf,' zei de jongste en ze begon te plukken.

Zo,' had Helen gezegd, 'dit is nou duinkruiskruid!' Er kwam geen reactie. 'Ook wel jakobskruid genoemd,' ging ze verder. 'Omdat de rupsen van de sint-jakobsvlinder – die overigens ook heel mooi geel met zwart gestreept is – de planten soms helemaal kaalvreten. Maar wat veel belangrijker is: weten jullie het nog?'

Ze wisten het nog. 'Zeer giftig, Helen!'

'Goed zo meisjes,' had ze als een oude schooljuf gemompeld. 'Dat is nog eens wat anders dan kleertjes kopen voor de barbie, nietwaar?'

Ongevoelig voor haar scherpe cynisme, hoorden ze haar helemaal uit. En vreemd genoeg deed dat haar goed. Zo vergat ze de tijd.

Vele namen van het eiland kwamen voorbij: dolkruid voor wolfsmelk. Farrekesfergift voor nachtschade en het zandblauwtje dat hier kerremesblom heette. 'Omdat hij alleen bloeit tijdens de kermis,' zei ze. Weer had de jongste het 'vet' en 'cool' gevonden. Terwijl de oudste vroeg waar de kermis was.

Uitgeput en met verhitte gezichten hadden ze hun tocht beëindigd in de hut. Achteraf gezien niet slim, dacht ze nu. Toen ze vroeg of ze ieder een herbarium wilden, bleken die onnozele ganzen het woord 'herbarium' niet eens te kennen. Wel wisten ze haar alles over Facebook, twitteren, Hyves en de nieuwste games te vertellen. Nu was Helen degene die steeds haar hoofd ontkennend schudde. Nee, dat kende ze niet.

En toen opeens gebeurde het. Even was ze afgeleid. Ze was de oudste aan het helpen met het schikken van haar planten zonder op het jongere, brutale zusje te letten. Plotseling riep dat kleine kreng: 'Handen omhoog, of ik schiet!'

Ze had het jachtgeweer gevonden. Vervaarlijk zwaaide ze het wapen in het rond. Nauwelijks in staat om het ding goed vast te houden, laat staan om de gevolgen te overzien, dacht ze dat het een stuk speelgoed was.

Woedend rukte Helen het wapen uit haar hand. Geschrokken deinsde het mormel achteruit. Haar zus liet van schrik de planten vallen. Ineens was die aardige oude schooljuf veranderd in een woedend wijf. Dat zal ze leren, dacht Helen. En meteen liet ze ze plechtig beloven nooit, maar dan ook nooit, hierover iets aan hun ouders te vertellen. Ook dat hoorde bij hun geheim.

'We komen pannenkoeken eten,' riep Helen naar een verbaasde Martha, aan wier gezicht was af te lezen dat ze er steeds minder van begreep. 'Breng de kaart maar vast, we hebben honger!'

Helen was doodop. Haar voeten brandden en vlak boven haar ogen was de kloppende hoofdpijn terug. Het incident met het geweer zat haar nog steeds dwars. Ze was in haar onnozelheid veel te ver gegaan. Ze had ze nooit moeten meenemen naar de hut. Het kwam door dat oudste kind. Die riep iets eigenaardigs bij haar op waardoor ze van slag raakte.

Nog maar net zaten ze aan het tafeltje, of de telefoon in haar blauwe tasje rinkelde. Meteen begon ze honderduit te praten. Zo te horen tegen haar moeder. Het kleintje gilde er van alles tussendoor.

Opeens keek de oudste Helen ernstig aan. 'Het is mama,' zei ze. 'Er is iets gebeurd...'

'Wat dan?' Helen voelde hoe een vreemde kou bezit nam van haar lijf toen ze in de grote kinderogen keek.

'Ze hebben de laatste boot gemist,' zei Melissa.

# Donderdag

## – 1 –

In tegenstelling tot Simon had Klaartje de hele nacht geen oog dichtgedaan. Terwijl Simon in het smalle bed naast haar onder een oorverdovend lawaai lag te snurken, wentelde zij zich van de ene op de andere zij. Om de paar minuten keek ze zenuwachtig op de klok van haar mobiel. Als bij een haperende zandloper waarvan het gat verstopt zat, kroop de tijd voorbij. Pas tegen vijf uur, toen de nacht plaatsmaakte voor de dag, nam een rusteloze slaap het over.

Vlak voor Baarn was het begonnen, misschien al wel eerder, rond Amersfoort. De rode lampen van de remlichten voor hen betekenden niet veel goeds. File. De TomTom bevestigde nog eens hun vermoeden. Binnen no time waren de wegen rondom de hoofdstad een knalrood spinnenweb geworden.
Om de boel te omzeilen restte er maar één oplossing: de

polder. Via de Afsluitdijk zouden ze nog op tijd zijn voor de pont.

Onder druk van Klaartje zette Simon alles op alles. Hem maakte het niet zoveel uit. Waarom zouden ze er niet een leuke avond zonder kinderen van maken? De kinderen zaten daar goed. Ze hadden een betrouwbare oppas. Zeker na het laatste telefoongesprek met zijn oudste dochter kon hij zich niet aan de indruk onttrekken dat de meisjes het extra spannend zouden vinden als hun ouders een nachtje wegbleven. Waarom dan zo paniekerig, had hij aan haar gevraagd.

Maar Klaartje wist van geen ophouden. Ze bleef benadrukken dat ze het maar niks vond dat haar kinderen aan die vrouw waren overgeleverd. Hoe hij het in zijn bolle hoofd haalde zo makkelijk over hun meiden te denken!

Halverwege de rit, net voorbij Almere, werd hij haar gedram spuugzat. Ze hadden nog net geen slaande ruzie toen hij stopte om te tanken. 'Auto's rijden nou eenmaal niet op lucht, schat,' had hij gezegd. En toen hij daarna het pompstation uit kwam met een paar heerlijke verse broodjes, ging ze compleet over de rooie.

'Had je niet kunnen wachten tot op de boot? Je denkt alleen maar aan jezelf. Ben je vergeten dat we twee kinderen hebben?' gilde ze hysterisch. Hij had nog net op tijd de broodjes weten te redden. Bijna had ze ze uit het raampje gegooid.

Het was lang geleden dat hij haar zo had meegemaakt. Als een moederzwaan in het nauw, kon ze alles op alles zetten om haar jongen te beschermen. Voor je het wist had je een klap van haar vleugels te pakken.

Zwijgend was hij doorgereden. Barst, had hij gedacht, terwijl hij zich te goed deed aan de broodjes, en telkens als ze haar mond opendeed, maande hij haar tot kalmte. Dat hielp. Maar amper waren ze de Afsluitdijk over of de ellende begon opnieuw. Op de tweebaansweg, waar een inhaalverbod gold – en bovendien zoveel stoplichten en rotondes waren dat van doorrijden geen sprake kon zijn – werd haar wanhoop mogelijk nog groter.

Tegen beter weten in had hij zich toch nog door haar laten opjutten. Niet zonder gevaar. Achteraf gekkenwerk. Hierdoor zag hij een flitspaal niet op tijd, schepte hij bijna een overstekende fietser – was hem dat deze week al niet eerder overkomen – en zag hij bij aankomst net de laatste veerboot vertrekken.

'Goddomme!' had hij gevloekt. Pissig was hij uitgestapt, had een sigaartje opgestoken en tegen de autobanden getrapt.

Klaartje bleef in de auto. Apathisch over het water starend. Als het aan haar had gelegen, was ze achter de boot aan gezwommen.

Er zat niets anders op, ze zouden hier moeten blijven. Een pensionkamer met uitzicht op de Waddenzee was toevallig nog vrij. Verder zat alles vol. Uiteindelijk gaf Klaartje zich gewonnen.

Ze streken neer in het enige restaurant dat het dorp rijk was. En zoals dat wel vaker ging tussen de echtelieden, was de lucht halverwege de maaltijd zowaar weer opgeklaard.

Simon bestelde nog een fles chardonnay en Klaartje raakte aangeschoten. 'Het geeft niet, schat, we hoeven niets,' had Simon haar ingefluisterd. Daarna was er koffie en cognac. Teder had hij zijn wilde zwaan gekust.

Toen het al tegen twaalven liep en ze het restaurant uit werden gekeken, waren ze als twee dronken tortelduifjes in de richting van het pension gezwalkt. In een roes van dronkenschap bedreven ze de liefde, waarna Simon als een blok in slaap viel.

De jurk zat te strak. Hij zat zo strak, dat hij haar de adem benam. Ze vroeg aan Simon of hij de rits wilde openen, maar hij leek haar niet te horen. Hij was in gesprek met een vrouw. Ze had wild, grijs haar. Ze droeg ook een jurk. Hij bedekte haar hele lichaam tot op de grond. Het was een paarse jurk met grijze strepen. De vrouw grijnsde naar haar. Ze droeg een beugel. Dezelfde als die van Melissa. Alleen zat er onder deze beugel geen gebit, maar een groot gapend gat.

Weer probeerde ze Simons aandacht te krijgen. Opnieuw riep ze hem. Nog harder. Ze gilde het uit. Hij hoorde haar niet. Hij bleef met zijn rug naar haar toe staan. Het leek wel alsof hij zich niet kon omdraaien. Nu zag ze dat hij iets in zijn armen hield. Iets zwaars. Toen ze goed keek zag ze dat het Jip was. Zijn kop hing slap naar beneden. Uit zijn buik kwam bloed. Het bloed gutste langs de benen van Simon en stroomde naar haar toe. Sneller en sneller golfde het over haar heen. Overal was nu bloed. Warm, kleverig bloed. Heel langzaam zag ze Simon en Jip erin verdwijnen. Ze wilde hen grijpen. Maar haar armen en handen zaten vast in de jurk. Strakker en strakker trok de jurk. Ze kon niet meer. Ze werd gewurgd. Nog even en ze zou stikken.

'Klaartje?' Simons stem klonk helder door de kamer. Voorzichtig trok hij aan het hoeslaken waarin zijn vrouw zat verwikkeld. Als een cocon had het klamme laken zich om haar heen geslagen.

— 2 —

Helen zat aan het voeteneinde van het grote bed. Ze staarde naar de twee kinderlichamen voor haar. Haar rug deed pijn, haar heupgewricht zat vast en haar hoofd tolde van rusteloosheid.

Nadat ze gisteravond met veel gedoe de oude leunstoel naar boven had gesleept – belachelijk, dacht ze nu –, had ze het zware rotding tot aan het voeteneinde van het bed geduwd. Het voorstel om gewoon beneden te blijven slapen, werd niet door die krengen geaccepteerd. 'Helen, je moet mee, we willen dat je bij ons op de kamer slaapt,' riepen ze eensgezind. Uiteindelijk had ze ingestemd.

De echte paniek kwam na het telefoontje. Voorlopig was ze nog niet van ze verlost. Wat moest ze doen? Een middag oppassen was tot daaraan toe, maar een logeerpartij?

Wel honderd keer had die moeder dezelfde vragen gesteld: of het niet te veel moeite was, wat ze ervoor wilde hebben, of ze het wel zeker wist, anders zouden ze Martha kunnen bellen...

Ze had getracht laconiek te reageren. En ook al moest het uit haar tenen komen, ze had het mens gerust weten te stellen. Nee, het was geen enkel probleem, en ja, ze deed het gratis, heus, ze moesten zich vooral geen zorgen maken, Martha was echt niet nodig.

God, wat had die vrouw het moeilijk. Misschien is ze nog wel in grotere paniek dan ik, had ze gedacht, toen de koude angst haar om het hart sloeg. Vooral toen er unaniem werd besloten dat de kinderen bij Helen zouden logeren, nam het beukende gevoel in haar hoofd meer en meer toe.

De moeder op haar beurt wilde nog enig overzicht houden. Het leek haar beter dat de meisjes in hun eigen bedjes sliepen. Helen kon gebruikmaken van een van de logeerkamers. Maar het overdreven gejammer en gejengel dat daarop volgde, liet de vrouw aan de andere kant van de Waddenzee overstag gaan. Uiteraard niet zonder de nodige eisen.

'Zullen jullie lief zijn? Goed opletten, niet brutaal worden, en' – hoe kon je anders verwachten van een moeder die tandarts was – 'vergeten jullie niet je tanden te poetsen?'

Op haar laatste benen was ze meegelopen naar hun bungalow. Trillend van de zenuwen hielp ze mee logeerspullen pakken. Pyjama's, tandenborstels, barbies, haarkammen, slippers en het grote voorleesboek, alles werd uit de kast gehaald om een nachtje bij de buurvrouw door te brengen. Toen de hele mikmak eindelijk haar huis was binnengesleept, en de kinderen meteen zonder tandenpoetsen het grote bed in doken, had ze gedacht dat ze ervanaf was. Dat ze eindelijk rust zou krijgen om haar gedachten te ordenen en haar zenuwen de baas te worden. Maar weer moest er een ritueel worden afgewerkt. Nu was het grote voorleesboek aan de beurt. Hiervoor moest de oude leunstoel naar boven worden gehaald. Na een halve bladzijde won de slaap het van de woorden. Opgelucht had ze de slaapkamer verlaten.

Het zou een kleine moeite zijn zich van hen te ontdoen. Maar paste dat wel bij haar plan? Aanvankelijk had ze haar zinnen op hun vader gezet, de kinderen dienden tenslotte als lokkertje om bij hem in het gevlij te komen. Met hem moest ze afrekenen. Afrekenen met hem, betekende genezing voor haar. Ze wist het zeker, het was de enige oplossing voor haar probleem. Door die klotehond uit te schakelen was er al een eerste stap gezet. Alles ging goed, tot nu toe.
Tegen tweeën – toen haar bonkende hoofd leek te barsten – sloop ze naar boven. Vlak voor het bed beef ze staan en keek neer op de twee kinderhoofden. De een lag op haar rug met haar mond open, de ander opgerold duimend. Hun verwarde haar lag over de kussens verspreid. Beiden waren in diepe slaap.
Dit was het moment om toe te slaan. Beter kon niet. Ze wilde rust. Ze zag wel wat er daarna kwam, als die gekmakende gedachten maar stopten.
Een plastic zak zou voldoende zijn, een kussen werkte ook. Misschien ging dat nog sneller. Het zou geen sporen achterla-

ten. Gewoon gestikt. De lichamen zou ze in zee dumpen. Tijd genoeg. Ze zou kunnen zeggen dat ze waren gaan zwemmen, heel vroeg, bij zonsopkomst. Er was een stroming, het ging snel, ze had ze nog willen redden. Bij die gedachte ging er een vreemde, prikkelende sensatie door haar lijf. Ze kende dat gevoel. Het bracht verlossing.

Met haar pink streek ze over de wang van de oudste. Het kind sliep gewoon door. Voorzichtig pakte ze een van de kussens. Haar vingers persten zich in de zachte stof en zetten zich vast om grip te krijgen.

Toen ze het kussen tot vlak boven het gezichtje van het kind had gebracht, deed een vreemde tweestrijd haar opeens verlammen. Van schrik verloor ze haar greep op het kussen. Dit kind. Alweer bracht het haar in verwarring. Net als eerder die dag moest ze opeens aan Femke denken. In tegenstelling tot haar oppervlakkige zusje was zij blij verrast geweest met het herbarium. Ze had er dingen in opgeschreven en zorgvuldig alle bloemetjes tussen de bladzijden gelegd.

Dan maar eerst dat kleintje, dacht ze half in paniek. Op haar tenen schoof ze naar de andere kant van het bed. Toen ze haar klamme handen om de kleine keel liet glijden, voelde ze hoe de slokdarm zachtjes tegen haar handpalm bewoog. Het gaat goed, fluisterde ze in zichzelf toen het kind niet reageerde. En de vertrouwde sensatie die ze eerder bij het doden had gevoeld, begon opnieuw door haar lichaam te stromen.

— 3 —

'Had je me niet eerder kunnen wekken?'
'Nee, want ik slaap zelf nog. Wil je niet eerst een douche

nemen?' Simon hield een rood-wit gestreepte handdoek onder zijn arm. Hij zag er fris en uitgeslapen uit. Zijn krullen waren nat en hij rook naar een zeep die Klaartje niet herkende.

Ze voelde zich beroerd. Haar neus zat potdicht, alsof ze zwaar verkouden was. Bij iedere beweging van haar ogen volgde een pijnscheut. Ze wreef de natte haren uit haar gezicht en bevrijdde zichzelf uit haar benarde positie. Waar was ze? Wat deden ze hier? Het kostte haar moeite om helder te denken.

Eerst was er Jip, vervolgens waren ze te laat voor de boot, toen het restaurant en daarna de drank. De kinderen! Bij die laatste gedachte wierp ze het doorweekte dekbed van zich af.

'Ze hebben hier een heerlijke douche, heus, knap jezelf even op,' probeerde Simon opnieuw toen hij zag dat zijn vrouw meteen op zoek ging naar haar kleren. Als het aan haar ligt slaan we zelfs het ontbijt over, dacht hij geërgerd. Dat was het laatste waar hij zin in had. Vandaag zou hij strenger zijn.

'Maar de boot dan?' vroeg ze gehaast, terwijl ze naar haar schoenen zocht.

'Die boot gaat om het halfuur! Zeg, kom op, Klaar, hier heb ik geen zin in. Nu moet je ophouden en je niet aanstellen.' Simon rook aan zijn vuile T-shirt en besloot het uit te laten. Net als zijn sokken. Op blote voeten stapte hij in zijn sneakers.

Klaartje keek onrustig de kamer rond. Nog voordat ze haar schoenen had gevonden had ze haar mobiel te pakken. Geen berichten, zag ze. Haar vingers toetsten verder over het kleine scherm. Hierdoor merkte ze niet dat Simon op haar af liep.

Hij ging achter haar staan en streelde haar rug. Teder kuste hij haar op haar blote schouder en pakte ondertussen de mobiel uit haar hand.

'Ik wil dat je gaat douchen,' zei hij. 'Je stinkt.' Plagerig duwde hij de handdoek in haar hand.

'Oké, maar dan bel jij ze!' antwoordde ze kordaat.

Hij knikte. Vlug sloeg ze de handdoek om en schoot de gang op.

Hij keek op zijn iPhone bij *Berichten* en zag dat er vier mailtjes waren. Een ervan was van Bureau Brandsma. Dit keer vroeg de man of hij al wist hoe laat hij zou komen. 'Omdat u niet geantwoord hebt', stond er, 'doe ik u een voorstel'. Aan het eind van de middag kwam het beste uit. Na zijn diensttijd. Nogmaals verzocht hij Simon om te reageren; het was belangrijk, schreef hij.

Simon beantwoordde het mailtje. De man kon op hem rekenen. De aandrang van het bericht maakte hem nieuwsgierig, hij zou Klaartje erbuiten houden.

'Zijn het de kinderen?' vroeg ze gretig toen ze na amper drie minuten de kamer binnenstormde. 'Heb je een sms'je?'

'Ja, alles is goed met ze,' loog Simon. 'Ik heb het al weer gewist. Je moet de groeten hebben. Kom, dan gaan we ontbijten, ik heb trek gekregen na vannacht, jij niet?' grinnikte hij.

Beneden wachtte een rijk gedekte ontbijttafel. Alsof er een stel uitgehongerde bootvluchtelingen bij hen gelogeerd had, hadden de pensionhouders letterlijk alles uit de kast gehaald. Versgebakken broodjes met krentenbollen en croissants lagen op een piepkleine tafel naast diverse yoghurtjes, sinaasappelsap en een variëteit aan broodbeleg. Op de ontbijtborden lagen knalgele paasservetten. Ze waren zo gevouwen dat je nog net de oren van de paashaas kon zien.

Simon en Klaartje werden hartelijk begroet. De pensionhouder, een vriendelijke, oudere man, schonk koffie, terwijl zijn vrouw onder druk gebabbel over het aanhoudende warme zomerweer gekookte eieren op tafel zette.

Na vier keer bedankt te hebben, konden Simon en Klaartje eindelijk ongestoord aan hun ontbijt beginnen.

'Het spijt me,' zei Klaartje. Ze nipte van de zwarte koffie.

Iets anders kreeg ze momenteel niet naar binnen. De misselijkmakende pijn achter haar oogkassen was er nog steeds. 'Ik weet dat ik me gisteren nogal vreemd gedroeg. Maar ik ben dan ook vreselijk ongerust.'

'Waarover dan?' vroeg Simon zonder haar aan te kijken. Verlekkerd keek hij naar de uitstalling voor hem. Als een kind dat bij Jamin stond en niet wist wat hij als eerste zou pakken, greep hij naar twee croissantjes, een kadetje en een krentenbol.

'Over de kinderen natuurlijk!' zei Klaartje. Het irriteerde haar dat Simon zo afwezig was. En toen ze zich na drie slokken koffie nog beroerder begon te voelen, vroeg ze zich af of ze hier om een aspirientje kon vragen.

Ze zocht de pensionhouder, maar die was in geen velden of wegen meer te bekennen. Opgelost achter de klapdeur die naar de keuken leidde, had hij zich net zo snel als hij gekomen was, weer uit de voeten gemaakt. Laat maar, dacht ze, anders moet ik ook nog uitleggen waar het voor is; ja, ik heb te veel gezopen, nee, bedankt, eentje is wel genoeg.

'Lieverd, de kinderen heb je gisteren zelf gesproken. Kreeg jij de indruk dat ze ongelukkig waren?'

Ze schudde haar hoofd. Tranen brandden achter haar ogen. Ze vertelde niet dat ze zo-even nog naar hun mobiel had gebeld en de voicemail had gekregen.

'Nou dan. Zo ken ik je niet, Klaar.' Simon was aan een croissantje begonnen. Een kadetje met rookvlees volgde.

'Zeg, gaat het eigenlijk wel over de kinderen?' vroeg hij opeens nadat hij een slok van zijn koffie had genomen.

'Hoe bedoel je?'

'Wat ik zeg. Is er niet iets anders aan de hand?'

'Ik begrijp je niet,' zei ze.

Ik kan een cracker proberen, dacht ze. Ze had net geconstateerd dat het sinaasappelsap uit een pak kwam. En net zoals bij de servetten, was de houdbaarheidsdatum allang verstreken.

'Ben je misschien overwerkt aan het raken?' vroeg Simon. Hij gaf een tikje op zijn ei, en alsof dat het startsein was voor de pensionhouder om de keuken te verlaten, stiefelde de man door de klapdeur naar binnen. 'Is alles naar wens?' vroeg hij.

Simon kreeg nog een kop dampende koffie. Klaartje bedankte beleefd. Gelaten volgde ze alle handelingen van haar man.

Hoelang geleden had ze de kans gehad om zo te ontbijten? De laatste keer was vlak voordat Jip in de tuin lag te stuiptrekken. Meestal was ze 's ochtends allang de deur uit als Simon met de meisjes aan tafel schoof. Ontbijten deden ze alleen op zon- en feestdagen. Als ze zich nu niet zo misselijk voelde dan...

'Mogen we de rekening?' vroeg ze nog net op tijd aan de pensionhouder. Bijna was hij weer achter de klapdeur verdwenen. Haar onberoerde bord schoof ze over het paasservet. De oren van de paashaas verdwenen.

Simon reed de auto op de middelste baan in afwachting van de boot. De zon brandde fel op het zwarte dak. Binnen merkten ze er niets van. Alle raampjes waren dicht, de airco stond aan. Klaartje had het gevoel in een aquarium te zitten. Buitengesloten van de warme wereld, waarin mensen halfnaakt voorbij huppelden, opende ze haar raampje.

'Je maakt je echt zorgen om niets,' sprak Simon tegen zijn vrouw. Zijn hand gleed tussen haar benen. Zachtjes beroerde hij haar blote huid.

'Denk je? Je hebt vast gelijk.' Ze staarde naar buiten. Een warme luchtstroom gleed langs haar gezicht. Stromen fietsers en dagjesmensen trokken als nomaden langs haar heen. Het mooie weer maakt iedereen blij, dacht ze, toen ze naar een uitgelaten groepje wandelaars keek. Zelf kon ze die vreugde niet delen. Niet voordat ze haar kinderen terugzag.

Simon zette de radio aan. De stilte werd meteen doorbroken

door de neutrale stem van de weerman. '... tot aan de avond aanhoudende, tropische temperaturen. Van 27 graden aan zee, tot 34 graden plaatselijk in het binnenland. Op de Wadden iets koeler. Pas aan het eind van de dag, vanuit het zuiden, een kleine kans op onweer...'

'Dat was lekker gisteravond,' bromde hij. Zijn vingers kropen hoger en hoger onder haar jurk.

'Vind je dat ik te veel werk?' vroeg ze zonder hem aan te kijken.

'Wat vind je zelf?' Gelijk trok hij zijn hand terug en ging op zoek naar zijn sigaartjes.

Waarom ben ik daar toch over begonnen, dacht hij nu vol spijt. Ze was in een van haar bekende piekerbuien beland. Alles werd dan zwaar en somber uitgesponnen.

'Ik weet het niet,' zei ze. Ze trok aan haar haar, het zat voor geen meter. Verkeerde shampoo, voelde ze, en geen föhn gebruikt.

'Ik hou van mijn werk. Maar soms voel ik me schuldig. Dan denk ik dat ik jou en de kinderen tekortdoe.'

'Was je daarom zo in paniek?' Hij blies de rook van zijn sigaartje uit het raam.

'Misschien. Ik weet het niet. Het heeft er wel mee te maken. Het komt vast door die toestand met Jip,' zuchtte ze. 'Wat vind je, moeten we die dierenarts vragen waarom hij alsnog een autopsie heeft verricht?'

Ze keek naar Simon. Onder zijn zonnebril lag een donkere schaduw van zijn ongeschoren gezicht. Naast zijn mond zat een rode vlek, alsof er in de haast van het vertrek jam was achtergebleven. De rest ging verloren achter de rook.

'Het lijkt me wel. Hij is ons in ieder geval een verklaring schuldig. We hebben niet voor niets zo'n lange dag gehad gisteren. Niet om het een of ander, maar de extra kosten die het met zich meebrengt, hadden we die niet beter in mijn feest kunnen steken?' Hij lachte speels en gaf een kneepje in haar arm. 'Ik ben reuzebenieuwd wat jullie meisjes allemaal voor me in petto hebben.'

'God ja, je feest.' Ze zuchtte en klapte de zonneklep naar beneden, keek in het spiegeltje, schudde met haar hoofd en inspecteerde haar tanden. En alsof dat de doorslag gaf zei ze opeens: 'Genoeg geweest! Ik ga me inderdaad op het feest richten. We hebben alleen vandaag en morgenochtend nog om alles goed voor te bereiden. Heb je veel afzeggingen gehad?' Ze had haar oude regelstem weer terug.

'Een paar. En jij?'

'Niet veel, ik verwacht dus aardig wat mensen. Degenen die niet in de bungalow passen, kunnen hun tentje opzetten in de tuin. Ik heb het met de vrouw van het park geregeld.'

'Of bij de buurvrouw logeren,' grapte Simon terwijl hij de auto startte.

– 4 –

Zonder gif was het anders. Fysieker. Misschien had dat wel de doorslag gegeven. Het ging niet. Haar greep was verslapt. Koortsachtig was ze naar de leunstoel gestrompeld. De rest van de nacht had ze hierin zitten soezen. Ieder geluidje uit het grote bed had haar gewekt. De een praatte in haar slaap, de ander snurkte zacht.

Het zonlicht viel naar binnen. De oudste sloeg als eerste haar ogen op.

'Hoi Helen,' zei ze opgewekt. Ze wreef in haar ogen en gaf haar zusje een por.

Die sprong meteen uit bed. 'Ontbijten,' riep ze zonder Helen aan te kijken.

Even later stonden ze met z'n allen in de kleine keuken.

'Ken je dat écht niet?' vroeg het kleine ding aan Helen. 'We maken ze al heel lang, hè Melis?'

Haar zus knikte verlegen. Verwachtingsvol stonden ze naast Helen aan het aanrecht. Ze hadden het over smoothies. Iets wat in de keuken van Helen niet voorkwam.

Buiten een ontbijtkoek, een halfje volkoren van twee dagen terug en een aangebroken pak Wasa knäckebröd, viel er weinig voor de meisjes te beleven. Geen smoothies met tarwekiemen en banaan, geen havermoutscones met vers fruit en yoghurt. Laat staan chocolademuffins, zoals ze zogenaamd gewend waren. Verwende loeders, dacht Helen, en meteen had ze er spijt van dat ze vannacht niet had doorgezet.

'Nee, ik heb karnemelk, appelstroop of honing, en dat is het.'

Timide volgden de meisjes haar naar de huiskamer. Nadat ze eerst de kranten en boeken opzij had geschoven, zette ze het gevulde dienblad op de kleine eettafel. Vervolgens pakte ze drie borden, messen en bekers.

'Ik geloof er niets van dat jullie iedere dag zo uitgebreid ontbijten als jullie beweren. En als dat wel zo is, dan kan het helemaal geen kwaad om eens van dat programma af te wijken.' Haar toon was streng, maar net luchtig genoeg om de kinderen niet af te schrikken. 'Hier, neem een plak ontbijtkoek,' zei ze, en ze reikte de boter aan. 'Met echte roomboter. Krijgen jullie dat thuis ook?'

Melissa keek naar haar zusje, dat aan de andere kant van de tafel zat; ze moest lachen. De eetstoelen waren te laag. Hierdoor konden zij maar net over de rand van de tafel heen kijken. Jaimi leek opeens gekrompen.

'Soms,' antwoordde de jongste. 'Als we cupcakes maken gebruiken we roomboter. Meestal mogen we dan ook de schaal uitlikken.'

'Cupcakes?' Alweer iets wat Helen niet kende. Eten was niet haar sterkste kant. Meestal meer een noodzakelijk kwaad. Behalve als het om haar zelfgemaakte tiramisu ging – die dodelijk lekker was, dacht ze grijnzend – was ze niet zo'n zoetekauw.

Ze bekeek de twee aan haar tafel. De een droeg een flinterdun nachtponnetje met roze bloemen, de ander een gifgroen kort broekje met bijpassend hemdje. Hun kleine vingers bewogen snel boven het tafelblad. Als bij een geheimtaal gebaarden ze naar elkaar hoe de cupcakes werden gemaakt. De kleinste likte haar vingers af. Met volle mond begon ze te vertellen.

'Die zijn cool, joh! En echt niet moeilijk om te maken. Zullen we het je leren, Hel?' zei ze terwijl ze nog een stuk koek in haar kleine mond propte.

Sprakeloos keek Helen haar aan. Die snotaap noemde haar 'Hel'. Alsof ze de eerste de beste klasgenoot van het kind was. Ze had verdorie haar grootmoeder kunnen zijn. Brutaal nest.

'Graag!' antwoordde ze zonder het kind aan te kijken. Opeens wist ze het. Geen moeilijke toestanden met plastic zakken, kussens of wurggrepen. Deed de heks bij Hans en Grietje niet hetzelfde? Ik laat ze hun eigen baksels eten, dacht ze, maar niet voordat ik er wat van mijn geheime goedje doorheen heb gestrooid.

'Weet je, jij bent ook heel cool,' zei Melissa opeens. Ze had de verbaasde blik van Helen gezien toen haar zusje haar Hel noemde. Het was een gewoonte thuis: namen inkorten. Haar zusje deed dat bij iedereen die vertrouwd was, maar dat kon Helen niet weten. Melissa voelde dat Helen er niet blij mee was. Waarom wist ze zelf niet, maar zij voelde zich altijd verantwoordelijk voor haar zusjes gedrag.

'We vinden je haar mooi, hè *Jaim*?' sprak ze op overdreven

toon. Ze hoopte dat Helen nu zou begrijpen dat ze erbij hoorde, een van hen was. 'Kun je ons haar ook zo maken?'

Opnieuw was Helen van haar stuk gebracht. Dit keer door het kind dat haar telkens aan Femke deed denken. De vleiende woorden raakten haar even hard als de botte van het kleintje. Wederom kwam het haast ondraaglijke gevoel van gisteren naar boven. Een vreemd en melancholisch gevoel van vergetelheid. Met trillende vingers draaide ze de deksel op de honingpot. Wat moet ik toch met haar, vroeg ze zich af.

'Hoe laat komen jullie ouders aan?'

De meisjes haalden hun schouders op. In plaats van te antwoorden keken ze de kamer rond. Ze vroegen waarom ze zo'n kleine tv had, waar de kat was, en wanneer ze dan cupcakes gingen bakken.

Ze antwoordde niet. Zwijgend stond ze op en liep naar de keuken. Ze zette de vaat in de week, droogde haar handen en opende haast automatisch haar geheime laatje. Ze liet haar vingers over de potjes glijden. Bij het elastiek hielden ze in.

'Zij niet,' mompelde ze.

## – 5 –

Het grote, zonnige bovendek zat praktisch helemaal vol. De meeste eilandgangers zagen er opgewekt en relaxed uit. Voor de meesten was het weekend eerder begonnen. Sommigen hadden hun verrekijker al tevoorschijn gehaald en tuurden over zee.

De vele meeuwen die de boot vergezelden, zorgden voor de nodige afleiding. Vers gesmeerde boterhammen en lunchpakketten vlogen af en aan door de lucht. Iedereen die een camera bij zich had, klikte er vrolijk op los. Ook dit hoorde bij het typische zomergevoel.

Simons zomergevoel leek ver weg. Ze waren nog maar net uit de auto gestapt – de veerboot had amper het ruime sop gekozen – of Klaartje maakte alweer aanstalten terug te gaan naar het benedendek.

'Toe, laten we gaan. Zo meteen kunnen we de auto niet terugvinden, en laten we er dan tenminste alvast in gaan zitten,' had ze tegen hem gezegd. Ja, zelfs toen ze naar de wc moest, wilde ze liever niet aansluiten bij de toiletten. Dat zou echt te lang gaan duren, vond ze. Ze hield het wel zolang op.

Hij had er schoon genoeg van gekregen. 'Die boot gaat echt niet sneller als jij zo neurotisch doet,' had hij tegen haar gesnauwd. 'Ga plassen, en stel je niet aan! Ik ga niet eerder naar beneden.' Daarna was hij goddank even alleen geweest.

Het was lang geleden dat hij haar zo had meegemaakt. Als thuis alles zijn gangetje ging, hoefde zij zich alleen maar met haar werk bezig te houden. Dan was er geen vuiltje aan de lucht. Ze kwam laat thuis, deed soms nog iets met de kinderen, kookte heel af en toe en liet hem verder met rust. Nu zat ze als een bok op een haverkist.

Hij begreep er niets van. Haar bespottelijke angst over de logeerpartij van de kinderen was ronduit belachelijk. Het sloeg nergens op.

Als er iemand was die hij de afgelopen dagen had leren kennen als betrouwbaar, ja, haast onmisbaar, dan was het Helen wel. Hij dacht terug aan de ontspannen dag die hij en zij samen met de kinderen hadden doorgebracht. Zingend waren ze huiswaarts gekeerd. Hoelang geleden had hij zo ontspannen met het hele gezin doorgebracht? Zomaar spontaan? Zonder het eeuwige commentaar en geregel van zijn vrouw? Zelfs de vrijpartij van gisteravond was nog nauwelijks spontaan te noemen. Als er tegenwoordig niet eerst veel drank aan te pas kwam, vroeg hij zich af of ze nog wel zin in hem had.

Hij stak een sigaartje op. Zijn blik viel op een jong stel tegenover hem dat tegen de reling leunde. Ze hadden hun rugzakken, die bijna even groot waren als zijzelf, naast Simon op de bank gezet. De jongen probeerde met de zelfontspanner een foto te maken. Hun stralende hoofden, dicht tegen elkaar gedrukt, lachten verliefd naar de camera. De zee fungeerde als achtergrond. Wat heb je nog meer nodig om gelukkig te zijn, dacht Simon. En weer dacht hij aan Helen.

In de paar dagen dat hij haar nu kende, was ze eigenlijk nooit helemaal uit zijn gedachten geweest. Hoe zou het zijn met haar, vroeg hij zich af. In alles was ze zo heel anders dan Klaartje. Veel kleiner en tengerder. En met haar zachte, omfloerste blik had ze hem lichtelijk in vuur en vlam gezet. Ze was lekker gespierd en strak. Terwijl Klaartje – ach, ze kon er natuurlijk niets aan doen – aan de laatste bevalling een slap buikje had overgehouden. Ja, hij kon niet ontkennen dat Helen een haast mysterieuze aantrekkingskracht op hem had.

Denken aan haar maakte hem geil. Ja, als hij eerlijk was wilde hij haar het liefst neuken. Wie weet, dacht hij. Zij is alleen. Ik ga weer weg. Niemand die ons tegenhoudt. Zo gaan die dingen. Het leven moet geleefd worden. Eén keertje maar, en waarom niet? Ik word vijftig. Waarom zou ik mezelf het laatste cadeautje van de jeugd ontzeggen?

'Dat eeuwige getut van die wijven.' De stem van Klaartje haalde hem bruusk uit zijn dromerige fantasie. 'Waarom duurt het toch altijd zo achterlijk lang op die toiletten?'

'Ik weet het niet, schat.' Simon stond op. 'Maar ik weet wel dat ik ook nog even ga.'

'Schiet je dan wel op?' riep ze hem bits na.

'Zal ik een foto van jullie maken?' vroeg Simon terwijl hij langs het stel bij de reling liep. Ze knikten opgetogen. Klaartje

keek verbaasd naar haar man. Treuzelaar, dacht ze. Geërgerd draaide ze haar hoofd om.
Na één korte klik was het gebeurd. Het stel stond erop. Voor altijd vereeuwigd.
'Hé kijk!' hoorde hij Klaartje roepen toen hij de trap af liep. 'Ik zie het eiland!'

De lange rij met auto's reed in aangepaste snelheid de laadklep af. Simon had de domme pech in het midden te staan. Nu trokken eerst de rijen naast hem op. Klaartje hield zich ondanks haar zenuwen gedeisd.
Ze focuste op de man in het fluorescerende pak. Dan weer links, dan weer rechts zwaaiden zijn armen. Als Petrus aan de hemelpoort loodste hij zijn schaapjes de boot af.
Eindelijk was hun auto aan de beurt. De zon scheen fel naar binnen. Het asfalt in de verte trilde onder de niet-aflatende hitte. Klaartje zag ze het eerst.
'Daar!' riep ze wijzend. 'Simon! Ik zie ze!'
Naast het wachthuisje, aan de overkant van de brug, hielden twee meisjes zich in de schaduw verborgen. De grootste probeerde een sjaaltje om haar hoofd te knopen. De ander gooide steentjes naar het beneden gelegen fietspad. Kalm draaide Simon de auto over de uitvoegstrook.
Toen hij zijn kinderen bijna genaderd was, begon hij te toeteren. Jaimi zwaaide als eerste naar de auto. Ze gilde iets. Melissa was te druk met haar sjaaltje. Hij had de auto nog niet tot stilstand gebracht, of Klaartje had haar deur al opengegooid. Struikelend vloog ze uit de auto. Haar slipper bleef hangen aan de deur. Haar blote voet schuurde over het hete asfalt.
Jaimi stormde op haar moeder af. Het knalroze T-shirt dat ze droeg, zat binnenstebuiten. Vaal en verschoten hing het om haar heen.

Klaartje was nog nooit zo blij geweest haar jongste dochter te zien. Toen ze haar in haar armen sloot en haar ongewassen kinderlijf tegen zich aan drukte, begon ze spontaan te snikken. Snel maakte Jaimi zich los uit haar moeders omhelzing. Wild sloeg ze met haar kleine knuisten op haar schouders. 'Mam, weet je wat ik gister heb vastgehouden?'

Door haar tranen heen keek Klaartje haar dochter verwachtingsvol aan. 'Nou?' vroeg ze blij nieuwsgierig.

'Een echt jachtgeweer!'

## – 6 –

De vriend van Ruud had hard gewerkt. Normaal gesproken zou een onderzoek als dit een aantal dagen duren, maar met wat extra avonduren en de goodwill die hij nog bij Ruud had uitstaan, was het toxicologische onderzoek in ruim één dag afgerond. Het ging overduidelijk om een vergiftiging. Zonder meer, had hij tegen Ruud gezegd, toen die nog twijfelde. De papieren zou hij later opsturen.

Krijgt die Brandsma toch nog gelijk, dacht Ruud. Hij had gehoopt dat het niet waar was. Dat hij als ervaren dierenarts de juiste diagnose had gesteld. Al was het alleen maar omdat hij die argwanende blikken van die kwast meer dan beu was.

Nooit had Ruud er in zijn leven doekjes om hoeven winden dat zijn seksuele voorkeur naar het mannelijke geslacht uitging. Pas toen hij hier met die eilanders te maken kreeg, viel hem de kortzichtigheid van zo'n boerengemeenschap op. Hij had een lange adem nodig gehad om zichzelf als kundig arts te bewijzen. En nog waren er boeren die liever een veearts van de overkant lieten komen, dan van zijn diensten gebruik te maken. Met alle gevolgen van dien. Doodgeboren kalveren of veulens. Hun bevooroordeeldheid had menig dierenleven gekost.

Zijn vriend kende hij uit het circuit, niet eens van de universiteit. Beiden hadden net hun grote liefde verloren. Niemand die zich er in die tijd van bewust was wat aids deed. Totdat meer dan de helft van hun vrienden het loodje legde. Ruud vluchtte weg uit Utrecht. Hij wilde niets meer met de scene te maken hebben. Hij koos voor de saaiheid van het leven op het platteland.

Ach, die Tinus, hij heeft nog een lange weg te gaan, kon hij niet nalaten te denken. Hij was ervan overtuigd dat de kerel vroeg of laat uit de kast zou komen.

Maar daar ging het nu niet om. De hond was vergiftigd. Alles wees erop dat het om een taxusvergiftiging ging. Natuurlijk had het dier zelf van zo'n boom kunnen eten, maar volgens zijn vriend was dat vrijwel onmogelijk. Meestal kwam zoiets alleen bij koeien of paarden voor. Het gif moet door het eten van de hond hebben gezeten, was zijn conclusie.

Ruud had haar nooit gemogen. Verknipt was ze. Hij zag haar wel in staat tot dit soort dingen. En die afkeer van haar kwam niet alleen omdat hij jarenlang verliefd was geweest op haar man. Een onbeantwoorde liefde, dat wel. Van het begin af aan had Jan gezegd het niet met jongetjes te doen. Wel had hij zich indertijd het lot van Ruud aangetrokken. En daar was hij hem nog steeds dankbaar voor.

Na die afschuwelijke dood van zijn geliefde was hij volkomen gedesillusioneerd naar het eiland vertrokken. Dat de positie van dierenarts hier vacant was en hij meteen werd aangenomen, werd toen echt zijn redding.

Jan kwam op het juiste moment in zijn leven. Hij was op

slag verliefd op de ruwe bolster met de blanke pit. En Jan zag hem ook wel zitten. Achteraf bleek dat natuurlijk alleen beroepshalve. Tegen beter weten in bleef Ruud hopen. Elk moment van samenzijn – hij in al zijn naaktheid en poserend voor Jan – verlangde hij naar meer. Het zat er niet in. Jan werd zijn beste vriend. En als hij er nu over nadacht, was de vriendschap die hij van Jan kreeg, misschien wel van veel groter belang dan alle liefdesavonturen met hem waarover hij droomde.

Toen hij plotseling overleed, was er geen haar op zijn hoofd die twijfelde over de doodsoorzaak. Hij kende Jan. Hij wist van de feesten. Iedereen kende zijn niet-aflatende drankverslaving. Hoe vaak had hij hem niet meegevraagd om te gaan joggen. Maar steevast lachte Jan hem uit.

'Ga zelf als een gek door de duinen rennen,' bulderde hij dan lachend. 'Alsof je daarmee Magere Hein van je hielen houdt. Op een goeie dag loopt hij ons er allemaal uit. Ook jou, jongen!' En pesterig had hij hem naar zich toe getrokken en hem midden op zijn mond gekust.

Ineens was-ie dood. En zoals bij de dood van zijn liefste, had Ruud zijn tranen de vrije loop gelaten. Voor het eerst sinds jaren was er weer dat intense verdriet over de dood van een vriend.

Ja, als die Brandsma vermoedde dat zij hem vergiftigd had, dan was hij de laatste die zou verhinderen haar aan het kruis te nagelen. Hij pakte de telefoon en drukte het nummer van Tinus' kantoor in. Na zesmaal overgaan werd er nog steeds niet opgenomen. Hij keek op de klok. Op dit tijdstip was hij waarschijnlijk in het veld aan het werk. Of misschien zat hij wel op zo'n boottocht met toeristen. Hij had geen zin om hem mobiel te bellen, later zou hij het opnieuw proberen.

Maar na een klein halfuurtje besloot hij het toch bij hem thuis te proberen. Hij wilde zo snel mogelijk zijn verworven kennis met hem delen. Ook daar kreeg hij nul op het rekest. Het antwoordapparaat stond aan. Ruud aarzelde of hij iets zou inspreken. Stel, hij heeft bezoek en dat hoort mijn boodschap, dacht hij. Voorlopig kon de uitslag beter alleen aan hem en Tinus bekend zijn. Voor je het wist gingen dit soort dingen als een lopend vuurtje over het eiland.

En wat als die eigenaren erachter kwamen? Meteen vroeg hij zich af waarom Helen juist hun hond te grazen had genomen. Moest hij ze waarschuwen? Liepen ze gevaar? Moest hij zijn vermoedens geheimhouden?

Hij liep naar zijn bureau, en net toen hij in zijn agenda wilde kijken om te zien wat er vandaag op het programma stond, klonk het belletje van de voordeur. Iemand kwam de wachtkamer binnen. Vreemd genoeg was op dit tijdstip het vakje in de agenda nog oningevuld.

Hij vroeg zich af of die persoon misschien te vroeg was. Maar toen hij door de matglazen raampjes naast de deur een glimp opving van een lange gestalte, zag hij meteen dat de persoon alleen was. Zo te zien had hij of zij geen dier bij zich. Niets wees erop dat er een hond of ander beest vervoerd werd. Geen doos, mand of kooi waartegen gepraat werd.

Wat doet die persoon hier en wie zou het zijn, dacht Ruud. Zijn nieuwsgierigheid won het van zijn ergernis. Hij veegde over zijn stekeltjeshaar, schoof zijn bril omhoog en stapte op de deur af. Meteen nadat hij hem opende, had hij hem het liefst weer willen dichtgooien. De lange gestalte was niemand minder dan de bazin van de vergiftigde hond. Wat doet zij hier, vroeg hij zich af. Verkeerd moment. Niet nu, dacht hij. Ontsteld keek hij haar aan.

'Zo,' sprak de vrouw bits. Nors keek ze op hem neer. Haar koele ogen namen hem van top tot teen op.

Ruud voelde zich steeds kleiner worden onder haar vernietigende blik. Wat heb ik verkeerd gedaan, ging het door hem heen. Ze kan onmogelijk weten wat ik net gehoord heb. En toch vermoedde hij dat er een eind aan zijn geheim was gekomen. Afwachtend keek hij haar aan. De loodzware stilte die tussen hen hing, leek eindeloos lang te duren.

Haar mond had zich in een nerveuze grimas vertrokken. Zenuwachtig likte ze langs haar lippen. Toen zei ze: 'Ik denk dat u mij een verklaring schuldig bent.'

— 7 —

Niets is zo veranderlijk als een vrouw, dacht Simon. Ook hij was enigszins verbouwereerd toen de kinderen over hun logeerpartij vertelden. Maar lang niet zo erg als Klaartje.

Toen Jaimi over het jachtgeweer begon, had hij Klaartjes van sunblock glimmende mond zien vertrekken. Hij kende die trekjes maar al te goed. Meestal gingen ze vooraf aan een woede-uitbarsting.

Vooral toen Melissa trots haar herbarium liet zien, waar volgens haar voornamelijk giftige planten in zaten, was het steeds roder wordende hoofd van zijn eega bijna ontploft.

Simon hield zijn hart vast. Maar hoe voorspelbaar zijn vrouwen eigenlijk, dacht hij opnieuw, toen ze in plaats van de verwachte driftbui zeer onderkoeld reageerde. Blijkbaar wilde ze haar emoties liever tot een ander moment bewaren. Ook dat kende hij van haar.

'Nooit meteen je emoties tonen, schat. Eerst tot tien tellen. Hoe vaak had ze dat niet tegen hem gezegd? Het zijn kinderen, schat, zei ze dan. Daar komt alles veel directer binnen. Jouw spontane ergernissen kunnen zij nog niet relativeren. Als ouder behoor je daar rekening mee te houden.

Hij was het er niet mee eens. Ook vroeg hij zich af waar ze die wijsheid vandaan had. Het merendeel van de opvoeding lag bij hem.

Ze waren teruggereden naar de bungalow. De kinderen druk babbelend op de achterbank, zij zwijgend voorin. Bij thuiskomst had Klaartje de kinderen mee naar boven genomen om ze te gaan douchen. Al het vuil van de buurvrouw moest eraf worden gespoeld, dacht hij. Hij beloofde hun wasgoed in de machine te stoppen. Alsof er niets aan de hand was – geen ergernissen over vuurwapens, dodelijke plantensoorten en een opengesneden Jip – riep ze hem achterna dat hij koffie moest zetten.

Maar toen de kinderen niet veel later schoon en fris in hun strandtenue buiten onder de parasol zaten te tekenen, wenkte ze naar Simon. Ze wees naar boven. En wel zo, dat hij onmiddellijk begreep dat het uur der waarheid was aangebroken. Ze was bij het getal tien aanbeland, de ingehouden emoties zouden er nu uit komen. Lijdzaam volgde hij haar naar de ouderslaapkamer.

'Ik heb gezegd dat ik het niet vertrouwde,' begon ze. Dreigend stond ze voor hem. Haar volle boezem ging woest op en neer. Probeer nu nog maar eens te ontsnappen, dacht hij.

'Oké, ze is misschien een tikkeltje vreemd, maar ik zou er niet per se iets achter zoeken,' trachtte hij het gesprek op voorhand te sussen.

Het was warm. Hij had zich nog niet omgekleed en voelde zich plakkerig. Door de oranje gordijnen achter het hoofd van zijn vrouw brandde de hete zon. Het was hier veel te heet om te gaan ruziën over een buurvrouw naar wie hij steeds nieuwsgieriger werd.

Een vrouw met een jachtgeweer wond hem eigenlijk wel op, moest hij toegeven. Stoer, vond hij het. En dat ze een voorliefde voor planten had, was bekend. Had ze hen daar niet meteen op gewezen, de dag van hun uitje? Wat kon het voor kwaad dat de kinderen een extra lesje in biologie kregen? Integendeel, zou hij kunnen zeggen, nu wisten ze tenminste dat niet alle planten ongevaarlijk waren.

'Een tikkeltje vreemd? Man, je laat kinderen toch niet met een vuurwapen spelen?!' Klaartje was nu vlak voor hem gaan staan. Even dichtbij als wanneer ze zoenden. Maar niets wees erop dat dat zou gebeuren. Langs haar hals sijpelde transpiratievocht. Zij moet het ook warm hebben, dacht hij.

'Misschien was het niet geladen?' Hij hoorde hoe zijn woorden de kleine ruimte vulden. Het was een redelijk antwoord, vond hij. Een ongeladen wapen wordt een soort van trofee. Een van hun buren in het Gooi had een aardige verzameling. Ze waren daar een keer op bezoek geweest. De man had trots zijn kast laten zien. Bewonderend had Klaar een van de wapens opgepakt en betast. En nu...

Stampvoetend stond ze voor hem. 'Dan nog! Ze heeft ze meegenomen naar een hut. We weten niet eens waar die hut ligt!' raasde ze door. 'Jouw bloedeigen kinderen hebben met hun handen aan de meest giftige planten gezeten! Besef je dat wel?' Haar stem nam in volume toe.

'Mijn god, Klaar, ze hebben er toch niet van gegeten?' gromde Simon.

'Dat moest er nog bij komen!' gilde ze nu. 'Je schijnt er niets van te begrijpen, hè? Waarom reageer je toch altijd zo lauw? Waarom moet ik toch altijd alles regelen? Waarom...' krijste ze wanhopig, en het bloed steeg opnieuw naar haar wangen.

'Dat is niet waar.' Hij legde zijn vinger voor zijn mond om te gebaren dat de kinderen hen konden horen. Ze luisterde niet.

'Waarom ben je niet wat meer een echte man? Iemand die het opneemt voor zijn gezin? Het lijkt wel of je het eerder voor haar...' – driftig wees ze in de richting van het huis naast het hunne – '... zo'n wildvreemde tante, dan voor ons opneemt.'

Simon ging op de stoel onder het raam zitten. Een tropisch windje woei onder de gordijnen door. Hij had geen zin meer om zich te verdedigen. Hij had geen zin in ruzie, en het laatste waar hij zin in had, was een breuk tussen hem en Helen. Voor zijn gevoel was er niets mis met haar. De kinderen waren duidelijk op haar gesteld. Zelfs Melissa, die toch niet de makkelijkste was en zich meestal als een kat-uit-de-boom-kijkerig kind gedroeg, had onmiskenbaar sympathie voor haar gekregen. Waar maakte Klaar zich zo druk over? De meiden waren goed opgevangen door Helen. Oké, ze had ze misschien niet alleen moeten achterlaten bij de boot, dat vond hij ook wat vreemd, maar op een eiland als dit liepen ze geen enkel gevaar. Dat wist Klaar!

'Zeg schat, niet om het een of ander, maar ben je niet wat onredelijk aan het worden?' vroeg hij in alle ernst. Zwijgend beantwoordde ze zijn blik. Dat gaf hem moed om door te gaan. Hij schraapte zijn keel.

'Ik krijg een beetje het idee dat die Helen met jou op de loop gaat. Als je goed naar de kinderen had geluisterd, dan had je gemerkt dat ze het juist prima naar hun zin hebben gehad. Trouwens, als zij er niet meteen was geweest, wat dan? Jip moest worden begraven en de kinderen wilden niet mee. Had jij een betere oplossing? Was je liever naar huis gegaan? Had je het feest – iets waar jij al zo lang vol van bent, jij nog veel meer dan ik – willen cancelen?'

Nu had hij echt een gevoelige snaar geraakt. Ze leek een beetje te ontspannen. Met redelijkheid lukte het vaak beter haar bij zinnen te brengen dan met terug brullen, was zijn ervaring.

Ze zuchtte en liet zich achterovervallen op het bed. Haar korte zomerjurkje trok op. Haar lange benen bungelden over de rand van het bed. Het gaf haar iets ontwapenends. Simon wierp een blik op de zachte glooiing achter haar slipje. Het wond hem op. Toen hij naast haar ging liggen, liet ze hem begaan.

'Ik ben zo moe,' zuchtte ze.

'Ik weet het,' zei hij, en hij begon haar zacht te kussen. Eerst haar mond, toen haar hals. Langzaam trok hij de bandjes van haar jurk naar beneden. Zijn tong gleed langs haar borsten, over haar buik, en belandde uiteindelijk op het kleine heuveltje tussen haar benen. Zacht kreunend gaf ze zich over toen hij zijn harde lid bij haar naar binnen schoof.

## – 8 –

'Ik heb niet veel tijd, mijn kinderen zitten in de auto.' Klaartje wees naar de deur achter haar. De kleine man nam haar argwanend op. Wat moet je van me, zeiden zijn kippige ogen. Ze wilde opheldering, en hij zou haar die geven. Ze had weinig tijd, haar schema moest worden afgewerkt.

Na de onverwachte, korte vrijpartij, die beide echtelieden goed had gedaan – de grimmige sfeer tussen hen was even uit de lucht – had ze snel gedoucht en zich omgekleed. Er moest nog veel gebeuren. Eten halen, cadeautjes inpakken, versiersels klaarleggen en nog veel meer. Ook had ze de kinderen beloofd cupcakes te gaan bakken. Dit keer zou het een speciale aanpak vergen. Met veel chocola, hartjes en 50-vormen. Het moest een bijzondere verrassing worden. Ze hadden al weken voorpret gehad en vandaag werd het menens.

Verschillende genodigden hadden haar al gebeld over hoe laat de boot ging, of ze een tent moesten meenemen, wat er zou gebeuren als het weer betrok – er was onweer voorspeld – en of Simon wist wat hem te wachten stond. Een aantal had er duidelijk zin in. De meesten wilden hun oude makker een onvergetelijke Abraham bezorgen.

Ze had niets verteld over Jip. Ze wilde niet overkomen als een ouwe zeur – Simon had genoeg laten blijken dat voor hem de maat vol was – maar eigenlijk was ze doodop. En als ze heel eerlijk was, dan mocht het wat haar betrof zaterdagmorgen zijn.

Ze had tegen Simon gezegd dat ze de rest van de middag de auto nodig had. Als hij nog iets wilde doen, dan moest hij snel zijn. De meiden gingen met hun moeder shoppen.

Ze had dan mooi de gelegenheid om de kinderen over Helen uit te horen. Vlak voordat ze de deur uit gingen had Simon nog het idiote voorstel gedaan om dat mens voor een etentje uit te nodigen. 'Als dank, Klaar,' had hij tegen haar gezegd. 'Je kunt zo'n arme weduwe toch niet negeren?' Speels, en een tikkeltje spottend, had hij naar haar gelachen. Toen ze wilde tegensputteren, had hij haar gekust. 'Niet weer,' zei hij. Dus stemde ze in. Het was tenslotte hun laatste avond hier. Hij zou een tafeltje reserveren bij een van de tenten aan zee.

'Gaan we dan ook nog even met z'n allen naar de hut, pap?' had Jaimi gevraagd. Simon had niet geantwoord. 'Welke hut?' had Klaartje quasi-onnozel gevraagd. Daarna kreeg ze een uitgebreid verslag. Hoe kun je nou zo dom zijn, mam, dat hadden we toch al verteld, was de teneur van het betoog.

Vervolgens zwaaide Simon ze uit. Hij zou van zijn laatste uren als veertiger gaan genieten, zei hij. Dat moest in de vorm van een flinke fietstocht door de duinen. Goed voor mijn conditie, had hij eraan toegevoegd. Wat hij niet vertelde was dat hij Helen wilde opzoeken.

Met geen woord werd er nog over Jip gesproken. Alles draaide nu om het feest van morgen. Maar Klaartje was de dood van hun hond beslist niet vergeten. Zeker niet de snee in zijn buik.

En ook niet de gevolgen daarvan. Dat ze de boot hadden gemist en hun kinderen noodgedwongen moesten achterlaten bij een vrouw die ze niet mocht. En wat nog veel erger was, dat ze geen flauw idee had waar die snee voor diende.

Daarom stond ze nu hier. Tegen de kinderen had ze gezegd dat ze even iets ging afgeven. Ze was zo terug. Ze had ijs beloofd. Ja, van dat speciale ijs uit het bos.

'Waarom heeft u hem opengesneden?' Ze stelde de vraag heel direct. Zoals ze aan een patiënt kon vragen waarom hij niet geflost had.

Ruud antwoordde niet onmiddellijk. Hoeveel weet ze, ging er door hem heen. Ze moeten de hond in het crematorium hebben gezien. Ondanks het feit dat hij de hond zo verpakt had dat zijn buik niet zichtbaar was, moesten ze toch de kale plek ontdekt hebben. Hij zag aan het gezicht van de vrouw dat ze niet zou weggaan voordat hij haar een bevredigend antwoord had gegeven.

'Tja...' begon hij aarzelend.

'Ik neem aan dat u de doodsoorzaak niet vertrouwde?' Klaartje stak opnieuw van wal toen ze hem niet snel genoeg vond reageren. 'Twijfelde u aan uw eigen diagnose? Was dat het?' ratelde ze door.

Hij liet haar uitrazen. Dat maakte het voor hem gemakkelijker. Hij had nu even tijd om na te denken.

'Maar dan eis ik nu wel een verklaring!' Ze voelde dat haar bloed begon te koken bij het zien van dat onnozele hoofd voor zich. Wat is er mis met die man, vroeg ze zich af. Wonen er alleen maar debielen op dit eiland?

'Trouwens, waarom heeft u niets gezegd toen we hem kwamen ophalen? Dat zou ons een heleboel ellende en geld bespaard hebben.'

'Het spijt me,' zei Ruud. Laat dat secreet opdonderen, dacht hij.

Alsof ze zijn gedachten kon lezen, deed ze dreigend een stap naar voren.

'Wat was er mis met onze hond?' snauwde ze in zijn gezicht. Automatisch deinsde hij achteruit. Minachtend keek hij haar aan.

'Nou ja, wat ik achteraf vermoedde, werd bewaarheid door de autopsie. U moet weten, we zitten hier op een eiland, in de vrije natuur zal ik maar zeggen, het is anders dan in de stad, waar u hoogstwaarschijnlijk...'

'Wat!?' Klaartje sloeg met haar vlakke hand op de balie. Een pen vloog door de lucht. Een doosje met folders viel om. Ze schrok.

Ook Ruud leek even geïntimideerd. Hij trok zijn wenkbrauwen op. Hij had geen zin om nog langer zijn ingehouden woede te verbergen. Ze kon het krijgen!

'De hond is vergiftigd!' brulde hij. Zo, dat was eruit.

Nu was Klaartje degene die ontsteld achteruitweek. Al het bloed trok weg uit haar gezicht. Met grote ogen keek ze naar Ruud, die dacht dat ze zou flauwvallen. Vlug voegde hij eraan toe: 'Hij moet van een boom of een plant gegeten hebben. Maar ik kan u verzekeren: hij heeft niet geleden.'

— 9 —

'Hi,' zei Simon flirtend tegen Helen toen ze de deur voor hem opende. Achter zijn rug hield hij iets verborgen. Zijn krullen glansden van de wax. Bij zijn donkerblauwe polo droeg hij een spierwitte linnen broek. Het ding fladderde als een pyjamabroek om zijn benen. De gympies die hij eronder droeg, pasten niet bij zijn schoenmaat, ze gaven hem het uiterlijk van

Donald Duck. Alles in zijn voorkomen deed denken aan iemand die vreselijk zijn best had gedaan er zo jeugdig mogelijk uit te zien. Wat een vertoning, dacht Helen, wat zou hij moeten?

'Kom erin!' zei ze hartelijk.

Vlug stapte hij langs haar heen naar binnen, regelrecht op de keuken af. Haar blik viel op de fles champagne die hij achter zijn rug hield.

'Als dank voor je oppassen!' zei hij, en hij reikte haar de fles aan. 'Ik neem aan dat je wel een paar glazen in huis hebt die hierbij passen?' Hij moest smakelijk om zichzelf lachen. Een siddering ging door Helen. Ze herkende de lach van Jan.

'Iemand met een verleden zoals jij, is vast niet vies van een paar bubbeltjes. Toch?'

Geschokt keek ze hem aan. Haar hart begon te bonzen. Wat bedoelde die lul in godsnaam? Wat weet hij van mijn verleden, dacht ze nerveus.

'Jan Bredius was toch jouw man?' Hij draaide aan de kurk. Met een knal spatte het ding van de fles. Alweer moest hij lachen.

'Sorry dat ik zo met de deur in huis val hoor, maar je moet weten, dit is de laatste dag dat ik als veertiger door het leven ga. En ik dacht, met wie zou ik dat nou beter kunnen vieren dan met jou?'

Helens verbazing groeide met de minuut. Ze beefde. Wat wist hij van Jan?

'Waar is Klaartje?' vroeg ze kalm, en ze trachtte zo zelfverzekerd mogelijk te glimlachen.

'Ze zijn shoppen!' sprak hij luid, terwijl ze vlak naast hem stond. Hij maakte een ongeduldige beweging met de fles. Het witte schuim liep over de hals. 'Glazen?' vroeg hij opnieuw.

Helen dook in een van de keukenkastjes. Ergens stonden nog een paar oude, ongebruikte champagneglazen. In dezelfde haast als waarmee hij naar binnen was gekomen en met de fles zwaaide, ging ze ernaar op zoek. Ze stootte haar hoofd en schaafde haar hand. Het glaswerk was grijs van het stof. Nog voordat ze alles eraf had geblazen, liet Simon de champagne erin stromen.

'Proost!' Wild tikte hij met zijn glas tegen het hare. 'Vind je me uitgelaten?' vroeg hij op luchtige toon.

'Eh... nou ja... Ik...'

'Sst,' fluisterde hij opeens dicht bij haar oor. 'Niet praten, gewoon even zitten en drinken, kom.' Hij tikte op de grote leunstoel bij het raam. 'Hier.'

Weifelend en ongemakkelijk nam ze plaats in haar eigen stoel. Hier was ze niet op voorbereid. Ze moest oppassen dat ze nu niet de controle verloor. Hij pakte een eetstoel bij de tafel vandaan en zette hem vlak voor haar neus. Indringend keek hij haar aan. Wat komt hij doen, dacht ze opnieuw.

Goedkeurend gleden zijn ogen langs haar haren, hals en borsten. Voordat hij verderging nam hij een slok. 'Ik weet dat je de weduwe van een kunstenaar bent,' begon hij.

'O ja?' Nerveus nipte Helen van haar glas. Ze durfde hem niet aan te kijken. Haar ogen bleven op zijn gympen rusten. In de ene zat een te korte veter. Hij stond open.

'Ik heb hem gegoogeld,' zei hij. 'Potverdorie, jullie hebben een ruig leventje gehad, zeg.' Weer lachte hij. 'Ik ben jaloers,' ging hij verder.

O, vandaar, dacht Helen. Er ging haar iets dagen. Kunstenaars roepen altijd een soort spanning op bij gewone zielen. Het romantische clichébeeld van de bon vivant.

'Hoe weet je dat?' vroeg ze, nog steeds op haar hoede.

'Dat stond er.'

'Ja, maar ik bedoel, hoe weet je dat hij mijn man was?'

'Van die boswachter! Of is hij eigenlijk privédetective?'

Helen verslikte zich. Hoestend stond ze op en rende naar de wc.

'Voorzichtig!' riep Simon haar achterna. 'Je bent het zeker niet meer gewend, hè? Dat krijg je op zo'n eiland...' Zijn rollende lach schalde door de kamer.

Hij voelde zich super zo zonder Klaar en de kinderen. Zijn oog viel op de boekenkast, die voornamelijk was gevuld met plantenboeken. Hij moest denken aan het herbarium van Melissa en de verhalen die ze erover verteld had. Hij had er nog niet in gekeken. Vanavond zou hij haar vragen het hem te laten zien.

De schuifdeur naar de tuin stond open. Het was een lange, uitgestrekte tuin. Minder groot dan die van hen, maar wel veel aardiger ingericht. Diverse bomen en struiken werden afgewisseld door laag bloeiende planten. Een smalle strook gras verbond het terras met een piepklein schuurtje achter in de tuin.

Een grote denachtige boom stond naast het schuurtje. Het ding zat vol met rode bessen. Alsof het kerst was. In de schaduw ervan was een zitje. Naast een luie stoel stond een klein rotantafeltje. Hij kon het niet goed zien, maar het leek alsof er in de stoel een kat lag te slapen.

Hij had haar overvallen met zijn bezoek. Kalm aan, jongen, zei hij tegen zichzelf. Je komt hier alleen maar om haar uit te nodigen voor een etentje vanavond. Je jaagt het arme mens de stuipen op het lijf met je jongehondengedrag. Zijn hand zocht automatisch naar zijn sigaartjes. Hij stond op, schoof de deur verder open en wandelde de tuin in. Laat haar maar even, dacht hij, toen hij haar nog steeds hoorde kuchen.

Ondertussen maakte Helen gebruik van haar hoestaanval. Ze moest nu heel goed nadenken. Een aantal scenario's passeerde de revue. De meest prangende vraag die haar bezighield was: hoeveel weet hij? Wat doe ik als hij hier verhaal komt halen over de dood van Jan? Wat heeft hij gehoord van die achterlijke boswachter? Maar als hij argwaan zou hebben, zou

hij geen champagne meebrengen. Vooralsnog is hij opgewonden over zijn verjaardagsfeest. Zijn familie is niet thuis. Hij heeft zich uitgedost als een eerstejaarsstudent om iets te vieren. Hoe zei hij het ook al weer? Zijn laatste dag als veertiger?
 Ze herstelde zich snel. Ze kon het bijna niet geloven, het lot was haar gunstig gezind. Ze kreeg hem op een presenteerblaadje. Beter kon niet.

'Leuke tuin,' zei Simon toen hij de kamer binnenkwam. Helen had zich opnieuw voor het raam in haar leunstoel genesteld. Ze zat er ontspannen bij. De glazen had ze bijgevuld en nu stond er ook iets lekkers op tafel. 'Neem wat kaas,' zei ze uitnodigend.
 Ze merkte dat hij haar gastvrije houding waardeerde. Nu zij overging tot het initiatief, werd hij opeens verlegen. Dat deed haar goed.
 'Straks misschien,' zei hij.
 'Maar vertel eens, wat heeft Tinus jou allemaal over mij verteld?' vroeg ze belangstellend.
 'Wel, eigenlijk niet zoveel. We kwamen hem tegen op het strand. Hij hoorde ons gesprek over Jip. Hij vertelde dat hij detective was.'
 'Maar wat heeft dat met mij te maken?'
 'Ja, ik wil niet impertinent zijn, maar ging het om geld?' vroeg Simon.
 'Geld?' Verrast keek Helen hem aan. Waarover bazelt hij, dacht ze.
 'Dat doen detectives toch?'
 'Wat?'
 'Uitzoeken of iemand overspel heeft gepleegd, zodat de bedrogen partij geld kan eisen?'
 Nu was het Helen die begon te schateren. Simon blikte nerveus in haar richting. De sukkel weet niks, dacht ze. Ik kan

hem van alles wijsmaken. Waar zal ik beginnen? Bij het overspel?

'Jan was een notoire vreemdganger. Ik was zijn uitvalbasis, zal ik maar zeggen. Ik verdiende geld, zorgde voor het huis en moedigde hem aan zijn talent te ontplooien. Zoals dat gaat met kunstenaars, hè?'

Simon luisterde aandachtig. 'Hield je dat vol?' vroeg hij, toen Helen de tuin in tuurde.

'Natuurlijk niet, maar ik hield van de man,' loog ze. 'Ik gunde hem zijn succes. En ik moet zeggen, het gaf mij natuurlijk ook een bepaalde vorm van vrijheid.'

Dit is het moment voor een korte pauze, dacht ze. Ze deed het goed. Zoals vroeger wanneer ze voorlas op de bieb. Altijd een spanningsboog opbouwen voor je toehoorders.

Gespannen wachtte hij af. Haar vrije hand legde ze op zijn bovenbeen. 'Ik had ook mijn avontuurtjes hoor,' fluisterde ze.

Als goed gerichte pijltjes bij een dartspel scoorden de woorden hoog bij de man tegenover haar. Verrukt keek hij haar aan. Zijn ogen begonnen te stralen.

Zie je wel, dacht Helen, hier is hij voor gekomen. Zijn laatste dagen op het eiland en zijn laatste dag als veertiger wil hij doorbrengen met een geile weduwe. Dat zal een zwarte weduwe worden, jongen. En ze kon het niet laten weer te lachen.

'Nee, ik weet niet wat die "detective", zoals jij hem noemt, onderzoekt, maar ik heb altijd geweten dat Jan er liefjes op na hield.'

'Mooi,' zei Simon opgewekt. Hij knikte instemmend, alsof ze het net eens waren geworden over de prijs die ze vroeg voor een wip.

'Veel te jong. Zijn onverwachte dood kwam als een schok voor mij, heus, we hadden net een leuke avond achter de rug.' Opnieuw wierp ze Simon een betekenisvolle blik toe.

'O ja? Lagen jullie dan niet in scheiding? Volgens de pers...'

'Lieve jongen, de pers beweerde zoveel. Alleen Jan en ik wisten van de hoed en de rand, zullen we maar zeggen.' In één teug sloeg ze haar glas achterover, en hiermee liet ze hem merken dat ze genoeg kreeg van dit gesprek.

'Nog een laatste slokje...?' vroeg Simon. Aan zijn ogen zag ze dat hij haar begrepen had. Ze glimlachte naar hem. 'Zullen we dan nu maar naar boven gaan?' vroeg ze.

'Je bent goddelijk,' gromde Simon. Zijn bezwete lijf plakte tegen het hare. Als een dorstige zuigeling die niet genoeg kreeg van de moederborst, zoog hij aan haar zoute tepels. Helen woelde door zijn krullen. Een weeïge geur bereikte haar neusgaten.

'Gek hè, maar ik wíst dat je dit net zo graag wilde als ik,' murmelde hij tegen haar gebruinde huid, terwijl hij over haar borsten likte.

Direct nadat ze de slaapkamer waren binnengegaan had ze zich overgegeven aan zijn wilde enthousiasme. Hij kermde als een schooljongen die voor het eerst een meisje mocht betasten. Zijn scherpe nagels boorden zich in haar dunne vlees toen hij ruw onder haar hemdje op zoek ging naar haar borsten. Pijnlijk stootte hij zijn harde geslacht naar binnen. Gillend en schokkend kwam hij klaar. Alles bij elkaar duurde het niet langer dan vijf minuten.

Uit de broek naast het bed klonk een ringtoon.

'Shit!' zei Simon, en hij maakte zich onmiddellijk los uit zijn omhelzing.

Helen staarde naar de vlezige man op de rand van haar bed. Over zijn rug liep een donkere waas van haar. De van zweet glimmende vetrollen om zijn middel roken zuur. Terwijl hij de telefoon opnam trok hij gedachteloos aan zijn slappe geslacht.

'Hi schat! Ja, ik ga zo op weg naar de fietsverhuur. Nee, ik was nog wat mail aan het beantwoorden. Geen enkel probleem, geniet ervan. Ik zie jullie straks. Ja hoor, ik zal reserveren, hoe laat? Prima. Nee, ik red me wel... ja, jij ook, kusjes...' En met een overdreven smakkend geluid nam hij afscheid.

Hij draaide zich om.

'Sorry, dat was Klaar... Trouwens, we willen je uitnodigen voor een etentje vanavond. Als dank.' Zonder haar aan te kijken ging hij op zoek naar zijn short.

'Lief van jullie. Wil je wat drinken?' vroeg Helen alsof er niets gebeurd was. Ze had snel een nachthemdje aangetrokken.

'Nou graag, als het niet te veel moeite is?'

'Welnee, neem je tijd. Waarom neem je geen douche? Je weet de weg, het is hier net zoals bij jullie, maar dan gespiegeld,' zei ze.

Simon keek op zijn horloge. Nu Klaartje later thuiskwam, had hij opeens zeeën van tijd. Hoe laat had hij ook al weer bij die detective afgesproken? Hij kon nog even blijven, wat drinken, wat nagenieten, het was tenslotte zijn laatste dag...

Hij hoorde Helen beneden tegen de poes praten. Ze was heerlijk. Ongecompliceerd, precies zoals hij verwacht had. Geen moeilijke vragen stellen over zijn gezin. Ze was net zo geil als hij. Opnieuw begon het bloed in zijn pik te kloppen. 'Helen, ik maak toch maar even gebruik van je douche,' riep hij over de balustrade.

'Goed hoor,' riep ze terug.

In de keuken had ze de lade net weer afgesloten. Een van de potjes was nu leeg. Het keukenpapier dat eromheen zat, gooide ze weg. Het elastiekje legde ze op de koelkast. Zorgvuldig spoelde ze het lege potje af onder de kraan, om het daarna te laten uitlekken.

De koude gazpacho van gisteren was nog net genoeg voor

één persoon. Mechanisch sneed ze door het verse brood dat ze die ochtend gekocht had. De onaangebroken kaas zette ze ernaast op de plank, net als de fles witte wijn. Toen alles op het dienblad stond, likte ze de uitgelopen kaas van haar vingers. Voorzichtig liep ze met het volle blad naar boven.
  Daar opende ze de gordijnen. De lucht betrok. De zon was weg. Uit de hoogste takken van een boom klonk het schrille gezang van een merel.
  In de verte klonk het geluid van een landbouwmachine. Er was regen voorspeld, tijd om te gieren. De strontgeur woei met de wind mee naar binnen. Uit de badkamer kwam het geluid van spetterend water en laag gebrom. Simon zong zijn zwanenzang. Ze glimlachte.


— 10 —


Ze was ervan overtuigd dat de man niet de waarheid sprak en toch kon ze onmogelijk van hem verwachten dat hij met een andere verklaring kwam. Natuurlijk vreten honden alles wat hun lekker lijkt. Natuurlijk was hun hond ook zo geweest. Maar waarom zou hij dan juist nu — ze waren hier al honderden keren eerder geweest — door vergiftiging om het leven komen?
  Ongeloof en woede tekenden zich af op het gezicht van Klaartje. Bijna was ze in huilen uitgebarsten, zo machteloos voelde ze zich. Ze had aan zijn witte jas willen rukken en hem willen toeschreeuwen dat hij loog. Dat ze de medische wereld kende. Dat ze er zelf deel van uitmaakte, zij droeg ook een witte jas. Hij hoefde haar niets op de mouw te spelden. Waarom deed hij dat dan?
  Maar de man was onvermurwbaar.

'Niemand vergiftigt hier opzettelijk dieren,' sprak Ruud. Hij had besloten haar in de waan te laten dat de hond van een plant had gegeten. Met deze vrouw wilde hij geen enkele discussie voeren. Bovendien was er nog geen bewijs dat Helen het gedaan had.

'De hond was oud en zwak. Maar nu val ik in herhaling,' verzuchtte hij. 'Legt u zich erbij neer. Het is moeilijk, altijd.' Hij deed een poging wat vriendelijker over te komen.

'Waarom probeert u niet te genieten van de paar dagen dat u hier nog bent?' vroeg hij op schoolmeesterachtige toon. Hij rommelde in zijn zak. Het geluid van een sleutelbos doorbrak de stilte. 'Moet u niet naar uw kinderen?' vroeg hij, toen ze bleef staan.

'Ik laat het hier niet bij zitten!' riep ze trillend toen de deur achter haar in het slot viel.

Vanuit de auto klonken vertrouwde kinderstemmetjes. Hoe kon ze het vermoeden dat ze had, hard maken? Niemand zou haar geloven, Simon zeker niet.

Vanavond tijdens het etentje neem ik die gifmengster te grazen, dacht ze. Kijken hoe ze reageert.

Ze belde Simon en drukte hem op het hart te reserveren. Hij klonk opgewekt en toen ze afscheid namen, zei een vreemd gevoel in haar maagstreek dat vanavond wel eens een heel bijzondere avond kon worden.

'Mam, gaan we nu eindelijk shoppen?' vroeg Melissa vanaf de achterbank.

'Ja liefje, doen we. Kunnen we daarna mooi de slingers voor papa klaarleggen.'

'En cupcakes bakken!' riep Jaimi.

'En cupcakes bakken,' herhaalde Klaartje.

Toen ze twee uur later bepakt en bezakt het terrein op reden, hing er een zware donderlucht boven het eiland. De strakblauwe hemel, waar iedereen aan gewend was geraakt, had zich ongemerkt door het loodgrijs laten verdrijven. Geen spatje zon dat er nog doorheen durfde te breken. De kurkdroge aarde met de slaphangende planten en het gortdroge gras; ze snakten naar water.

'Ik denk dat we als laatste de slingers moeten ophangen,' zei Klaartje tegen Jaimi, die meteen bij thuiskomst de versiersels uit de tas haalde.

'Desnoods doen we het vannacht als hij slaapt,' voegde ze eraan toe. 'Wat vinden jullie daarvan?'

Er kwam geen antwoord.

'Waarom ga je niet vast ballonnen opblazen?' vroeg ze toen ze het beteuterde gezicht van haar jongste dochter zag. 'Dan bewaar je die op je kamer. Is dat een idee?'

'Oké.' Bozig trok ze haar schouders op, griste naar de zak ballonnen en verdween ermee naar boven.

Melissa maakte zich klaar voor de cupcakes. Alles werd netjes op het aanrecht gerangschikt. Wat een verschil met Jaimi, dacht Klaartje, toen ze naar de handelingen van haar dochter keek. Haar dromerige oudste was altijd zo verstandig dat ze er nauwelijks een kind aan hadden. Ze zou het in de wetenschap nog ver kunnen schoppen, dacht ze. Daarom moest ze misschien niet al te boos reageren op het verhaal van het herbarium. Er zat nou eenmaal een kleine onderzoeker in Melissa. De vragen die de hele middag al op Klaartjes tong hadden gebrand, zou ze voorzichtig moeten inkleden.

'Zeg schat,' begon ze, en ze probeerde haar stem zo neutraal mogelijk te laten klinken. 'Kun je me iets over die plantenliefde van Helen vertellen?'

'Wat bedoel je, mam?'

'Nou, ik begreep dat jullie op zoek waren naar giftige planten?'

'Ook.' Melissa leek niet echt geïnteresseerd in haar moeders

vraag. Ze concentreerde zich op de doos met taartversieringen.
'Weet je waar de kaarsjes zijn gebleven, mam?' vroeg ze.
'Wat deed je daarmee?' ging Klaartje verder.
'Waarmee?'
'Met die giftige planten.'
'Niet veel. Sommige zijn heel gevaarlijk. Ze zei dat je ze nooit mag eten.'
De kleine handen van Melissa zochten de taartvormpjes bij elkaar. Ronde, vierkante, ovale en stervormige bakjes zouden straks omgetoverd worden tot heerlijke versnaperingen.
'Maar wat ik wel leuk vond, mam, was dat juist de mooiste bloemen het meest giftig waren.' Het leek alsof ze bij het zien van de gekleurde bakjes opeens weer wist waar de plantkunde over ging. 'Wist jij dat?' Ze keek haar moeder vragend aan.
'Eh, nee, dat wist ik niet.' Klaartje kreeg het warm. Het gespannen gevoel in haar maagstreek was terug. Ik moet wat drinken, dacht ze. Ze pakte een glas water om het opborrelende maagzuur weg te slikken.
'Vertelde ze ook of ze er iets mee deed?'
'Wat dan?' vroeg Melissa.
'Nou, of ze er bijvoorbeeld ongedierte mee kon bestrijden. Er zitten hier vast veel muizen en ratten. Denk je niet?'
'Kweenie, mam, zullen we nu de cupcakes gaan maken?'
Het hele aanrecht stond inmiddels vol met spullen. Melissa was klaar voor de start. Ze had haar eigen schortje voorgedaan, net als thuis.
Klaartje keek vertederd naar haar dochter. Juist toen ze haar een aai over haar bol wilde geven, ging de telefoon. 'Dat is goed, pak het bakmeel maar vast,' zei ze terwijl ze op zoek ging naar haar mobiel.
'Met Klaar,' sprak ze kort toen ze het nummer in het venster niet herkende.

'Mevrouw Klooster?' vroeg een mannenstem die ze vaag herkende.

'Ja?'

'U spreekt met Brandsma. We hebben elkaar laatst op het strand gesproken, weet u nog?'

'Ja?' Ze wist het nog. Het was die boswachter. Wat moest hij nu weer?

'Ik vrees dat ik geen goed nieuws heb,' sprak hij aarzelend.

'Hoe bedoelt u?' Het laatste waar ze zin in had was deze flapdrol. Ze tuurde op de klok in de keuken, ze moest door. Straks kwam Simon thuis. Dan wilde ze klaar zijn. Aangekleed en opgetut. De kinderen moesten ook nog iets anders aan. Hier had ze geen zin in. Het zal wel om die aanrijding gaan, dacht ze. Wat een zeikerd. Ze hoorde de man aan de andere kant van de lijn zwaar ademen. De tijd die hij nam duurde haar veel te lang. Schiet op, man, dacht ze. Goedkeurend knikte ze naar Melissa, die een doosje eieren omhooghield. 'Ja, allemaal,' riep ze naar haar dochter.

'Wat zegt u?' vroeg de man.

'Niets! Zegt u het eens!' riep ze ongeduldig.

En op hetzelfde moment dat hij haar antwoord gaf, flitste een felle lichtflits langs Klaartjes hoofd. Opgevolgd door zo'n oorverdovend harde klap, dat alle ramen trilden in hun sponningen. Ze dook in elkaar en de telefoon schoot uit haar hand. Weer was er een lichtflits. Nog harder klonk de donder.

'Mama!' Angstig stormde Jaimi de trap af.

'Het is maar onweer,' riep Klaartje vanaf de vloer. Maar ze moest toegeven dat ze zich rot was geschrokken. Ze speurde de grond af naar de weggevlogen mobiel. Toen ze hem terugvond hoorde ze de man nog net zeggen: '... kunt u zo snel mogelijk komen? Tegenover de grote kerk,' zei hij, en daarna met klem: 'Ik heb al een arts voor uw man gebeld.'

Weer klonk er een donderslag, de verbinding was verbroken. Jaimi stond snikkend voor Klaartje. Haar handen hield ze voor haar oren. Melissa zat op haar knieën op de keukenvloer. Voor haar lag een doos met kapotte eieren.

## — 11 —

Zoals het hemelvocht de uitgeputte aarde eindelijk voorzag van verkoeling, zo liet Helen het milde water van de douche liefkozend haar gebutste lichaam strelen. Ze spoelde hem weg. Hem en alle anderen. Haar broer, haar vader, haar man. Allen verdwenen voorgoed in het afvoerputje van de badkamervloer.

Hoelang ze onder de douche had gestaan, wist ze niet. Maar voordat ze zich bewust werd van de voordeurbel, was er zeker een halfuur verstreken.

Hij had een fiets laten komen. Ze had mazzel. Het verhuurbedrijf was toevallig in de buurt, hij zou niet te lang meer blijven. 'U weet dat er onweer op komst is, meneer?' had de stem van de man uit de telefoon gegalmd. 'Nou, dat zal me dan goeddoen,' had hij naar het toestel geroepen. 'Ik kan wel wat afkoeling gebruiken.' En hij had naar haar geknipoogd.

Toen hij protesteerde, had ze hem aangemoedigd om vooral niet te bescheiden te zijn. Eet gerust alles op, had ze gezegd. Nee, heus, ze had zelf geen trek. Het was haar te drukkend om te eten. Nou, misschien een stukje kaas met brood dan, maar neem gerust alle soep die er nog in de pan zit.

Dat liet hij zich geen twee keer zeggen. Als een uitgehongerde wolf stortte hij zich met evenveel gulzigheid op de koude tomatensmurrie als op haar kut. Zoals hij zijn tong langs haar schaamlippen had laten glijden, zo schraapte hij zijn broodkorst over de bodem van de pan.

'Tot vanavond,' riep hij haar nog na voordat hij de deur achter zich dichttrok.

Kort daarvoor had hij haar nog uitgebreid bedankt. Beter was het om het hierbij te laten. Eén keer was genoeg wat hem betrof. Niemand hoefde het te weten, zeker zijn vrouw niet. Zo gaan die dingen tussen volwassenen, nietwaar?

Met veel plezier had hij zich door haar laten verleiden, het was heerlijk met haar, maar onmogelijk te continueren. Alleen de afstand al! En er waren de kinderen. Ze begreep het wel.

Terwijl hij zich op alle mogelijke manieren indekte, en zij hem zwijgend aanhoorde, had hij zich te goed gedaan aan het brood en de soep.

Vanavond hadden ze nog een etentje in elkaars bijzijn. Waarschijnlijk de allerlaatste keer samen. Nogmaals, hij was een heel gelukkig man. En waarachtig, ze zag hem stralen.

Ze was een moordwijf. Hij was haar zeer dankbaar. Ze was het allerlekkerste cadeautje voor zijn vijftigste verjaardag. Nooit zou hij haar vergeten. Terwijl hij in zijn gympen schoof en zij hem voorzag van een tissue om zijn rode tomatenmond af te vegen, lachte hij haar verzadigd toe.

Op het moment dat ze de deur in het slot hoorde vallen, rende ze naar de wc en stopte haar middelvinger zo diep in haar keel, dat ze dacht dat ze zou stikken. Haar lichaam schokte hevig toen meteen daarop de warme smurrie uit haar maag omhoog kolkte en met een droge snik haar mond verliet.

Daarna wiste ze ieder spoor van zijn bezoek. Geen tijd te verliezen. Mechanisch werkte ze alles af. Alles wat door hem was aangeraakt of betast, veegde ze behoedzaam af. Toen ze zich ervan verzekerd had dat er geen vingerafdruk, haartje, pluis, of wat dan ook van hem restte, trok ze haar nachthemd uit. Minutenlang dwarrelde ze in haar blootje door de ruimte. Stukje voor stukje – geen detail mocht aan haar oog ontsnappen – nam ze de woonruimte in zich op. Ergens vermoedde ze dat er een kleine onvolkomenheid in was geslopen. Dat ze iets over het hoofd had gezien. Eén moment van onoplettendheid zou haar alibi kunnen schaden.

Tot waanzin toe liet ze haar hersens werken. Ze piekerde net zo lang totdat ze bij het fietsverhuurbedrijf uitkwam. Die man had bij haar aangebeld. Simon was naar beneden gestoven. Hij had opengedaan. Een lichte paniek maakte zich van haar meester, maar net zo snel als die omhoogkwam, zakte hij weer weg.

Hij had haar uitgenodigd om met hem en zijn gezin te gaan eten. Een betere uitleg kon ze niet bedenken voor zijn korte bezoekje hier. Laat de politie maar komen, dacht ze, laat die gek van een Brandsma maar vragen gaan stellen.

Toen kon ze hem eindelijk van haar lijf spoelen. De butsen van zijn ruwe handen, de bloeddoorlopen krassen van zijn nagels, de kleverige plek tussen haar benen, nooit zou ze het nog zover laten komen. Het douchewater bracht verlossing. Zoals de zeep zich in haar schaafwonden vastbeet, zo zou het gif door zijn bloedbaan stromen.

Misschien dat ze daarom wel zo kalm op de bel reageerde. Vanuit het raam van haar slaapkamer wierp ze een blik naar beneden. De regen kwam met bakken uit de lucht. Het water spoelde langs het raam naar binnen. Ze kon nog net een figuur voor de deur onderscheiden. Niet meteen iemand die ze herkende. Geen Tinus of politie, noch Trees, en al helemaal niet dat hysterische vrouwmens. De bezoeker belde opnieuw. Dit keer hield hij langer aan.

Helen gleed in haar badjas, knoopte haar natte haar bij elkaar en liep zonder zich te haasten de trap af. Geen paniek, sprak ze in zichzelf. Niemand doet je wat. Alles is goed weggemoffeld, alles is onder controle. Je hoeft zelfs niet open te doen als je dat niet wilt. Dit is jouw huis. Als jij niet wilt dat er iemand binnenkomt, komt er niemand binnen. Vanaf nu hoef je nooit meer bang te zijn. Alles is voorbij. Iedereen is dood. Je hebt het goed gedaan.

Weer ging de bel. Langer en nadrukkelijker. Even weifelde ze. Toen liep ze de gang in. Ze zag onmiddellijk wie het was, ze herkende haar aan haar silhouet. Haar dromerige blik was angstig, haar verlegen mondje stond verdrietig. Bleek en doorweekt van de regen staarde ze bibberend naar haar spiegelbeeld in de deur.

'Melissa!' zei Helen, en ze opende de deur. 'Wat leuk, kom gauw binnen! Je bent helemaal nat!'

Het kind keek haar beteuterd aan. Ze probeerde te glimlachen, maar haar onderlip trilde.

'Er is iets met papa gebeurd. Ik wou niet mee. Mama en Jaimi zijn naar hem toe.'

In haar ogen brandden tranen.

'Wat naar. Weet je moeder dat je hier bent?' vroeg Helen, en ze probeerde zo bezorgd mogelijk te klinken.

'Nee,' zei Melissa kort. Schichtig keek ze achterom.

'Wil je dat ik haar bel?' vroeg Helen.

'Nee, liever niet. Mama vindt je niet zo aardig, geloof ik... Ik wel hoor...'

Haar natte haar drupte op haar spijkerjasje. 'Mag ik zolang bij jou blijven?' vroeg ze sip.

'Uiteraard kind, nogmaals, kom binnen.' Helen trok haar snel over de drempel. Moederlijk legde ze een arm om de smalle schoudertjes in het spijkerjasje. Zachtjes duwde ze het kind de woonkamer in. 'Wacht hier even en trek dat natte jasje uit. Laat me je eerst even wat droge kleren geven.'

Melissa nam verlegen plaats in de grote fauteuil. Bes sprong meteen bij haar op schoot. Liefkozend aaide ze het dier.

Helen stoof de trap op naar de slaapkamer. Ze griste een oude trainingsbroek en sweater uit de kast en kleedde zich bliksemsnel aan. Wat nu, dacht ze. Hier had ze niet op gerekend. Ze moest nu heel goed nadenken.

Ik moet hier weg, dacht ze. En zij gaat mee. Misschien komt ze me nog wel van pas. De enige plek waar ze ons voorlopig niet zullen zoeken is de hut.

— 12 —

Eerder razend dan bezorgd stormde Klaartje het terrein af. Wat een timing! Waarom moest hij nu opeens ook gaan fietsen? Ze baalde.

Hoe vaak had ze hem niet gewaarschuwd? Ga bewegen, denk aan je lijf; je hart. Simon, je leeft niet gezond genoeg. Ze had het al honderden keren gezegd. Hele dagen bracht hij achter die pc door. En als hij daar niet achter zat, zat hij wel in de auto of hing voor de tv. In geen jaren had hij een fiets aangeraakt. Overal werd de auto voor gebruikt, al was het op een steenworp afstand, en als Jip er niet geweest was, zou hij niet meer weten wat wandelen betekende.

Jip is er niet meer, zei ze tegen zichzelf. Voor Simon zou het goed zijn om zo snel mogelijk een andere hond te nemen. Haar bloed kookte, hoe meer ze erover nadacht, hoe kwader ze werd. God, ik moet nog zoveel voorbereiden voor morgen. Ze zuchtte. En nu dit weer.

Jaimi, die naast haar zat, leek haar gedachten te kunnen lezen. Ze legde haar warme kinderhand op de hare. 'Rustig mam, misschien heeft pap gewoon een glaasje te veel op.' Ze probeerde de blik van haar moeder te vangen, maar Klaartje keek strak op de weg. De woorden van haar jongste dochter maakten haar mogelijk nog woedender.

Kun je nagaan, dacht ze. Mijn dochter van negen weet al wanneer haar vader een glaasje te veel opheeft. Is het niet treurig? Dat doet de deur dicht! Het is mooi geweest. Hij stopt met drinken of... En ook die stinksigaren gaan de deur uit. Ik eis het van hem, anders ben ik weg. Ze gaf een ruk aan het stuur, witheet scheurde ze de Boslaan in.

Deze smalle beschaduwde zandweg, waar als de zon door het gebladerte speelde een sprookjesachtige sfeer ontstond, was nu aardedonker. De zandkuilen hadden zich gevuld met water en ook de naastgelegen greppels leken veranderd in kolkende rivieren. Het laatste beetje groen van het weiland erachter was versmolten met de grauwe lucht erboven.

De ruitenwissers van de BMW konden het watergeweld maar nauwelijks aan. Met een zicht van minder dan vijftig meter zou ze zonder de TomTom niet weten hoe ze moest rijden. Terwijl donder en bliksem tikkertje speelden, probeerde Klaartjes stem boven het bulderende geweld uit te komen.

'Als we straks bij die man zijn, dan bel jij Melissa,' riep ze naar Jaimi.

'Heeft Melis dan een telefoontje, mam?'

'Ja, ik heb haar die van mij gegeven,' gilde ze terug. 'Waarom zijn jullie toch zo slordig geweest om het mobieltje te verliezen?'

'Dan had je ons er allebei maar een moeten geven,' antwoordde Jaimi met een hoog stemmetje. 'Je weet hoe Melis is.'

Ja, ze kende haar oudste. Verstrooid en eigenwijs. Net als nu. Ze wilde per se niet mee naar die boswachter, zij bleef thuis. Dan niet, had Klaartje gezegd, terwijl Jaimi en zij stoïcijns hun regenjacks aantrokken zodat er geen kostbare tijd werd verspild aan het eigenzinnige gedrag van haar dochter.

Wat moest hij daar eigenlijk bij die kerel, vroeg Klaartje zich af. Zou hij Simon in de duinen gevonden hebben? Ze kon het niet laten even te gniffelen. Ze zag het al voor zich. Simon op zijn stalen ros, klimmend in de hoogste versnelling. Hijgend en puffend wil hij zich net overgeven aan de afdaling, als een haas voor zijn fiets springt. Simon kiest het luchtruim, de haas het hazenpad. Niemand minder dan de boswachter stuit op de ongelukkige Simon. Daar ligt de man die hem omver had gereden met zijn auto. Misschien heeft hij nog even getwijfeld of hij zich wel over hem zou ontfermen, dacht ze.

'Hé mam, kijk, een ziekenauto!' riep Jaimi, toen ze de voorrangsweg naderden. Hij reed in de richting van de pont. Het geluid van de sirene vervloog tussen de niet-aflatende donderslagen.

Opnieuw dacht Klaartje aan Simon. Haar hart begon sneller te kloppen. Verdomme, waarom heb ik mijn mobiel niet bij me? Waarom heb ik Melissa toch haar zin gegeven? Straks kom ik bij die boswachter en is er niemand. Wat moet ik dan?

Automatisch drukte ze het gaspedaal dieper in. Weer keek ze op de TomTom. Ik ben er bijna, dacht ze. Zonder vaart te minderen sloeg ze in haar roekeloosheid de voorrangsweg op. Hierdoor zag ze de auto die van links kwam niet aankomen. Toeterend gooide de automobilist zijn stuur om, maar daarmee kon hij niet voorkomen dat hij de BMW schampte. Met brullende motor kwam de auto in de berm terecht.

Jaimi gilde het uit. Ze greep naar haar hoofd. Door de plotselinge stilstand van de auto was ze met haar hoofdje tegen het zijraam geklapt.

'Stomme klootzak!' vloekte Klaartje trillend. Ze wierp een blik in haar spiegel. 'Wie rijdt er nou met dit noodweer zonder lichten? Dombo!' schreeuwde ze naar de auto in haar spiegelbeeld.

'Mama, mijn hoofd,' snikte Jaimi.
Klaartje boog zich over haar bibberende dochter. 'Laat eens kijken wat er met je hoofd is,' zei ze zacht. Ze streek door de haren van Jaimi en voelde een dikke bult. Vanuit haar ooghoek zag ze iemand uit de geslipte auto stappen. De figuur strompelde om zijn auto.
'Het valt gelukkig mee,' zei Klaartje snel. Ze kuste haar huilende dochter op haar gekwetste bolletje. 'We moeten nu door naar papa, hou je het nog even vol?'
Jaimi knikte.
Net op tijd startte Klaartje de auto. De automobilist liep in hun richting. Daar had ze nu geen tijd voor. Ze schakelde en plankgas scheurde ze weg.
Jaimi hikte nog wat na. Angstig drukte ze zich tegen de stoel.
Op het nummer waar ze moesten zijn, was alles verlaten. Na driemaal bellen wist Klaartje genoeg. Hier was niemand.
Doornat geregend stapte ze terug in de auto. Jaimi keek verschrikt naar het bleke gezicht van haar moeder, waar het natte haar verwilderd tegenaan plakte. Over haar wangen liepen strepen van doorgelopen mascara. Haar ogen schoten vuur toen ze de stille, verregende straat in tuurde.
'Néé!' krijste ze, en ze timmerde zo hard op het stuur dat haar handen pijn begonnen te doen. Toen ze opzij keek naar haar doodsbange dochter bedaarde ze. Eén gedachte spookte door haar hoofd: als we de pont maar halen.

# Vrijdag

## — 1 —

Het noodweer van de afgelopen nacht had het eiland onophoudelijk geteisterd. De wind wakkerde aan en de laatste veerboot werd uit de vaart genomen. Vanaf het moment dat het hevigste onweer sinds tijden pal boven zee hing, waren er nog maar twee boten uitgevaren. Een hovercraft met een ambulance erop en niet veel later de laatste pont. Daarna had de natuur het van de techniek overgenomen en werd het eiland wat het eiland hoorde te zijn: een stukje land, drijvend in zee. Afgesloten van de wereld.

Vanaf het moment dat Melissa voor de deur stond, had Helen haar op haar gemak proberen te stellen. Ze had haar een handdoek gegeven, droge kleren, thee gezet en gevraagd wat er nou precies aan de hand was. Melissa wist het niet. Papa was ziek geworden bij de boswachter. Meer kon ze niet bedenken. Mama en Jaimi waren meteen vertrokken.

Helen had haar gerustgesteld, op het eiland werd bijna nooit iemand ziek. Het zou vast wel meevallen. Ze had het kind in de kamer achtergelaten en was wat gaan rommelen in de keuken. Maar toen Melissa na een paar minuten nerveus kwam vertellen dat ze terug wilde naar huis – en niet alleen omdat ze erachter was gekomen dat ze haar mobieltje daar had laten liggen, maar meer omdat ze zich schuldig voelde omdat ze niet met haar moeder en zusje was meegegaan –, zag Helen haar kans schoon.

'Natuurlijk, kind, ga jij maar naar huis en je mobieltje zoeken. Ik ben hier als je me nodig hebt,' had ze zo lief mogelijk gezegd. En om haar woorden kracht bij te zetten gaf ze haar de voordeursleutel en een paraplu mee. 'Dan kun je erin als ik boven ben. Goed?'

Melissa was de regen in gestapt. En terwijl Helen zelfverzekerd haar spullen bij elkaar zocht voor hun vertrek naar de hut, zette ze het regionale nieuws aan. Meteen werd duidelijk dat er geen boten meer voeren. Ze moest zorgen dat ze hier wegkwam voordat die weer in de vaart werden genomen.

Het zat mee. Veel sneller dan ze had verwacht, stond het kind alweer op de stoep. Mogelijk nog zenuwachtiger. Ze had dan wel haar telefoontje terug, maar contact leggen met haar ouders bleek onmogelijk. 'Niemand neemt op!' sprak ze in paniek. Angstig keek ze naar Helen.

Helen vermoedde dat Simon naar het ziekenhuis was afgevoerd. Haar moeder en zusje waren natuurlijk gevolgd. Ze grinnikte in zichzelf. Mooi, dacht ze, dat geeft me de tijd om rustig te kunnen vertrekken. Onwillekeurig streek ze door Melissa's haar. Kijken hoe snel die moeder haar gaat missen, dacht ze.

'Luister,' sprak ze kordaat. 'We nemen wat eten mee en rijden naar de hut, dan gaan we daar een nieuw herbarium voor je maken. Het oude laat je thuis. Je neemt je mobiel mee en als papa of mama belt, rijden we naar de pont om ze op te halen. Ik denk dat ze naar de overkant zijn. Daar heb je een ziekenhuis en een eerstehulppost. Misschien heeft je vader iets gebroken?'

Bevend keek Melissa op naar Helen. Het volgende ogenblik drukte ze zich tegen haar aan. Toen ze zacht begon te huilen voelde Helen een raar soort van compassie. Vlug maakte ze zich los uit de omhelzing en liep naar de keuken om een reep chocola te pakken.

'Wat doen we? Wil je eerst nog thee of gaan we meteen weg?' vroeg ze, en ze hield haar een stuk chocola voor. Melissa haalde haar schouders op. Ze had een brok in haar keel. Praten ging niet en de tranen bleven maar stromen. Als een reddingsboei drukte ze het mobieltje tegen haar borst. Alsof ze een drenkeling was en de telefoon haar leven moest redden. Door haar tranen heen keek ze op het kleine beeldschermpje. Maar wat er ook gebeurde: haar vader noch haar moeder belde.

Half in trance was ze Helen naar buiten gevolgd. Rillend en klappertandend nam ze naast haar plaats in de Land Rover. En als ze Bes niet op haar schoot in bedwang had moeten houden, dan had ze waarschijnlijk de hele weg moeten huilen. Dat was gisteravond.

De regen tikte fel op het dak van de hut. Als nagels die over een schoolbord krasten, schuurden de takken langs de ramen. Het was nog vroeg. Bijna veertien dagen lang had de zon zich iedere dag op dit tijdstip laten zien, nu was het donker en kil. Toch wilde Helen de houtkachel nog niet aanmaken. Ze nipte van de hete koffie en trok haar fleecejack dichter om zich heen.

Tot vijf keer toe had de ringtoon geklonken. De eerste keer was tegen middernacht. Daarna had het zich met tussenpozen van een uur herhaald. Uiteindelijk verscheen er een uur geleden een sms'je: MELISSA BEL ME ALSJEBLIEFT TERUG!

Helen staarde naar het bewegingsloze schepsel op de brits. Nadat ze gisteravond eerst niets had willen eten en daarna ook niets van een herbarium had willen weten, kreeg Helen er genoeg van. Heen en weer geslingerd tussen medelijden en afkeer, had ze besloten het kind te drogeren. Ze had Melissa ertoe aangezet om iets van de warme chocolademelk te drinken. Een paar druppels van haar geheime goedje waren voldoende geweest. Als je niet beter wist, dan zou ze net zo goed dood kunnen zijn, dacht Helen.

Nu had ze de tijd om rustig na te denken. Om dingen op een rijtje te zetten. Wanneer zouden ze doorkrijgen dat ze hier zat? Hoelang zou het duren voordat die moeder haar hier zou vinden? Ze mochten blij zijn dat zij zich over het kind had ontfermd toen haar eigen moeder het liet afweten. Ze was niet slecht. Integendeel. Ze was immers zelf moeder.

En weer moest ze denken aan haar eigen dochter. Aan de laatste keer dat ze hier was. Hier in de hut.

Toen Femke tien was, begonnen de brieven te komen. Helen was zich beroerd geschrokken. Wat moest ze met een kind dat op zoek ging naar haar biologische moeder? Aanvankelijk hield ze het af, maar na een tijdje schreef ze terug. Er ontstond een band, die gaandeweg zo sterk werd, dat Helen het aandurfde haar voor te stellen aan Jan.

Toen Femke later als een uit de kluiten gewassen jonge vrouw van zestien de zomervakantie doorbracht op het eiland, had Helen geen moment getwijfeld aan de integriteit van Jan. Achteraf onnozel, maar het lichte gevoel van de zomer en de liefde voor haar dochter hadden Helen een gevoel van vrijheid gegeven. Alles had ze met haar kind willen delen, alles behalve haar man.

## — 2 —

'Het is die heks! Ze heeft hem vermoord! Ik weet het zeker, maar niemand gelooft me...' Woedend ijsbeerde Klaartje door de ziekenhuiskamer. Haar vuisten had ze gebald, alsof ze ieder moment iemand kon neerslaan. Vol ongeloof keek ze in de richting van haar man.

'Ik wel,' zei Tinus. Hij stond aan de andere kant van het bed waarin Simon zojuist was gestorven. 'Gaat u naar huis, en neem uw dochters mee,' ging hij verder. 'Ik zal zorgen dat dit tot op de bodem wordt uitgezocht.'

Klaartjes gezicht werd nog bleker dan het al was. Dochters, raasde het door haar heen. Alleen Jaimi lag hier te slapen op de logeerafdeling, haar andere kind was onbereikbaar.

Terwijl ze daaraan moest denken, dacht ze dat ze gek werd. Een vuur laaide op in haar lichaam. Haar hoofd bonsde, haar maag trok samen en haar benen leken haar niet langer te willen dragen. Ze veegde met een stuk keukenrol haar tranen van haar wangen.

Wezenloos staarde ze naar de trouwring aan de hand van haar man. Het leek pas gisteren dat ze hem aan zijn vinger schoof. Ze zouden samen oud worden.

Nog net op tijd had ze de laatste boot gehaald. 'Uw man is op weg naar het ziekenhuis,' zeiden ze daar, 'met de snelle boot, mevrouw.' Ze hadden haar het adres gegeven. Er was iemand van het eiland bij hem. Ja, de boswachter. Het was een goeie kerel, hij zou niet zomaar weggaan. Had ze geen telefoon? Nee, ze was zo dom geweest die aan haar dochter te geven. Ja, haar andere dochter. Nee, die was nog op het eiland.

Zodra ze de mobiel van Simon had zou ze Melissa bellen.

257

Die liep niet in zeven sloten tegelijk. Haar oudste was een verstandig kind, sprak ze zichzelf moed in. Voorlopig moest ze eerst haar man vinden.

Eenmaal in het ziekenhuis werd Jaimi opgevangen door een aardige verpleegkundige. 'Zullen we tv gaan kijken? Papa is ziek, je kunt later naar hem toe,' had de vrouw gezegd. Allemaal professionele onzin, begreep Klaartje nu.

Toen ze de kamer binnenkwam, zag ze dat Simon er vredig bij lag. Ze schoot vol. Rond zijn lippen lag een glimlach. Om het bed piepten apparaten. De man in de kamer herkende ze van het strand. Hij stond op om haar te begroeten.

'Wat is er gebeurd?' vroeg ze zenuwachtig.

'Gaat u eerst even zitten,' sprak hij bezorgd. Hij trok een stoel onder het bed vandaan en zette die vlak voor haar neer. Aarzelend nam ze plaats. Ze had het opeens vreselijk koud. Haar doorweekte kleren plakten tegen haar lijf. Ze rilde.

'Hier, trek eerst even uw jas uit. Wilt u koffie?' vroeg de kleine man, van wie Klaartje de naam was vergeten. Hij overhandigde haar een handdoek en een kleerhanger. Blijkbaar zie ik eruit als een verzopen kat, ging het door haar heen. Zwijgend droogde ze zich af. Haar regenjack hing ze over de stoel. De man verliet de kamer. Aangeslagen staarde ze naar het gezicht van Simon. Door die wonderlijke grijns leek het alsof hij naar haar lachte.

'Uw man was op mijn verzoek naar mij toe gekomen,' zei het kleine mannetje toen hij met koffie binnenkwam.

'O ja, waarom dan?' vroeg Klaartje geprikkeld.

'Het is misschien niet fijn wat ik u nu ga vertellen, maar het moet.' Hij sprak met enige terughoudendheid in zijn stem.

'Ik begrijp u niet.' Klaartje wierp een geërgerde blik op de man, wiens gezicht zeer ernstig stond. Haar oog viel op zijn korte, rossige stekeltjeshaar, dat nog het meest op een borstel leek. Zo eentje die haar grootmoeder vroeger gebruikte om het lavet mee uit te boenen. Door de vele Vim en chloor was het ding hard en geel geworden.

'Ik onderzoek de moord op Jan Bredius. Ik dacht dat ik u dat verteld had?'

Klaartje richtte haar blik weer op Simon. Wat heb ik daarmee te maken, dacht ze.

'Jan Bredius was de man van Helen, uw buurvrouw op het bungalowpark, misschien kunt u zich haar...'

Als door een horzel gestoken keek Klaartje hem aan. 'Bedoelt u die gifmengster?' snauwde ze naar Tinus, die nu met stomheid geslagen was en zich afvroeg hoeveel ze wist.

Wild schoof ze haar stoel achteruit. 'Ik ben bij de dierenarts geweest,' siste ze woedend in zijn richting. Voor ze verderging keek ze naar haar echtgenoot. Misschien was het niet gepast om in zijn bijzijn zo tekeer te gaan, dacht ze. Zo dicht mogelijk naderde ze Tinus.

'Toen we tijdens de begrafenis van Jip ontdekten dat er autopsie op hem was gepleegd, kreeg ik argwaan. Ik vertrouwde het niet. Volgens mij had het met dat takkewijf te maken. Maar Simon geloofde me niet. Terwijl ik zéker wist dat er iets niet klopte!'

'Wat dan?' vroeg Tinus bedremmeld.

'Er was niets mis met onze hond, totdat hij naast dat spook van u kwam wonen.' Razend viel ze tegen hem uit, alsof hij medeplichtige was. Geschrokken deinsde hij achteruit. Net als eerder deze week voelde hij zich niet op zijn gemak in het gezelschap van dit soort vrouwen. Ze maakten hem onzeker.

'Laat me even mijn verhaal afmaken,' probeerde hij.

Maar Klaartje luisterde niet. Integendeel. Dezelfde helsheid die haar al dagen bestookte, joeg opnieuw door haar lijf. En of het nu met de vergalde vakantie te maken had, de dood van

Jip of het verjaardagsprogramma dat compleet in duigen viel, dat wist ze niet. Maar één ding wist ze wel: zodra Simon het ziekenhuis uit mocht, gingen ze linea recta terug naar Bussum. Ze zou Melissa ophalen, en nooit, maar dan ook nooit, nog één voet op dat kuteiland zetten.

'U moet weten... ik ben het helemaal met u eens.' Tinus probeerde haar aandacht vast te houden. Hij zag dat ze stond te koken, ze was precies zoals hij vermoedde: een opgewonden standje. Hij voelde niets voor een confrontatie. Zo kalm mogelijk vroeg hij: 'Ik begrijp dat u contact hebt gehad met Ruud?'

'Ruud?'

'De dierenarts.'

'O, die? Nou, ik heb de woorden uit zijn mond moeten rukken! En wat me nog steeds niet duidelijk is: wat heeft dit alles met Simon te maken? Waarom mocht ik het niet weten en hij wel? Terwijl hij alles ontkende! Sterker nog, hij vond dat kreng zelfs aardig!' Weer schoten haar ogen vuur. Ook al stond het huilen haar nader dan het lachen, ze wilde er niet aan toegeven. Ze moest sterk zijn, vond ze.

'Juist daarom,' sprak Tinus. 'Ik wilde hem voor haar waarschuwen.'

Nog verbaasder keek Klaartje hem aan.

'Een vrouw als Helen deinst nergens voor terug. Het ging niet alleen om uw hond.'

'Hoe bedoelt u?'

'Ik was bang dat ze uw kinderen iets zou aandoen.' Hij wachtte even voor hij verderging. 'Maar blijkbaar had ze het op uw man gemunt.'

'Sorry, maar ik snap er echt helemaal niets meer van! Wat hebben wij... heeft Simon met deze vrouw te maken? We kennen haar niet eens!' Klaartjes stem sloeg over.

'Ik begrijp het ook niet,' sprak Tinus, en hij meende wat hij zei.

Driftig schudde Klaartje haar hoofd.

'Mijn man zou gaan fietsen, ik heb hem nog gesproken. Hij klonk heel opgewekt, ik was met de meisjes gaan shoppen voor zijn verjaardag...'

Ze had deze woorden nog niet uitgesproken of haar betoog werd onderbroken door een monotone pieptoon en een groene lijn die op de monitor naast het bed van Simon verscheen. Binnen een seconde vulde de kamer zich met verplegend personeel. Met geweld probeerden ze Simon bij het leven te houden, tot viermaal toe schokte zijn lichaam. Het mocht niet baten. Daarna nam de stilte van de dood het over. 'Uw man is overleden,' zei een van de artsen.

## — 3 —

Melissa opende haar ogen. In de kamer klonk muziek. Deze kamer was niet haar eigen kamer, ook niet die van de bungalow. Ze meende een heleboel violen te herkennen. Strijkers, zoals ze met muziekles had geleerd. De muziek had iets dreigends, alsof er een enge film aanstond.

Haar mond voelde droog. Hoewel ze heel diep had geslapen voelde ze zich nog steeds een beetje moe. Toen ze haar hoofd wilde optillen deed het pijn. Ze was duizelig, alles draaide, net zoals die keer toen ze uit het klimrek was gevallen. Toen had ze een hersenschudding.

'Zo kind, ben je wakker?'

Ze herkende de stem van Helen. Die stond achter haar. Ze keek op haar neer. Melissa wilde iets terugzeggen, maar het leek alsof ze vergeten was hoe ze moest praten, zo wazig was ze. Dat maakte haar bang. Ze probeerde te gaan verliggen, ook dat lukte niet. Nu voelde ze dat het nat was tussen haar benen. Alsof ze in haar broek had geplast. Als mama dat zou merken... Wat dan? Haar ogen zochten die van Helen.

'Ik doe je niets hoor,' zei die. Ze liep van haar weg en het volgende moment schalde de muziek nog harder door de kleine ruimte, zo hard dat het pijn deed aan Melissa's oren. Langzaam bewoog ze haar benen. Ze voelden zwaar en nat. Het kon niet van de regen komen, dacht ze. Ze had echt in haar broek geplast. Ze durfde niet op te staan. Zachtjes begon ze te huilen. Door haar tranen heen keek ze naar Helen.

Die merkte het niet. Zo werd ze in beslag genomen door de muziek. Met gesloten ogen danste ze door de kamer. Melissa volgde haar bewegingen, ze moest aan Harry Potter denken. Het leek wel alsof Helen in een soort trance was. Zou het een soort toverdans zijn, vroeg ze zich af. Ze proefde het zoute vocht van een traan in haar mond. Waar is mama, dacht ze, en papa en mijn zusje? Ze werd steeds banger.

Opeens hield de muziek op. Helen liep op haar toe. Ze glimlachte.

'Weet je hoe deze muziek heet?'

Melissa schudde haar hoofd.

'De dood en het meisje.' Helens ogen werden opeens eng groot. 'Deze muziek heeft Schubert speciaal voor mij geschreven, wist je dat?' zei ze grijnzend.

Melissa had wel eens van de naam Schubert gehoord, maar deze muziek kende ze niet. Ze wilde overeind komen, ze moest naar de wc.

'Moet je naar de wc?' vroeg Helen, die nu vlak bij haar stond. Melissa kon haar adem ruiken, ze knikte. Helen pakte haar beet. 'Je bent nog een beetje suf, dat is alles. Ik heb je iets verdovends gegeven. Je was zo onhandelbaar, ik moest wel. Kom,' zei ze en toen ze Melissa omhoogtrok, voelde ze haar doorweekte broek.

'Het geeft niet, kind. Ik heb schone kleren voor je. Kom nu maar.' Zacht duwde ze haar voor zich uit. Gesterkt door de lieve toon waarop Helen sprak, liet Melissa zich meevoeren naar de badkamer. Helen bracht een handdoek, zeep, schoon ondergoed en een oude spijkerbroek.

'Hier, was je maar even. Ik zal niet kijken,' zei ze.

Niet veel later kwam Melissa terug in de kleine kamer. De spijkerbroek was haar veel te groot, maar alles was beter dan die natte van haarzelf. Helen zat aan een tafeltje bij het raam te schrijven. Ze keek verrast op toen ze Melissa hoorde binnenkomen. Ze legde haar pen neer. 'Passen de kleren een beetje?' vroeg ze.

Melissa keek verdrietig naar de omgeslagen broekspijpen. 'Kweenie, ik wil naar mama,' zei ze met trillende lip. De kleine ogen van het meisje vulden zich opnieuw met tranen.

'Mama is weg,' sprak Helen bars. 'Mama komt nooit meer terug. Ze heeft je aan je lot overgelaten. Vanaf nu ben ik je moeder!'

Melissa schrok hevig van de harde toon die Helen opeens aansloeg. Haar hele lichaam begon te trillen. Zo had ze Helen nog niet eerder gezien. Ze was opeens niet meer die aardige mevrouw die haar van alles over planten vertelde. Helens ogen hadden zich vernauwd tot spleetjes, haar mond stond strak en verbeten en toen ze opstond zwaaide ze furieus met haar armen in het rond. Dreigend kwam ze op Melissa af.

'Ik snap het niet,' hikte Melissa, die niet durfde te bewegen. 'Kan ik mama bellen?'

'Nee, dat kun je niet!' krijste Helen. 'Je telefoon werkt niet meer, ik heb hem weggedaan. Vanaf nu ben je van mij. Begrijp je dat? Je hoeft dus ook niet meer te bellen. Nooit meer!'

Woest stapte ze naar de keukenkast, pakte een wc-rol en overhandigde hem aan Melissa.

'Hier, snuit je neus. Je hoeft niet bang te zijn, ik doe je

niets. Ik weet heel goed hoe ik met een meisje van jouw leeftijd moet omgaan, heus. Ik heb zelf ook een dochter gehad. Ze was maar iets ouder dan jij toen ze stierf. Het lot heeft jou op mijn pad gebracht.'

Ze griste het volle wc-papiertje uit de hand van Melissa en hurkte voor haar neer. Melissa voelde de priemende ogen van Helen op haar rusten. 'Geloof je me niet?' snauwde ze terwijl ze haar wild door elkaar begon te schudden.

Melissa hapte naar adem. Haar hoofd gloeide alsof ze koorts had. De greep op haar schouders deed pijn. En al die tijd knikten haar knieën zo hevig, dat het leek alsof het nooit zou stoppen. Ze was bang, zo bang dat ze dacht dat ze zou stikken.

'We houden allebei van planten en vogels. Je vindt het net als ik heerlijk hier op het eiland. Wat wil je nog meer? Op een goede dag zul je niet beter weten dan dat ik je echte moeder ben. Zo gaan die dingen.' Helen leek haar nu te willen geruststellen. Ook de pijnlijke greep van haar handen leek te verslappen.

Zacht maar dwingend duwde ze Melissa in de richting van de brits. 'Kom, dan gaan we hier even zitten,' sprak ze moederlijk. 'Je moet nu ophouden met huilen, dat doen meisjes op jouw leeftijd niet meer.'

Maar Melissa's tranen bleven stromen. Net zoals de keer toen opa Klooster doodging, of laatst nog toen ze Jip in de tuin had gevonden.

'Weet je wat?' Helen keek langs het halfgesloten gordijn naar buiten, waar de regen was overgegaan in een motterige nevel. In het wolkendek ontstonden blauwe gaten, nog even en de zon was terug. 'Zo meteen ga ik naar het dorp. Ik zal eten voor ons halen. En als alles meezit, en waarom zou dat niet, dan haal ik kleren voor jou, boeken, tekenspullen en alles wat je maar wilt. Lijkt je dat wat?' sprak ze nerveus.

Melissa gaf geen antwoord. Ze wilde geen boeken of tekenspullen, en eten wilde ze al helemaal niet. Nooit meer. Ze wilde haar moeder.

## − 4 −

Het levenloze lichaam van Simon werd overgebracht naar Bussum. Klaartje had met Tinus afgesproken dat hij de politie zou inlichten. 'Zorgt u nou eerst maar voor uzelf en uw kinderen,' had hij gezegd. Met name die laatste woorden sloegen erin als een botte bijl en raakten haar midden in haar hart. Mijn kinderen, dacht ze. Melissa, ik moet haar daarvandaan zien te krijgen!

Zonder erbij na te denken ging ze meteen over tot actie. Ze belde Simons moeder. Zij zou hen thuis in Bussum opvangen. Toen ze hoorde dat haar zoon was overleden, sloeg haar verbijstering om in verwijten. 'Ik heb het zo vaak gezegd. Laatst zei ik het nog: jongen, je drinkt en rookt veel te veel. Naar mij wilde hij nooit luisteren, had jij niet...' ratelde ze paniekerig door. Daarna barstte ze in snikken uit.

Het werd Klaartje te veel. Ze verbrak de verbinding. Het laatste waar ze nu op zat te wachten, waren moraliserende woorden van haar schoonmoeder. Ze kon zelf nog maar nauwelijks geloven dat haar man dood was.

Haar hoofd tolde, haar lichaam voelde slap en week, maar ze moest doorgaan. Juist nu. Het kwam eropaan dat ze moest handelen. Ook al stond ze doodsangsten uit om Melissa, ze had nog een dochter die haar aandacht nodig had.

Terwijl Simons kamer werd ontruimd, knapte ze zich vlug

op. Ze waste haar gezicht, dronk een paar koppen extra sterke koffie, en met lood in de schoenen liep ze naar de kamer van Jaimi.

Toen Klaartje haar wekte en voorzichtig vertelde dat papa nooit meer wakker zou worden, werd ze heel boos. Ze begreep er niets van; hoe kon hij nou doodgaan op zijn verjaardag? Stampvoetend liep ze door de gang. Mama loog tegen haar. Ze wilde terug naar het eiland, naar haar zusje, en papa's verjaardag vieren.

'We gaan naar huis, lieverd. Straks kun je papa zien.' En toen ze in de opstandige ogen van haar dochtertje keek, voelde ze dat ook haar eigen bloed opnieuw begon te koken.

'Als jij zo raar doet, dan wil ik dat Melis komt,' zei Jaimi.

'Dat wil ik ook,' zei Klaartje, en vlug draaide ze zich om. Ze wilde niet dat haar jongste de paniek in haar ogen zou zien. Ze kon niet over Melissa praten zolang ze haar niet veilig in haar armen voelde. Ook de man met het borstelhaar wist niets van haar vrees. Ze voelde zich schuldig, ze wilde niet dat hij haar als een slechte moeder zou betitelen. Ze moest dit zo snel mogelijk zelf oplossen.

Toen duidelijk was dat zijn taak erop zat, vertrok Tinus. Hij had de vrouw verzekerd dat hij de politie op de hoogte zou brengen. En ook al was men over het algemeen niet snel bereid hem te geloven, dit keer was er het bewijs van de hond. Dan zou er ook autopsie op Simon kunnen plaatsvinden. En als het aan hem lag meteen op Jan Bredius, maar dat had hij er niet bij gezegd.

De vrouw had hem haar telefoonnummer gegeven. 'We houden contact. Ga nu eerst maar met je man mee, het komt goed,' had hij schutterig tegen haar gezegd. Verwijtend had ze hem aangekeken, alsof hij de grootste oplichter van de wereld was. En hij kon haar dat niet kwalijk nemen.

Zodra hij thuiskwam zou hij eerst zijn werk afbellen, hij was kapot. Ze moesten het vandaag maar zonder hem doen. Een paar uurtjes slaap had hij wel verdiend. De man in kwestie was dood, die kwam er niet mee terug als hij nu koste wat het kost doorging met zijn puzzel. Het onderzoek naderde zijn einde, hij had een paar duidelijke aanknopingspunten. Nog even en hij kon Helen laten inrekenen. Dat vooruitzicht deed hem goed. Eindelijk gerechtigheid, dacht hij. De regen was overgegaan in een miezerig motregentje. De wind was gaan liggen en het veer voer weer alsof er nooit een storm had gewoed. Niet veel later reed Tinus moe maar tevreden zijn straat in.

Ondertussen stoof Klaartje over de zo goed als verlaten snelweg naar Bussum terug. Jaimi hing knikkebollend in de riemen achter haar. Ze zag bleek. Onophoudelijk had ze geklaagd dat ze haar zusje miste en naar huis wilde. Dat had voor Klaartje de doorslag gegeven om haar eerst naar Bussum te brengen. Ze kon nu geen dreinend kind gebruiken als ze op zoek moest naar Melissa. Eerst Jaimi in veiligheid brengen, bonkte het door haar heen. 'Straks als we thuis zijn is oma Klooster er, en dan is Melissa er ook bijna,' had ze uit haar droge keel weten te persen om haar jongste schat te troosten.

Het was gek, maar sinds de dood van Simon een voldongen feit was, leek er een enorme stoot energie bij haar te zijn vrijgekomen. Eén ding hamerde als een mantra door haar hoofd: *Melissa moet worden gered*. Want dat ze daar bij die feeks zat, stond voor haar als een paal boven water.

Het takkewijf ging eraan. Ze zou de hele boel kort en klein slaan en haar erbij als ze haar dochter ook maar met één vinger had aangeraakt. Iedere vezel in haar lijf begon te koken bij die gedachte en ze zette haar vermoeidheid overboord. Voortgedreven door de alles verzengende passie voor haar dochter zag ze de kilometerteller naar de 160 gaan. Nog verder drukte haar voet het gaspedaal in. Haar handen grepen zich vaster om het stuur, haar bloed joeg door haar aderen toen ze aan zichzelf zwoer dat ze niet zou rusten voordat ze met die heks had afgerekend.

– 5 –

Tinus schrok wakker. Iemand drukte op zijn voordeurbel en zo te horen was hij niet van plan weg te gaan. Hij keek op de wekker en zag dat het middaguur net voorbij was. Hij had diep geslapen. Hij verwachtte geen bezoek, veel zin om open te doen had hij niet. Zeker niet als hij dacht aan de ongekende zooi die het bezoek hier zou aantreffen. Opruimen was nou eenmaal niet zijn sterkste kant. Zeker de laatste dagen niet.

Hij had het veel te druk gehad. Meer buiten geleefd dan binnen. Dat hij die man hier gisteren had getroffen, was tot daaraan toe. Dat was op zijn eigen verzoek geweest. Bovendien had de man nauwelijks iets van de rommel meegekregen, vrijwel meteen na binnenkomst voelde hij zich beroerd. Kortademig had hij naar zijn borst gegrepen. Verkrampt was hij voor Tinus' neus in elkaar gezakt. Alsof hij een acute koortsaanval kreeg. Had hij het ene moment nog hevig moeten transpireren, een tel later was hij klappertandend en stuiptrekkend op de grond beland.

Nog nooit had Tinus zoiets meegemaakt, niet als boswachter en zeker niet als detective. Wel had hij accuraat gereageerd, vond hij zelf. De ambulance was er snel, ook de hovercraft lag klaar voor vertrek. Men had nog getwijfeld of de traumahelikopter een beter plan was, maar met het noodweer van gisteren werd dat een veel te groot risico.

'Ja, ja, ik kom al,' riep Tinus naar beneden, toen de beller bleef aanhouden. Snel trok hij een kamerjas aan over zijn half ontblote lijf. Op kousenvoeten, waarbij hij zijn grote rechterteen naar buiten zag steken, snelde hij door de gang. Bijna struikelde hij over de vanochtend inderhaast uitgeschopte schoenen. Weer klonk de bel. Vlug draaide hij het slot van de deur.

Op de stoep stond een rijzige vrouw. Hij herkende haar aan haar omvang. Het was de vrouw die hem had ingehuurd. Haar ravenzwarte haar was veranderd in een asblond kapsel. Zie je wel, dacht Tinus, ze droeg de vorige keer vast een pruik. Nu zag hij ook voor het eerst haar ogen. Ze had lichte ogen. Hij meende ze ergens van te herkennen, maar dat kon hij zich ook verbeelden.

'Hallo,' zei ze kort. 'Heeft u tijd?'

'Eh, nou ja... dat wil zeggen, u overvalt me een beetje.'

'Ik wil weten hoe het ermee staat,' sprak ze. 'Het is nu ruim vier maanden geleden.'

'Komt u binnen.' Tinus hield de deur voor haar open. Hij moest wel. De vrouw keek hem aan alsof ze niet van plan was zich te laten afschepen.

'Bent u net aangekomen?' vroeg hij, om maar iets te zeggen. Ze liep voor hem uit naar de kleine woonkamer, die tevens dienstdeed als kantoor. Ze stapte over een berg papieren en nam plaats in de enige vrije stoel die er stond.

'Nee, gistermiddag al.'

'Juist ja. U hebt geen geluk met het weer...'

'Daar kom ik ook niet voor.'

'Wilt u koffie?'

'Nee, bedankt.'

'Vindt u het goed dat ik even wat aantrek, ik had niet op bezoek gerekend.' Hij voelde zich ongemakkelijk in zijn outfit, zeker op het moment dat hij de vrouw betrapte op een glimlach toen ze naar zijn behaarde benen boven zijn kapotte sokken keek. Het irriteerde hem. Had ze niet eerst kunnen bellen? Je overvalt iemand toch niet zomaar, dacht hij. Hij was totaal niet in de stemming voor een zakelijk gesprek. Daar had hij veel te kort voor geslapen.

'Doe wat u wilt. Mij maakt het niet uit. We kunnen het kort houden.' Ze graaide in haar tas. 'Mag ik hier roken?' vroeg ze, terwijl ze een sigaret in haar mond stak.

'Ga uw gang,' zei Tinus. Hij pakte een stapeltje kranten van zijn bureaustoel, nam plaats tegenover haar en schoof een asbak in haar richting. Hij besloot zich niet om te kleden.

'Twee dagen geleden mailde u mij dat er iets was gebeurd wat de zaak bespoedigde. U had meerdere aanwijzingen die konden leiden tot de arrestatie van Helen van Wijk.'

'Dat klopt, ja.' Het viel Tinus op dat ze Helen bij haar meisjesnaam noemde. Had ze dat de vorige keer ook gedaan?

'Ik ben een en al oor,' zei de vrouw.

'Welnu, ik heb een gesprek gehad met een van de overlevenden uit haar familie. Een broer van haar vader. Eigenlijk ben ik toevallig tegen de man aan gelopen, ik was...'

'Hoe u aan uw informatie komt interesseert me niet. Wat heeft u aan bewijzen?' onderbrak de vrouw hem.

'Eh, nou ja, kijk...' Tinus twijfelde. Hij kon haar vertellen over de dood van Gerrit, maar dat bleef, zelfs na het gesprek met de oude man, hangen bij een veronderstelling. De dood van de hond en die van Simon waren tastbaar. Maar daar had ze hem niet voor ingehuurd. Hij was nog niet zover dat hij het lijk van Jan had laten opgraven voor autopsie. Eigenlijk had hij dus niet veel meer dan vermoedens.

De vrouw leek zijn gedachten te kunnen lezen. 'Ik krijg de indruk dat ik mijn geld beter niet aan u had kunnen verspillen, is het niet?' zei ze.

'Nou, nee. Ik bedoel, ik ben verder dan u denkt. Er zijn hier de afgelopen dagen wat dingen gebeurd die rechtstreeks verband houden met de dood van Jan. Het is alleen nog heel vers. Ik zou daar vandaag mee verdergaan.'

'Daar bent u dan lekker vroeg mee. Gezien het tijdstip waarop u uit uw bed komt, geloof ik niet dat er vandaag nog veel van zal komen, denkt u wel?'

'Ik heb een doorwaakte nacht achter de rug...' begon Tinus tegen te sputteren, maar net op tijd bedacht hij dat het slimmer was om haar naar de beweegredenen van haar bezoek te vragen. Ze was nu toch al opgefokt, wat had hij te verliezen.

'Gezien de voorvallen van deze week zou ik u graag nog wat vragen willen stellen,' ging hij verder.

'Heb ik volgens u dan niet alles verteld?' Met haar half opgerookte sigaret stak ze een nieuwe aan.

'Misschien niet genoeg. Soms blijken dingen die er ogenschijnlijk niet toe doen, opeens van cruciaal belang in een onderzoek.' Waar haal ik zo vroeg op de ochtend de woorden vandaan, dacht Tinus. Ook de vrouw leek even van haar stuk, perplex staarde ze hem aan. Nu doorgaan, dacht hij.

'Ik zou bijvoorbeeld graag willen weten wat uw betrokkenheid bij Jan is geweest. Wat was uw relatie met hem? En waarom wilt u zo graag dat Helen gepakt wordt voor een incident dat moeilijk te bewijzen valt? Wat heeft u met de dood van haar broer te maken?' Terwijl hij de vragen stuk voor stuk aan haar voorlegde en hij de vrouw intens opnam, bekroop hem opeens een eigenaardig gevoel. Weer waren het die vreemde lichte ogen die hij ergens van meende te herkennen. Plotseling wist hij het: ook al leek deze vrouw totaal niet op haar moeder, de ogen waren dezelfde als die van Helen.

'U bent haar dochter,' zei hij.

# − 6 −

Misschien nog wel harder dan ze naar Bussum was gereden, scheurde Klaartje nu terug naar het eiland. Bel de politie, had Simons moeder gezegd toen ze vertelde dat Melissa daar was achtergebleven. Nee, moeder, ik ga haar zelf halen. Zorgt u nou maar voor Jaimi, had ze geantwoord. En daarmee had ze alle zaken rondom de begrafenis uitgesteld tot vanavond.

Ze wist zeker dat ze voor de avond terug zou zijn. Toen haar verdrietige schoonmoeder protesteerde, werd ze boos. 'We halen de politie er absoluut bij, maar nu nog niet. Simon krijgen we er niet mee terug, en heus, ik ben de enige die Melissa daar levend vandaan kan halen, dus probeer uw zenuwen in bedwang te houden.'

Daarna was ze de deur uit gesneld.

De lucht klaarde op. Nog even en de zon brak door. De drukte van het verkeer viel mee. De meeste files stonden aan de andere kant. Eenmaal voorbij de ring van Amsterdam kon ze weer plankgas geven. Halverwege de rit, toen haar ogen troebel werden en ze begon te knikkebollen, zette ze de cd-speler aan. In één keer was ze wakker. Dezelfde muziek van twee dagen terug schetterde door de auto, ze hoorde Simon mee fluiten. De opkomende slaap maakte plaats voor woede.

Alweer zat het mee, bij het veer kon ze meteen doorrijden. Niet veel later reed ze het parkeerterrein van het bungalowpark op. Voordat ze uitstapte, wierp ze een blik op het naastgelegen huis. Daar was alles verlaten. De gordijnen zaten dicht en de Land Rover was weg.

Met kloppend hart opende ze het tuinhekje naar hun bungalow. Het knarsende grind onder haar voeten echode door haar hoofd. Laat ze er zijn, smeekte ze wanhopig toen ze de voordeur opende. Maar toen ze bij binnenkomst meteen de naam van haar dochter door de lege ruimte gilde, kwam er geen antwoord.

De ijdele hoop haar hier te treffen vervloog al snel toen ze tegen beter weten in alle kamers doorzocht. Tevergeefs keek ze onder de bedden, in kasten, en zelfs in het schuurtje buiten. In dezelfde razernij waarmee ze naar het eiland was gescheurd, smeet ze nu al hun spullen in de koffers. Ook die van Simon. Al zijn polo's, bandplooibroeken, boxershorts, sokken, sneakers, ja, zelfs de aangebroken doosjes sigaren, alles verdween in de grote zwarte familiekoffer.

Pijlsnel mikte ze daarna de hele boel in de auto. Vervolgens liep ze naar de beheerder. Ze haalde diep adem voordat ze naar binnen ging. Rustig blijven, sprak ze tegen zichzelf. Denk aan Melissa. Geen argwaan wekken.

Zo kalm mogelijk legde ze uit dat ze vervroegd zouden vertrekken. Er was iets tussen gekomen. Het feest ging niet door. Ze had een briefje opgehangen met een mobiel nummer erop. De bezoekers konden dat bellen. Ja, het was heel jammer, maar soms lopen dingen anders dan je ze plant, wist ze nog over haar lippen te krijgen.

Ze bedankte de vrouw voor de gastvrijheid, en zo nonchalant mogelijk vroeg ze haar of ze wist waar de hut van Helen zich bevond. De vrouw keek haar verbaasd aan. 'Dat soort dingen vertellen we hier niet zomaar,' antwoordde die vastberaden.

'Ook niet als ik haar wil bedanken voor haar goede zorgen voor mijn man en kinderen?' vroeg Klaartje, terwijl ze haar best deed haar walging niet te tonen en de vrouw een briefje van vijftig toestopte. Nu aarzelde de vrouw. Fronsend keek ze naar de vriendelijke Klaartje. Zwijgend pakte ze een kaart van het eiland, haar vinger bleef rusten op een plek in het noordoosten. Het briefje van vijftig verdween in haar zak.

'Heus,' zei Klaartje, 'u krijgt er geen spijt van. Ik wil niets anders dan haar belonen.' Trillend verliet ze het kantoortje.

De volgeladen BMW reed de zandweg op. Hoewel ze nog nauwelijks kracht had, wist Klaartje de auto zonder slippen om de diepe plassen heen te rijden. Vlak bij de aangegeven plek remde ze af.

Hier ergens moet het zijn, dacht ze gespannen. Overal om haar heen was het stil. Behalve het gekrijs van een groep meeuwen en zwaluwen die vlak langs haar auto scheerden, was er niets.

Ze draaide de auto zo dat hij uit het zicht achter een groepje met bomen stond. Dodelijk vermoeid liet ze haar hoofd op het stuur rusten. Haar wangen gloeiden, haar benen waren als lood. Paniek en doodsangst maakten zich van haar meester. Het voelde alsof ze moest kotsen. 'Je kunt nu niet stoppen,' zei ze tegen zichzelf. 'Denk aan Melissa. Niet wanhopen, je bent er bijna.' En dezelfde oerdrift die haar lichaam een paar uur geleden had doen branden was terug.

Automatisch greep ze naar de verrekijker, stapte uit en tuurde de omgeving af. Het uitgestrekte duingebied lag er fris bij. De regen van de afgelopen nacht had een groen waas uit de beplanting getoverd. Een waterig zonnetje brak door.

Nerveus draaide ze aan de lenzen van de kijker. Toen ze alleen maar glooiend landschap voor zich zag, dacht ze dat ze gek werd. Nergens kon ze een hut ontdekken. Misschien moet ik naar een hoger gelegen deel gaan, peinsde ze in paniek. Ze draaide zich om en zwikte haar voet. Net toen ze het zandpad wilde oversteken klonk het geluid van een naderende auto.

Vliegensvlug dook ze achter een struik weg. Een vlijmscherpe doorntak sneed dwars door haar arm. Een stille kreet ontsnapte uit haar mond. Ze greep naar haar arm en liet zich op de grond vallen. Precies op tijd.

In volle vaart stoof de rammelende Land Rover van Helen langs haar. Ze kon nog net een glimp van de bestuurster opvangen. Zij was het! Ze was alleen, Melissa was er niet bij. Haar hart sloeg over. Dit was haar kans, ze moest zo snel mogelijk naar die hut toe.

Op haar laatste krachten kroop ze overeind. Uit haar arm gutste bloed. Haar enkel deed pijn. Ze moest de auto hier achterlaten. Als die heks terugkwam en hem bij de hut zou zien was ze verloren.

Zo snel als ze kon rende ze in de richting van waaruit de auto was gekomen. Na een paar honderd meter ontdekte ze het dak. Verscholen tussen het groen lag de hut waar haar kind moest zijn. Ze wist zeker dat ze haar daar zou vinden. Gesterkt door dat vooruitzicht versnelde ze haar pas. In een pijnlijke draf legde ze de laatste meters af.

Buiten adem bereikte ze de deur. Haar hart bonsde in haar keel toen ze de klink naar beneden drukte. Op slot. Ze legde haar oor tegen de deur. Niets. 'Melissa!' gilde ze. Geen geluid. 'Melissa!' Haar vuisten beukten op de deur.

Bloednerveus liep ze om de hut. Ze moest naar binnen zien te komen. De ramen waren hoog. Zelfs met haar lengte kon ze er niet goed bij. Goddank wist ze zich aan een stapel hout omhoog te trekken. Haar handen schuurden kapot, haar nagels braken af, maar eenmaal onder de vensterbank kon ze net door een kier tussen de gordijnen gluren. Haar hart sloeg over toen ze haar kind zag liggen. Nog harder begon het te bonzen toen ze haar wimpers zag bewegen. Ze leeft nog, dacht ze met een brok in haar keel. Maar meteen vroeg ze zich af hoe ze haar schat eruit moest halen. Alles zat potdicht!

Bevend liet ze zichzelf van het hout glijden. Nog voordat haar voeten de vloer raakten wist ze dat ze het kon.

'Denk goed na,' sprak ze trillend tegen zichzelf. Waarmee kan ik die deur forceren? Met haar auto, maar dan moest ze hier weer weg. Stel je voor, die heks kwam haar tegen. Het moest sneller gaan. Geen tijd te verliezen. Zonder na te denken greep ze naar een van de houten balken en liep ermee naar de deur. Uit alle macht sloeg ze het gevaarte tegen de klink. De dreun die daarop volgde resoneerde door haar hele lichaam. Maar in de deur kwam geen enkele beweging. Opnieuw wilde ze toeslaan. Terwijl ze haar pijnlijke armen hief, hoorde ze opeens het geluid van een naderende auto.

Haar hart sloeg over. Het takkewijf was terug. Vlug dook ze weg achter de houtstapel. Net op tijd.

Helen parkeerde de Land Rover tot vlak voor de deur. Met een tas vol boodschappen stapte ze uit. De deur van de hut liet ze wagenwijd openstaan. Toen Klaartje haar tegen Melissa hoorde praten, werd ze ziedend.

Als een furie hief ze opnieuw de balk en stoof ermee naar binnen, recht op Helen af. Verbijsterd draaide die zich om. In een reflex dook ze in elkaar. Te laat. Het houten wapen raakte haar fel tegen haar bovenarm. Ze gilde het uit van pijn.

Nogmaals maakte Klaartje een aanvalsbeweging om haar tegenstandster te lijf te gaan. Maar door haar moeheid en lengte raakte ze uit balans en zwiepte in het luchtledige. Ze miste.

Helen had zich snel hersteld. Lenig dook ze in de richting van Klaartjes benen, in één ruk trok ze haar omver. Met haar achterhoofd smakte Klaartje tegen de tafel. De balk vloog door de lucht. Kletterend belandde het ding op de grond.

Toen Klaartje wilde opstaan begon alles te draaien. Helen aarzelde geen moment, venijnig trapte ze haar slachtoffer in haar buik. Dubbel geklapt van pijn dook Klaartje in elkaar.

Tussen haar oogwimpers door zag ze Helen naar een jachtgeweer grijpen.

'Kom je je kroost halen?' schreeuwde ze. 'Denk maar niet dat je haar meekrijgt, ze blijft hier! Zo'n waardeloze moeder als jij heeft ze niet verdiend, net als die overspelige vader. Maar daar heb ik al mee afgerekend. Je had hem moeten zien toen je belde, ha, toen hij uitgeput na onze neukpartij op mijn bed zat.'

Door haar tranen keek Klaartje angstig naar de loop van het geweer dat op haar gericht was. Haar hoofd leek te barsten. Een stekende pijn joeg door haar nek.

'Wist je dat niet?' ging Helen door, terwijl ze het geweer nu ineens op de brits richtte. 'Dacht je dat jouw man niet buiten de pot zou pissen? Ze zijn allemaal hetzelfde, schat. Ik was zijn mooiste verjaardagscadeautje, vond hij, ha, je zou blij moeten zijn dat ik hem koud heb gemaakt.'

Klaartje zette haar handen op de vloer, maar de kracht ontbrak haar om overeind te komen. De wereld om haar heen tolde. Langs haar hoofd sijpelde bloed. Haar oren begonnen te suizen. Voor haar ogen werd het zwart. Ze meende het geluid van piepende autobanden te horen, een vrouwenstem die iets gilde en daarna een schot. Toen werd alles stil.

## − 7 −

'U bent haar dochter.' Op het moment dat Tinus deze woorden uitsprak, zag hij in de ogen van de vrouw dat hij gelijk had. Niet Jans allerlaatste vlam Nina had hem ingehuurd, maar Femke!

'Ik wil dat mijn moeder gepakt wordt,' zei ze. Ze slikte even voordat ze verderging. 'Ze heeft mijn vader en mijn minnaar vermoord. Ze is knettergek,' siste ze.

'Uw vader?'

'Gerrit was mijn vader!'

Aha, dacht Tinus.

'Maar u hebt uw vader nooit gekend,' zei hij voorzichtig.

'Daar heb ik dankzij haar nooit de kans voor gekregen.'

'En uw minnaar?' Hij kon zich bijna niet voorstellen dat ze Jan bedoelde. Was er iets wat hij over het hoofd zag?

'Jan was mijn minnaar,' zei ze. Ze sloeg haar ogen neer. Weer stak ze een sigaret op. Ze inhaleerde diep voordat ze aan haar verhaal begon.

Ze vertelde over de eerste keer dat ze hier op het eiland was. Toen alles nog goed was tussen haar en Helen. Toen ze nog niets wist over haar biologische vader. Toen ze nog in de veronderstelling leefde dat hij door een noodlottig ongeval om het leven was gekomen. Dat hadden ze haar tenminste verteld. Zelfs haar adoptieouders wisten niet beter.

Niemand had haar ooit verteld wie haar vader was. Ook Helen niet. 'Het is niet belangrijk, kind,' had ze tegen haar gezegd, zodra ze ernaar vroeg. Het allerbelangrijkste was dat ze elkaar hadden gevonden. En heel lang was dat voor haar genoeg geweest.

Tot die ene zomer kwam en ze haar vakantie hier op het eiland doorbracht. Die zomer toen ze Jan ontmoette.

'Ik hoef u niet uit te leggen wat voor man dat was,' sprak ze tegen Tinus. Ze wist dat hij hem goed gekend had. Tinus vroeg zich meteen af wat ze daarmee bedoelde. Wat had Jan haar over hem verteld? Maar wijselijk hield hij zijn mond.

'Hij hield van me. Ik weet het zeker,' ging ze zonder hem aan te kijken verder. Stevig trok ze aan haar sigaret.

'Ook toen er anderen waren, bleef ik zijn speciale meisje. U moet weten dat ik nooit een ander gewild heb,' zei ze met een standvastige blik in haar ogen.

Wat de aanleiding was, wist ze niet meer. De kennis die Jan met haar had gedeeld over de dood van haar vader, of Helen die hen in bed betrapte. Maar vanaf het moment dat ze het leven van Jan binnenwandelde, was haar leven met Helen voorbij. De vrouw die haar vader vermoord had kon ze niet langer onder ogen komen.

'Waarom bent u niet naar de politie gegaan?' vroeg Tinus.

Omdat ze onvoldoende bewijs had. Achteraf gezien omdat Jan het haar verbood. Hij wilde Helen niet onnodig kwetsen, had hij tegen haar gezegd. Tenslotte was Helen haar moeder, en hij liet haar beloven Helen met rust te laten. 'Als je nooit meer iets van je laat horen, straf je haar meer dan wanneer je haar aangeeft,' had hij gezegd. 'Bovendien zal niemand je geloven.'

'Het was zo'n goeie man, moet u weten,' zei ze tegen Tinus. 'Hoe kon ik hem tegenspreken?'

Totdat hij er zelf aan ging. Toen hoefde ze niet langer te wachten. De tijd was rijp om haar moeder alsnog aan te geven. Maar de politie geloofde haar niet. Vandaar dat ze bij hem had aangeklopt.

Afwezig staarde ze langs Tinus. 'En ik ben geen klap verder gekomen,' zei ze. 'Helen loopt nog steeds vrij rond.' Ze legde het lege sigarettenpakje op zijn bureau en stond op. Plotseling, alsof ze een ingeving kreeg, klaarden haar ogen op. Zonder te groeten vloog ze de deur uit. Peinzend keek Tinus haar na.

Hij voorzag onraad. Als ze ging doen wat hij verwachtte, dan was het zaak haar zo snel mogelijk te volgen. Als de wiedeweerga kleedde hij zich aan. Enkele minuten later scheurde hij met zijn Suzuki in de richting van het bungalowpark. Meteen toen hij daar aankwam, voelde hij nattigheid. De Land Rover was weg. Ook van de auto van de dochter was geen enkel spoor te bekennen. Er was maar één plek waar ze konden zijn, dacht hij, en nog voordat hij zijn auto het parkeerterrein op reed, keerde hij al weer om.

Hij kende de weg op zijn duimpje, maar toen hij eindelijk de zandweg die naar de hut leidde bereikt had, leek er maar geen einde aan te komen. Zijn oude auto was nauwelijks bestand tegen de diepe kuilen met water. Verschillende malen knalde hij met zijn hoofd tegen het dak. Toen hij de hut zo goed als genaderd was, vreesde hij dat zijn vehikel het voorgoed zou begeven. De auto maakte een hels kabaal. Op het dashboard ging een lampje branden en van onder de motorkap kwam rook tevoorschijn. 'Alstublieft, laat hij het volhouden,' smeekte hij naar boven.

In het voorbijgaan viel zijn oog op iets in de bosjes. Het was een auto. Hij herkende hem onmiddellijk als de wagen die hem had aangereden. Wat deed dat ding hier? Ze zou toch naar huis gaan, dacht hij verbaasd.

Voordat hij een antwoord kon bedenken, hoorde hij in de verte een schot klinken. Een groep meeuwen vloog op. Allemachtig, wat gebeurde daar? Van schrik trapte hij het gaspedaal dieper in. Bliksemsnel schoot de auto vooruit, om er vrijwel direct daarna voorgoed mee op te houden. Vlug sprong Tinus uit de rokende auto.

Uit de hut klonk een ijselijke gil. Hij meende de stem van Helen te herkennen. Weer knalde er een schot. Op zijn tenen sloop Tinus naar de hut. Naast de Land Rover stond de auto van Helens dochter. Hij aarzelde geen moment, pakte zijn mobiel en belde het alarmnummer, op fluisterende toon meldde hij waar hij zich bevond. 'Maak haast!' siste hij zelfverzekerd.

'Als je niet opdondert, gaan ze eraan,' krijste Helen uit de hut.

Tinus bleef stokstijf staan.

'Neem mij dan,' klonk de schrille stem van haar dochter.

Tinus, die nu besefte dat het niet voor hem bedoeld was, trok meteen zijn dienstwapen. Behoedzaam kroop hij dichterbij. Schaduwen bewogen achter de kier van de deur. Wie waren daar nog meer?

Opnieuw werd er geschoten. Een kind begon te huilen. En of het zijn geweten was of zijn detectiveschap, iets zei hem dat hij nu moest ingrijpen.

Doodstil drukte hij zich tegen de muur. Voorzichtig gluurde hij naar binnen. Hij kon iets van een brits onderscheiden. Er lag een deken op. Nu zag hij ook de loop van een geweer. De loop was gericht op de brits. Het leek alsof er iets onder de deken bewoog. Vlak voor de brits lagen een paar vrouwenbenen. Ze zaten onder het bloed.

Zijn hart bonkte in zijn keel. Zijn adem stokte. Waar blijft de politie, dacht hij nerveus. Doodsbang pijnigde hij zijn hersens. Zoiets ernstigs had hij nog nooit bij de hand gehad.

Binnen was het nu doodstil. Ook het kind hoorde hij niet meer huilen. Als verlamd wachtte hij af. Ieder geluid dat hij maakte, kon fatale gevolgen hebben.

Plotseling – alsof het Gods hand zelf was die ingreep – vloog de deur open. De dochter van Helen kwam gillend naar buiten. Op de voet gevolgd door Helen, die een geweer op haar gericht hield. Juist toen ze het wapen wilde aanspannen om te schieten, riep Tinus keihard Helens naam. Als aan de grond genageld bleef ze staan.

'Rennen!' commandeerde hij de dochter van Helen. Nu richtte Helen haar geweer op hem.

Tinus reageerde meteen. Met één goed gericht schot raakte hij Helen in haar schouder. Zoals hij gewend was met jagen, ging het sneller dan hij had verwacht. Het geweer viel uit haar hand en ze zakte in elkaar. Weer leek Tinus gedreven door een buitenaardse kracht. In een flits dook hij op Helen en drukte haar tegen de grond. Ze bood geen verzet, maar kreunde zachtjes. In de verte klonk het geluid van naderende sirenes.

## − 8 −

Toen Klaartje haar ogen opende, keek ze midden in het gezicht van Tinus. Naast hem stond een politieagent. Bezorgd keek hij op haar neer. Het leek alsof ze uit een nachtmerrie ontwaakte. Het enige waar ze meteen aan moest denken was Melissa. Waar was Melissa? Ze probeerde zich te herinneren wat er gebeurd was. Haar kind zat hier. Doodsangsten had ze moeten uitstaan omdat ze niet bij haar kon komen.

Toen was er die Helen. Ze had geprobeerd die heks te vellen, maar ze was niet sterk genoeg geweest. Ze wist nog dat ze viel. Haar hoofd was ergens tegenaan geklapt. Haar buik had het moeten ontgelden en daarna had ze een gigantische knal gehoord. Toen was alles zwart geworden.

'Hoe voelt u zich?' vroeg Tinus.

'Kunt u opstaan?' vroeg de agent. Meteen stapte er een ziekenbroeder op hen af.

'Voorzichtig,' zei hij toen Klaartje overeind probeerde te komen.

'Waar is mijn dochter?' riep ze.

'Het gaat goed met uw dochter, ze zit in de auto op u te wachten. Maar we moeten eerst weten wat er met u is,' zei de ziekenbroeder.

'Nee, ik wil naar Melissa! Ik moet mijn kleintje zien!' Haar vingers drukte ze tegen haar slaap om het bonken in haar hoofd niet te voelen. De verpleger boog zich over haar heen.

Tussen haar haren had zich een harde koek van bloed gevormd. 'Dit moet gehecht,' zei hij. 'Als u kunt lopen dan brengen we u naar de ambulance.'
Voorzichtig liet ze zich door de sterke mannenhanden omhoogtrekken. 'Melissa?' smeekte ze opnieuw. Alles draaide. Ook haar maag. Voetje voor voetje liet ze zich meevoeren naar buiten.
Daar stonden een ambulance en twee politieauto's. Een van de auto's wilde net vertrekken. Achterin zat een voorovergebogen figuur. Klaartje herkende nog net het gezicht van Helen. Haar hoofd hing voorover. Haar ogen hield ze stijf dicht, alsof ze erbarmelijke pijnen moest doorstaan. De persoon die naast haar zat drukte iets tegen haar schouder. Goddank, ze is gepakt, dacht Klaartje.
Terwijl ze naar de ambulance schuifelde, voelde ze iemands blik op haar rusten. Een gezette vrouw van middelbare leeftijd leunde tegen de politieauto. Nerveus trok ze aan een sigaret. Een politieagent stelde haar vragen. Klaartje had haar nog nooit gezien.
Het kon haar niets meer schelen, ze wilde haar kind. Wankelend liep ze op de ambulance af. Meteen toen ze haar kleine meisje onder de deken zag zitten, brak er iets in haar. Alle pijn die ze tot nog toe had gevoeld leek op slag verdwenen. Ze rukte zich los uit de handen van de mannen en strompelend hees ze zichzelf in de wagen.
'Mama!' gilde Melissa, en ze strekte haar armpjes uit naar haar moeder.
'Lieverd! O, lieverd!' snikte Klaartje. Uit haar middenrif welde een schok op naar boven. Stikkend van blijdschap sloot ze haar kind in haar armen. Toen ze het warme kinderlijfje tegen zich aan drukte en haar neus de vertrouwde geur van haar dochters haren opsnoof, begon ze hartverscheurend te huilen. Haar hele lichaam schokte. Trillend streelde ze haar

kleintje. Nooit wilde ze haar meer loslaten. Niemand zou haar haar kleine schat nog afnemen. Net als haar moeder begon Melissa hard te huilen.

'We gaan naar huis,' was het enige wat Klaartje tussen haar snikken door kon uitbrengen.

## − 9 −

In de middag bereikte het nieuws Trees. Tinus kwam het haar persoonlijk vertellen. Aan zijn triomfantelijke gezicht te zien, vond hij het maar wat leuk dat Helen was opgepakt. Trees was compleet verrast, ze kon niet geloven dat iemand als Helen, háár Helen, zulke akelige dingen als kidnapping, gijzeling, doodsbedreiging en mishandeling ten laste werden gelegd. 'Voor wat dan?' had ze aan Tinus gevraagd. Maar hij wilde verder niets zeggen.

'Wacht maar als uitkomt dat ze ook nog drie moorden op haar geweten heeft,' was het enige wat hij kwijt wilde. 'Dan gaat de deksel pas echt van de beerput!'

Ontsteld sloeg Trees haar handen voor haar mond. Moorden? In één keer stond haar hele wereld op z'n kop. 'En haar huis dan? En Bes? En de tuintjes...'

Tinus had zich omgedraaid. 'Tja, zo gaan die dingen soms,' antwoordde hij zo ernstig mogelijk, maar een grijns kon hij niet onderdrukken. De politie had hem bedankt, er zou een onderzoek komen naar de dood van Jan en Simon. Niemand wist nog hoe ze het gedaan had en waarmee. Men gooide het op gif, maar welk gif en hoe? Later op de dag zouden ze haar bungalow onderzoeken. Hopelijk lag daar het bewijs. Tinus had zijn best gedaan. Het was nu in handen van de professionals.

De dochter van Helen zou een extra geldbedrag aan hem overmaken. Tenslotte had hij haar leven gered, had ze opgelucht gezegd. Maar hij proefde dat de meeste opluchting bij haar in het feit zat dat haar moeder gestraft werd. Eindelijk gerechtigheid. Het kwaad werd gestraft. Als goed christen was hij het volkomen met haar eens.

Alleen de vrouw van de vermoorde Klooster had hem geen blik waardig gegund. Verbitterd had ze langs hem heen gekeken. Neem het haar eens kwalijk, dacht hij. Ze had dan wel haar kind terug, haar man was haar voorgoed ontnomen.

En wat hemzelf betrof: hij vond dat hij na deze zaak de status van privédetective dubbel en dwars verdiend had.

'Nee, helaas. Ik moet mijn auto nog naar de garage brengen,' zei hij tegen Trees, toen die hem vroeg of hij nog even wilde blijven. Ze had het idee dat hij nog veel meer te vertellen had.

Over die familie bijvoorbeeld. Zou hij weten of hun plotselinge vertrek ook met Helen te maken had? Ze kon het zich bijna niet voorstellen. Helen had nog uitstapjes met ze gemaakt. Eerst met die vader en later met zijn kinderen, of was het andersom? Ze wist het niet meer.

Hun hond was hier deze week ook nog doodgegaan, het zal je maar overkomen. Wat een toestanden allemaal. Het waren aardige mensen. Dat die verjaardag ineens in duigen viel, vond ze wel wat vreemd. Dan organiseer je zo'n groot feest en dan blaas je op het laatste nippertje alles af. Raar hoor. De hele dag had ze aanloop gehad van mensen die voor het feest kwamen. Wat moest ze zeggen? Ze wist echt niet wat er was voorgevallen, belt u het nummer maar dat op het raam hangt, had ze gezegd.

Ontdaan schudde ze haar hoofd, en nu dit weer. Arme, arme Helen, dacht ze. Ze kon het nog steeds niet geloven. Wat te doen? De beste remedie tegen piekeren was doorgaan, wist ze.

Meteen zocht ze wat schoonmaakspullen bij elkaar. De officiële schoonmaakploeg kwam pas morgenochtend. Ze zou de bungalow zelf aanpakken. Net als vroeger. Dat verzet de geest, zei ze tegen zichzelf. Bovendien kan ik de andere genodigden te woord staan, mochten die nog komen. Ja, dat was een goed plan. En even later liep ze het grindpad in van het huis naast Helen.

Alle kamers waren haastig leeggehaald. Dat zag je zo. Hier en daar slingerden nog een paar vuile kindersokken en badhanddoeken. Een roze sjaaltje met rode bloemen erop en een paar kindergympies waren achtergebleven op de overloop. Wat heeft zich hier toch afgespeeld, vroeg Trees zich af. En naarmate de aanblik van het stille, verlaten huis haar meer in beslag nam, werd haar nieuwsgierigheid groter.

Het viel haar niet eens meteen op, maar tussen de vakantiefolders van de VVV vond ze een schriftje. In grote, kinderlijke letters stond er het woord 'Herbarium' op. Ze opende het schrift, een verlept takje viel eruit. Tussen de bladzijden lagen nog veel meer takjes. Sommige droegen bloemen, die waren vastgeplakt.

Op de eerste bladzijde stond een tekstje. Het begon met een datum. *Van Helen gekregen*, stond er. En daarna een kort stukje over iedere vindplaats.

Toen Trees verder las viel haar oog op een uitgeknipt plaatje van een boom. Zo te zien uit een folder van de boswachterij. Ze herkende de boom uit de tuin van Helen. Weer stond er een verhaaltje onder, in dezelfde kinderlijke hanenpoten.

*Helen heeft ons vandaag gewezen op de taxus. Ze noemt hem de venijnboom, omdat hij giftig is. Wat bijna niemand weet, is dat de bessen van de boom lekker zoet zijn. Slik je de bes in zijn geheel door, dan is er niets aan de hand. Maar...*

Hier hield de tekst op. Trees sloeg de bladzijde om, het ging niet verder. Nieuwsgierig bladerde ze door het schrift. Overal lagen verwelkte bloemen en takjes tussen het zachte vloeipapier. Het ontroerde haar dat Helen zoveel positieve invloed had gehad op deze kinderen. Des te meer geloofde ze in haar onschuld. Een traan biggelde over haar wang. Ze miste haar dierbare vriendin nu al. Wat een droefenis, dacht ze, toen ze doorbladerde. Bijna had ze het schrift gesloten. Toen ontdekte ze de rest van de tekst. Door haar tranen heen las ze:

... *bijt je op de pit, dan komt er een gif vrij dat zelfs een paard binnen vijf minuten kan doden. Volgens mij is Jip vergiftigd, maar ik durf het niet aan Helen te vragen. Dat komt omdat ik bang ben dat zij hem heeft vergiftigd...*

*Ze heeft iets in haar keukenla. Ik zag het toen ik bij haar was. Ze deed daar heel stiekem over. Papa en mama weten van niets, ja, zelfs Jaimi durf ik mijn geheim niet te vertellen, die praat toch altijd haar mond voorbij...*

Toen hield de tekst op. Ach, dacht Trees, kinderen en hun fantasie. Het is me wat! Hoe kan zo'n kind Helen nou van zoiets ergs verdenken? Het arme mens. Ze wist gewoon alles van bomen en planten. Dus in die keukenla... Dom kind. Dat zullen kruiden geweest zijn.

Ze zuchtte. Voor je het weet word je zomaar veroordeeld om niets. Als ze hier klaar was zou ze het huis van Helen opruimen. Een poetsbeurt kon geen kwaad. Ze zou dan alle potjes en kruiden uit de keukenla weggooien, zodat niemand Helen vals kon beschuldigen. Woest klapte ze het schrift dicht en legde het bij de oude kranten. Goed voor de papierbak, dacht ze. En toen ze zag hoe laat het was, maakte ze voort. Ze moest nog een heleboel opruimen. Morgen was het zaterdag, dan kwam er een nieuwe familie.

*Lees ook:*

## Jet van Vuuren

# Misstap

Soms kun je maar beter niet weten wat je buren doen

Den Haag wordt tijdens een hittegolf opgeschrikt door een aantal moorden. Jonge vrouwen zijn het slachtoffer geworden van een seriemoordenaar die volgens de politie zeer waarschijnlijk een psychopaat is. Al snel blijkt dat deze vrouwen allemaal op Tinder zaten en vermoedelijk kort na hun date met de dader in de duinen bij Scheveningen door hem zijn gedumpt. In de pers duikt een schokkend detail op: bij alle vrouwen zijn beide handen verwijderd.

Britt van Dijk, die in de buurt van Den Haag is komen wonen, probeert haar vriendin Anja, die rechercheur bij de politie is, te helpen bij het opsporen van de dader. Tijdens het onderzoek van Anja wijst alles erop dat er vreemde dingen gebeuren in de zo keurige wijk Benoordenhout, dingen waar ook Britt mee te maken krijgt, als zij bij haar onderzoek naar een van de bewoners zelf in de val loopt. Wordt zij het volgende slachtoffer van de krankzinnige moordenaar?

'Jet van Vuuren houdt je als lezer vast vanaf de eerste pagina.'
– Vrouwenthrillers.nl

Volg Jet van Vuuren op Twitter: @jetvanvuuren, ontmoet haar op Facebook of op haar website www.jetvanvuuren.nl.